KB193934

교과서
세계소설
핵심읽기

*이미지 제공
Doctorsecrets, Harry Zilber, ignis, Jonathan, MrLama, NatalieMaynor, NumisAntica, Oldenbuck, Pangwa, Swarm+Codehydro, Trillo.gm, êà

한 권으로 끝내기 01

중학생을 위한 논리사고력 길잡이

교과서 세계소설 핵심읽기

한국독서철학교육연구소
이영호, 이인환 지음

애플북스

세계를 알아 가고
생각의 폭을 넓히는 독서

독서를 할 때 좋은 책을 골라 읽는 일은 매우 중요합니다. 세계 명작은 인류의 보편적 가치관을 담고 있기 때문에 아름다운 정서를 형성하고, 훌륭한 소재와 이야기로 성장하는 아이들에게 꼭 권하고 싶은 좋은 책들입니다. 하지만 번역 과정을 거치며 훼손되어 전달되기도 해 어릴 때 세계 명작을 읽는 것은 차라리 안 읽느니만 못하다는 일부 주장도 있습니다. 실제로 어린 시절에 읽는 세계 명작에는 원작의 줄거리를 요약한 책들도 있긴 합니다.

세계 명작에는 그 작품을 탄생시킨 작가와 작가의 가치관에 절대적인 영향을 미친 시대적 상황이 반영되어 있습니다. 책을 읽으며 이러한 점을 간과해선 안 됩니다. 작품의 외적 요소로서 작품의 배경이 되는 시대적 상황이나 작가의 가치관을 이해해야 작품을 쉽게 이해할 수 있고, 또 올바로 이해할 수 있기 때문입니다. 하지만 이런 배경 지식이 부족하면 작품을 읽고도 작가가 이야기하고자 하는 핵심을 놓치는 경우가 많습니다.

실제로 한국독서철학교육연구소 연구진들도 세계 명작을 읽고 나서 그 내용은 알지만 정작 그 작품이 독자에게 미치는 영향이나 사회적 의미에 대해서는 회의를 품었던 적이 많았습니다. 하지만 세계 명작을 접할 때 그 작품의 외적 요소들을 알고 나면 그 작품에 대한 이해를 좀 더 넓혀 나갈 수 있습니다. 우리의 고전 명작 《심청전》을 온전히 이해하려면 먼저 그 작품의 배경이 된 효 사상에 대해 알아야 하고, 《춘향전》을 온전히 이해하려면 우리나라 신분 제도와 남편을 섬겨야 했던 가부장제에 대해 아는 것이 중요한 것처럼 말입니다.

이 책은 세계 명작을 아직 읽지 못했거나 어렸을 때 읽었지만 줄거리만 기억하는 이들에게 유용한 지식을 전해 주고자 합니다. 오랜 시간에 걸쳐 사랑받은 명작의 가치를 더 명확하게, 그리고 더 즐겁게 이해할 수 있도록 말입니다. 작품 줄거리, 작가 소개, 작품 이해, 작품을 이해하기 위한 배경 지식, 통합 사고력 접근, 통합 사고력 문제, 한 번 더 생각하기 등으로 꾸며 반드시 알아야 할 교과 과정과도 자연스럽게 연계될 수 있도록 구성하였습니다. 관련 지식을 바탕으로 국어과, 사회과 등 실전 과정에도 대비할 수 있기를 바랍니다.

더불어 이 책을 읽는 일이 단순히 지식 습득으로만 끝나는 것이 아니라 세계 명작을 제대로 읽어 보는 계기로 이어지길 소망합니다. 그리고 궁극적으로는 이 책이 여러분의 독서 이정표 역할을 했으면 합니다. 또한 세계를 알고 생각의 폭을 넓히는 데 보탬이 될 수 있기를 바랍니다.

세계 명작을 소개하는 것은 망망대해에서 보석을 고르는 일만큼 방대하고 힘겨운 여정이었습니다. 연구원들과 함께 세심한 노력을 기울이며 최선을 다해 집필하였습니다만, 출처 없이 인용된 것이 있다면 필자에게 연락 부탁드리겠습니다. 소정의 절차를 거쳐 증쇄 시마다 거듭날 수 있도록 노력하겠습니다.

끝으로 멋진 책으로 꾸며 주신 애플북스 기획편집팀 여러분께 감사드리며, 바쁜 중에도 원고 마무리에 힘을 보태 주신 선정완 선생님께도 감사의 말씀 전합니다.

한국독서철학교육연구소장 이영호

제4부

사회 개혁과 역사

8장 사회 개혁 의지를 담은 작품들

9장 국가와 민족, 그리고 정의

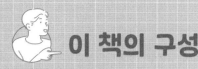

이 책의 구성

상상력 풍부한 꼬마 소녀
빨간 머리 앤

줄거리 부모를 여의고 고아원에서 생활하던 앤은 열한
마릴라 사는 에이번리 마을의 초록 지붕 집에 수양딸
마릴라 남매는 농장 일을 도와줄 남자아이

★ 줄거리

이야기의 전체적인 내용에 대해 소개했어요.
책을 다 읽지 않아도 무엇에 대한 이야기인지,
주인공이 어떤 결말을 맞는지 알 수 있어요.

향하는 바람에 총
발작으로 갑작스
지처럼 앤을 돌봐
그동안 받았던 사
는 생각으로 집에
릴라 곁에 남기로
. 그때 길버트
교사 자리

루시 모드 몽고메리
(Lucy Maud Montgomery, 1874~1942)
몽고메리는 캐나다 프린스에드워드섬에서
태어났습니다. 몽고메리는 태어난 지 1년
9개월 만에 어머니를 여의고 이야기가 재
밌게 외가에서 자라게 됩니다. 그녀는 어려
서부터 이야기 만드는 재주가 뛰어났고, 또
자기가 만든 이야기를 친구들에게 들려주는
걸 좋아했습니다. 혼자 있을 때 이야기를
낼 때면 상상 속으로 들어가곤 했답니다.
그녀는 대학을 나와 교직 생활을 하고 기자 생활
을 하다가 다시 대학에 들어가 영문학을 전
공했습니다. 그러나 그녀는 스물두 살 때

★ 작가 소개

작품을 쓴 작가에 대해 알려 줘요. 작가의 성
격, 작품 세계, 성장 배경, 주요 작품 등을 알
수 있어요.

작품 이해

세계의 젊은이들에게 롤모델이 된 매력적인 인물
《빨간 머리 앤》을 쓴 몽고메리 역시는 세상 곳곳
에서 많은 편지를 받았습니다. 병원에서 죽음을
맞이해야 했던 프랑스의 한 여대생으로부터는 "생
의 마지막에 앤을 읽는 동안만큼은 정말 행복했어
는 편지를 받았고, 앤을 실제 인물이라고 착

★ 작품 이해

작품의 내용, 은유나 비유 등 표현 기법에 대한
설명이나 소설의 형태 등을 알려 줘요.

을 섬세하게 묘사합니다. 그래서 일찍 부모를 잃
않고 꿈꾸는 재기발랄한 소녀의 성장기가 한 폭의 아름다
리에게 다가오는 것입니다.

작품을 이해하기 위한 배경 지식

《빨간 머리 앤》 이후의 이야기
초등학교 선생이 된 앤은 마릴라와 함께 살다가 레드먼드
시 학창시절을 보냅니다. 다이애나가 결혼하고, 앤도 결혼
길버트에게 청혼을 받습니다. 앤은 처음에는 길

★ 작품을 이해하기 위한
배경 지식

작품의 주요 등장인물에 대해 자세히 알아봅니
다. 또 작품의 시간적 · 공간적 배경과 더불어
작품이 쓰인 시대에 관해서도 짚어 봅니다.

★ 통합 사고력 접근

통합 사고력 접근

● '가슴으로 낳은 자식'이란 말을 들어 보
앤처럼 어렸을 때 부모를 잃거나 피치
은 아이를 데려다 키우는 것을 입양이라
슴으로 낳은 자식'이라고도 부릅니다.
로 데려와서 키우는 자식이라는 뜻입
그동안 우리나라는 입양에

작품을 읽고 한층 더 깊이 생각해 보는 코너입니다. 작품과 관련된 주제의 글을 읽고 생각의 깊이를 더하고 시야의 범위를 넓혀 보세요.

★ 통합 사고력 문제

통합 사고력 문제

세계 1위인 이유는 무엇인가요?

작품의 내용을 읽고 생각해 볼 수 있는 문제를 실었습니다. 스스로 답을 적어 보고 논리력과 사고력을 키워 보세요.

★ 한 번 더 생각하기

한 번 더 생각하기

가 "영국이 셰익스피어와 인도를 바꾸지 않겠다면, 우리
바꾸지 않겠다"라고 말한 이유는 무엇일까요?

작품 내용에서 뻗어 나가 생각의 범위를 확장해 보는 문제입니다. 문제를 풀면서 역지사지해서 논지를 펼치거나, 편지를 쓰거나, 상상력을 펼칠 수 있어요.

제1부

주체적이고 참된 삶

1장

열악한 환경을 극복한
주체적 인간형

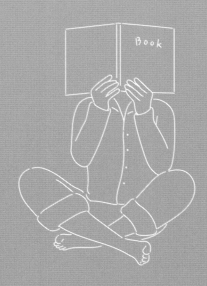

01 상상력 풍부한 꼬마 소녀
빨간 머리 앤

줄거리 부모를 여의고 고아원에서 생활하던 앤은 열한 살 때 매슈와 마릴라가 사는 에이번리 마을의 초록 지붕 집에 수양딸로 들어온다. 매슈와 마릴라 남매는 농장 일을 도와줄 남자아이를 입양할 계획이었지만 아이를 데려와 주기로 했던 스펜서 부인의 실수로 여자아이인 앤이 오자 망설이다가 앤의 딱한 처지를 알고는 수양딸로 받아들인다. 부모가 일찍 돌아가셔서 어린 시절을 불행하게 보내던 앤은 마음씨 좋은 분들을 만나 즐거운 학창시절을 보내게 된다.

앤은 주근깨투성이 말라깽이로 공상을 좋아하는 생기발랄한 소녀다. 이야기를 지어내는 것을 좋아해서 사물에 이름을 붙여 주는가 하면, 상상력을 발휘해 사람들을 즐겁게 해 주기도 한다. 매슈는 앤을 아끼고 신뢰하는 든든한 버팀목이 되어 주고, 마릴라는 자유분방한 앤에게 예의범절을 익히게 하고 종교적 가르침을 주며 친어머니 같은 역할을 한다. 앤과 이웃인 과수원집의 다이애나는 앤과 영원한 우정을 맹세하며 서로에게 둘도 없는 친구가 된다.

앤은 솔직하지만 직설적인 표현으로 주변 사람들에게 상처를 주기도 하는데 그래서 친구와 마찰을 빚을 때도 있다. 그래도 생기발랄한 성격으로 잘 극복해 나간다. 또한 앤은 성격이 급하고 덜렁대 앨런 목사 부부에게 대접하기 위해 만든 케이크에 바닐라 시럽 대신 실수로 진통제를 넣는 황당한 사고를 저지르기도 한다. 초등학교에 입학한 앤은 학교에서도 말썽을 피운다. 특히 자신의 빨간 머리를 보고 홍당무라고 놀린 같은 반 남자 친구 길버트와 크게 싸운 후 사과도 받지 않을 정도로 미워하며 공부에 있어서도 경쟁자로 여긴다. 하지만 호기심이 많은 앤은 즐겁게 학교생활을 한다. 스테이시 선생님을 좋아하고 책 읽기를 좋아해서 이야기 모임을 만들어 글쓰기도 한다.

목사 사모님인 앨런 부인을 통해 남을 배려하는 법을 배우고, 천방지축 사고도 치지만 그런 과정을 통해 갈등을 해소하는 방법을 배우며 앤은 한결 성숙한 소녀가 된다. 그녀를 걱정하던 어른들은 항상 긍정적인 방향으로 진실되게 상대방을 대하는 그녀의 모습에서 사랑스러운 모습을 발견하게 된다. 친한 친구인 다이애나의 여동생 미니 메이가 후두염에 걸렸을 때 앤이 정성스럽게 간호해 살려내자 앤에게 다소 엄격했던 배리 부인도 진정으로 앤을 사랑하게 된다. 특히 앤은 자신을 사랑으로 거두어 준 매슈와 마릴라의 은혜에 보답하기 위해 열심히 공부한다.

열다섯 살이 된 앤은 교원 학교인 퀸즈아카데미에 진학하기 위해 입학시험을 치르는데, 경쟁 상대인 길버트와 공동으로 1등을 한다. 교사가 되기 위해 열심히 공부한 앤은 1년 후 수석 졸업하고, 레드먼드 대학에 장학금을 받고 입학하게 된다. 교원 시험에서 앤에게 1등을 놓친 길버트는 에이번리 학교의 교사가 되기로 한다. 그런데 앤의 학비를 위해

예금해 두었던 은행이 망하는 바람에 충격을 받은 매슈가 심장 발작으로 갑작스럽게 죽고 만다. 친아버지처럼 앤을 돌봐 주던 매슈가 죽자 앤은 그동안 받았던 사랑을 되돌려 주어야 한다는 생각으로 점점 시력을 잃어 가는 마릴라 곁에 남기로 하고 대학 진학을 포기한다. 그때 길버트가 앤을 위해 에이번리 학교의 교사 자리를 양보한다. 길버트의 마음을 받아들인 앤은 그제야 길버트에게 맺혔던 마음을 풀고 화해한다.

이제 어엿한 숙녀로 성장한 앤은 그동안 자신을 아껴 주고 사랑을 베풀어 준 사람들 덕분에 고아 시절에 겪었던 아픔을 치유하고 진정으로 자기 자신을 사랑하는 법을 터득한다. 아울러 선한 마음으로 이웃을 사랑하며 참다운 행복을 추구하는 기쁨을 누리게 된다.

루시 모드 몽고메리
(Lucy Maud Montgomery, 1874~1942)

몽고메리는 캐나다 프린스에드워드섬에서 태어났습니다. 몽고메리는 태어난 지 1년 9개월 만에 어머니를 여의고 아버지가 재혼해 외가에서 자라게 됩니다. 그녀는 어려서부터 이야기 만드는 재주가 뛰어났고, 또 자기가 만든 이야기를 친구들에게 들려주는 걸 좋아했습니다. 열다섯 살 때 이미 지역 신문에 시를 발표할 정도였습니다.

그녀는 대학을 나와 교직 생활과 기자 생활을 하다가 다시 대학에 들어가 영문학을 전공했습니다. 그러나 그녀는 스물두 살 때 외할아버지가 세상을 떠나자 홀로 된 외할머니를 모시기 위해 캐벤디쉬로 다시 돌아갑니다. 그 후 외할머니가 돌아가실 때까지 그곳에서 살았고 외할머니가 돌아가신 뒤 맥도날드 목사와 결혼할 때까지 그곳을 떠나지 않았습니다.

아름다운 캐벤디쉬의 자연은 그녀의 문학 세계를 풍부하게 해 주었습니다. 그곳에서 집안일과 교회 일을 도왔고, 또 외할아버지에게 물려받은 우체국장 일까지 하면서 참으로 바쁜 나날을 보냈습니다. 이러한 가운데 그녀가 쓴 글이 바로 《빨간 머리 앤》입니다.

이 작품으로 몽고메리는 캐나다의 유명 인사가 되었고, 쉰 살 때는 영국 왕립 예술 협회 회원으로까지 추대되었습니다. 캐나다 프레스 클럽 최고 영예 회원으로 대영제국 훈장과 프랑스 예술원 최고 메달을 수상하기도 했습니다.

💡 작품 이해

세계의 젊은이들에게 등불이 된 매력적인 인물

《빨간 머리 앤》을 쓴 몽고메리 여사는 세상 곳곳
에서 많은 편지를 받았습니다. 병원에서 죽음을
맞이해야 했던 프랑스의 한 여대생으로부터는 "생
의 마지막에 앤을 읽는 동안만큼은 정말 행복했어
요"라는 편지를 받았고, 앤을 실제 인물이라고 착
각한 남성들로부터 사랑 고백 편지도 꽤 많이 받
았습니다.

1909년판 《빨간 머리 앤》
표지

　이처럼 전 세계 젊은이들의 마음속에 등불 같은
존재가 된 여자아이가 앤입니다. 많은 이들이 한
번 만나면 끝도 없이 이야기를 나누고 싶은 다정한 친구, 그러면서도 한없이
편안한 그런 친구로 앤을 봐 왔던 것입니다.

　일찍 부모를 여읜 슬픔을 잊고, 당차면서도 씩씩하게 최선을 다해 살아가
는 앤의 모습을 많은 사람이 사랑했습니다. 램지 맥도널드 영국 총리는 "나는
《빨간 머리 앤》을 읽은 뒤 구할 수 있는 몽고메리의 모든 작품을 찾아서 읽었
다"라고 했습니다. 또 캐나다 총리는 "영국이 셰익스피어와 인도를 바꾸지 않
겠다면, 우리 캐나다는 앤을 그 무엇과도 바꾸지 않겠다"라고 말했다고 합니
다. 작가인 몽고메리는 이미 고인이 되었지만 앤은 전 세계인의 가슴속에 영
원히 살아남아 캐나다인들의 자부심이 되고 있습니다.

한 폭의 수채화처럼 아름다운 이야기

《빨간 머리 앤》이 많은 이들에게 사랑받을 수 있었던 이유는 바로 소박하고

1. 상상력 풍부한 꼬마 소녀 《빨간 머리 앤》

아름다운 평범한 이야기이기 때문입니다. 몽고메리는 자신의 고향이기도 한 프린스에드워드섬을 배경으로 앤의 이야기를 그리고 있습니다. 앤 셜리가 사는 마을 에이번리는 시골 마을로 자연이 아름답고, 보수적이지만 따뜻한 마음을 가진 사람들이 사는 곳입니다.

작가는 이런 환경을 풍부한 감성과 낭만적인 시각으로 그리며 등장인물의 감정을 섬세하게 묘사합니다. 그래서 일찍 부모를 잃었지만 늘 희망을 잃지 않고 꿈꾸는 재기발랄한 소녀의 성장기가 한 폭의 아름다운 수채화처럼 우리에게 다가오는 것입니다.

작품을 이해하기 위한 배경 지식

《빨간 머리 앤》 이후의 이야기

초등학교 선생이 된 앤은 마릴라와 함께 살다가 레드먼드 대학에 진학해 다시 학창시절을 보냅니다. 다이애나가 결혼하고, 앤도 결혼할 나이가 되자 앤은 길버트에게 청혼을 받습니다. 앤은 처음에는 길버트의 청혼을 거절하지만, 나중에는 자신도 길버트를 사랑한다는 것을 알고 길버트와 결혼합니다. 성실한 의사가 된 길버트는 자상한 남편으로 앤과 행복하게 지냅니다.

앤은 노년에 아들이 전쟁에서 죽는 슬픔을 겪게 됩니다. 리라라는 애칭으로 불린 앤의 막내딸은 어린 시절의 앤과 비슷합니다. 하지만 평화스러운 섬 프린스에드워드에 덮친 전쟁의 먹구름 속에서 전투에 참가한 연인과 오빠, 이웃 사람들 때문에 가슴을 졸여야 했죠. 이 이야기는 전쟁의 소용돌이 속에서 인간은 무엇으로 살아가는지를 깨닫게 하고 무참히 짓밟힌 꿈과 그것을 딛고 꿋꿋이 일어서는 인간의 의지를 보여 줍니다.

그러나 소녀다운 매력을 생생하게 묘사한《빨간 머리 앤》이후의 작품은 너무 감상적이라는 이유로 높은 평가를 받진 못했습니다.

불후의 명작을 만들어 낸 메모 습관

어느 날 몽고메리는 우연히 오래된 메모첩을 발견합니다. 열 살 무렵부터 틈틈이 메모를 남기는 습관이 있었는데, 그것을 20여 년이 지난 뒤에야 발견한 것입니다.

'어떤 농부가 양자로 삼기 위해 남자아이를 부탁했는데 고아원의 실수로 여자아이가 왔다.'

이 메모는 루시가 외할아버지 집에 살고 있을 때, 독신으로 사는 두 남매가 이웃집에서 어린 조카딸을 입양해 오는 것을 보고 상상해서 썼던 것입니다. 자기도 어머니가 일찍 돌아가시고 아버지가 재혼하시는 바람에 외할아버지 집에서 사실상 고아나 다름없이 살고 있었기 때문에 그 아이에게 동질감을 느꼈던 것입니다.

그렇게 오래 묵혀 두었던 기억이 메모첩을 통해 살아나고, 여기에 살을 붙여서 탄생한 것이 무려 10권으로 이루어진 몽고메리 불후의 명작 앤 시리즈입니다.《빨간 머리 앤》은 사실 앤의 소녀 시절부터 노년까지의 일생을 다룬 몽고메리의 소설 10권 중 앤의 어린 시절을 다룬 첫 번째 소설입니다.

최대 1억 부 판매를 돌파한 최고의 초 밀리언셀러

《빨간 머리 앤》은 수많은 애니메이션과 영화 제작으로 새로운 문화 가치를 창출하였을 뿐만 아니라 섬 전체를 유명 관광지로 만든 세계적인 작품입니다. 《빨간 머리 앤》에 쏟아지는 찬사는 그 무엇과도 비교할 수 없는 영광스러운 상이 아닐 수 없습니다.

할머니부터 어린아이에 이르기까지 모든 이들의 마음을 사로잡은 앤 시리즈는 발표된 지 백 년이 지난 지금도 여전히 사랑받고 있으며 그 인기 또한 사그라질 줄 모릅니다. 내숭이라곤 조금도 없는 실수투성이에 수다스럽지만 따뜻하고 정 많은 앤의 이야기를 읽은 사람이라면 앤을 사랑하지 않을 수 없기 때문입니다.

작가가 심혈을 기울여 작품을 완성했을 때 이 원고를 받아 주는 출판사가 한 곳도 없었다고 합니다. 작가는 할 수 없이 출판을 포기하고 원고를 처박아 뒀다가 2년 후에 다시 읽어 보았습니다. 자신이 보기에도 묵혀 두기가 아까워 다시 투고하고서야 간신히 책으로 낼 수 있었습니다. 그리하여 마침내 《빨간 머리 앤》은 작가가 살던 작은 섬의 책상에서 나와 전 세계의 사랑을 받는 작품으로 탄생하였습니다.

● '가슴으로 낳은 자식'이란 말을 들어 보셨나요?

앤처럼 어렸을 때 부모를 잃거나 피치 못할 사정으로 부모로부터 버림받은 아이를 데려다 키우는 것을 입양이라고 합니다. 요즘은 입양한 아이를 '가슴으로 낳은 자식'이라고도 부릅니다. 부모가 없는 아이를 사랑하는 마음으로 데려와서 키우는 자식이라는 뜻입니다.

그동안 우리나라는 입양에 대해 부정적인 시각이 많았습니다. 오랜 유교 문화로 인해 뿌리 깊게 자리 잡은 가족주의와 혈통주의가 팽배했기 때문입니다. 입양에 대한 이런 인식 때문에, 한국 전쟁이 끝난 후 전쟁으로 부모를 잃은 전쟁고아들을 보호하기 위해 본격적으로 시작된 입양은 국내보다는 해외에서 더 많이 이루어졌습니다. 이런 현상은 지금까지도 지속되고 있어, 우리나라는 경제력으로는 세계 10위권 안에 들면서 해외 입양률은 한 손가락에 꼽히는 부끄러운 기록을 가진 나라가 되었습니다.

● 여러분은 입양에 대해서 어떻게 생각하나요?

다른 나라에서는 입양을 부끄럽게 여기지 않아 입양한 아이에게 어릴 때부터 사실대로 이야기해 준다고 합니다. 그러나 우리나라는 아이에게 입양한 사실을 숨기려고 합니다. 아이가 상처받을까 봐 그런다고 하지만 사실은 아직 우리 사회가 입양한 아이에 대해 부정적으로 생각하고 있기 때문입니다.

그러나 입양은 결코 부끄러운 일이 아닙니다. 입양은 내 가족뿐만 아니라 사회와 이웃에 대한 사랑의 실천입니다.

① 우리나라는 출산률이 낮은 것에 비해 해외 입양률은 세계적으로 높은 편인데 이유가 무엇일까요?

② 입양아에게 입양 사실을 숨기는 것과 알려 주는 것 중에 어느 것이 더 낫다고 생각하나요? 그리고 그 이유는 무엇인가요?

한 번 더 생각하기

1. 캐나다 총리가 "영국이 셰익스피어와 인도를 바꾸지 않겠다면, 우리 캐나다는 앤을 그 무엇과도 바꾸지 않겠다"라고 말한 이유는 무엇일까요?

....

....

....

2. 사람들이 《빨간 머리 앤》을 실제 이야기처럼 믿는 이유는 무엇일까요?

....

....

....

3. 앤을 친구처럼 생각하고 앤에게 꼭 하고 싶은 말이 있다면 글로 표현해 보세요.

....

....

....

02 개구쟁이 소년의 성장기
톰 소여의 모험

🐢 줄거리 톰 소여는 미시시피강이 지나는 마을에서 이모와 함께 사는 개구쟁이 소년이다. 하루는 말썽을 부려 이모가 담장에 페인트칠을 하라는 벌을 내린다. 톰 소여는 페인트칠하는 게 싫었지만 친구들이 지나가자 마치 재미있는 것처럼 신나게 한다. 그 모습을 본 친구들이 한번 해 보고 싶다고 하자, 이것은 아무나 할 수 있는 일이 아니라며 은근히 약을 올려 더욱 하고 싶게 만든다. 그러고는 마지못해 친구에게 신나는 일을 하게 해 주는 것처럼 속여 친구들에게 담장 페인트칠하는 걸 다 하게 한다.

톰 소여는 학교에 가는 것보다 들판에서 뛰놀거나 새로운 것을 찾아 나서는 모험을 더 좋아한다. 어느 날 허크와 함께 사마귀를 떼러 공동묘지에 갔다가 그곳에서 인디언 조가 사람을 죽이는 장면을 목격한다. 인디언 조는 마침 술에 취한 포터에게 살인죄를 뒤집어씌우는데, 톰과 허크는 조가 너무 무서워 그것을 비밀로 하기로 맹세한다. 하지만 사건의 진실을 알고 있는 톰은 양심의 가책을 느낀다.

그 무렵 톰 소여는 허크와 베키라는 여자 친구와 함께 해적단을 만들기로 하고 밤에 뗏목을 타고 무인도로 탐험을 떠난다. 그들은 잭슨섬에 들어가 어른들의 간섭을 받지 않고 즐거운 섬 생활을 시작한다. 하지만 그 생활도 금방 지루해지고 아이들은 집으로 돌아가고 싶어 한다.

세 명의 아이들이 사라지자 마을 어른들은 아이들을 찾느라 야단법석이 난다. 끝내 아이들을 찾지 못하자 슬픔을 무릅쓰고 세 아이를 위한 합동 장례식을 치르려고 할 때 친구들 몰래 섬을 빠져나와 마을 동태를 살피던 톰 소여는 이 사실을 알고 깜짝 놀라 섬으로 돌아가 친구들을 데려온다. 교회에서 장례식을 치르고 있을 때 아이들이 나타나자 마을 사람들을 깜짝 놀라지만 죽은 줄만 알았던 아이들이 살아 돌아온 것에 대해 감사하며 안도한다.

한편 앞서 벌어졌던 살인 사건에 대한 재판이 진행된다. 꼼짝없이 살인범으로 누명을 쓰게 된 포터를 위해 톰 소여는 자신이 목격했던 것을 얘기하며 진짜 살인범은 인디언 조라고 폭로한다. 그때 마침 법원에 배석해 재판 과정을 지켜보던 인디언 조는 유리창을 깨고 달아난다. 그때부터 톰 소여와 허크는 인디언 조에게 보복당할까 봐 두려움에 떤다.

어느 날 마을 사람들이 증기선을 타고 무인도로 소풍을 간다. 톰 소여와 베키는 모험심을 발휘해 동굴 깊숙한 곳까지 들어갔다 길을 잃고 헤매다가 마을로 돌아가는 증기선을 놓쳐 어두운 동굴 속에 갇히고 만다. 그때 마침 인디언 조가 동굴에 들어와 해적들이 숨겨 놓았던 보물을 찾아 다른 곳으로 옮겨 놓는다. 톰 소여와 베키는 인디언 조가 보물을 옮겨 놓는 장면을 목격하지만 인디언 조에게 걸리면 죽을지도 모른다는 두려움에 떨며 필사적으로 탈출구를 찾는다. 다행히 탈출구를 찾아

동굴 밖으로 나온 아이들은 때마침 미시시피강을 지나는 배를 만나 구조되어 마을로 돌아온다.

톰 소여와 베키가 마을 사람들과 함께 다시 동굴을 찾았을 때 인디언 조는 마을 사람들이 동굴에 쳐 놓은 쇠창살에 걸려 이미 죽어 있었다. 톰 소여와 허크는 인디언 조가 죽은 것을 보고 안심한다. 그리고 인디언 조가 동굴에 감춰 두었던 보물을 찾아 큰 부자가 된다.

마크 트웨인
(Mark Twain, 1835~1910)

마크 트웨인의 본명은 사무엘 랭혼 클레멘스(Samuel Langhorne Clemens)로 미국 미주리주 플로리다에서 출생했습니다. 그의 필명 마크 트웨인은 안전 수역을 뜻하는 뱃사람들이 쓰는 용어입니다.

그는 1865년 〈새터데이 프레스〉에 발표한 《뛰어오르는 개구리》로 명성을 얻고 문학계에 등단합니다. 그 뒤 신문사 특파원으로 유럽의 성지를 도는 관광단에 참가한 후 1869년 《시골뜨기의 외유기》를 발표합니다. 이 작품은 당시 유명한 베스트셀러가 되기도 했습니다. 그리고 1870년 동부의 부유한 탄광주의 딸과 결혼해서 상류사회의 일원이 됩니다.

그는 미국에서 제일가는 인기 작가로 왕성한 창작 활동을 펼쳐 《고난을 극복하고》《톰 소여의 모험》《왕자와 거지》《미시시피강의 생활》《허클베리 핀의 모험》 등 걸작을 차례로 발표합니다. 그러나 자유롭게 자란 그는 고상한 취미와 교양을 지닌 아내와 성격 차이를 보여 말년에는 허무주의와 염세주의에 빠지고 맙니다. 1906년에 발표된 《인간이란 무엇인가》와 미완성 유고작 《이상한 소년》에는 초기 낙관적이었던 그가 허무주의에 빠진 모습이 잘 반영되어 있습니다.

작품 이해

문명에 오염되지 않은 자연주의 정신

마크 트웨인은 가난한 개척민의 아들로 태어나서 네 살 때 가족을 따라 미시시피강가 한니발에 정착했습니다. 열두 살 때 아버지를 여의고 인쇄소 견습공이 되어 일을 배웠으며, 각지를 전전하다가 1857년 미시시피강의 수로 안내인이 되었습니다. 한니발에 정착한 이후부터 이 시기까지의 생활과 경험은 후일 작가가 되는 데 큰 영향을 주었습니다.

어렵고 힘든 시절을 보냈지만, 그는 낙천적이고 자유분방한 기질로 사회를 풍자한 소설을 써서 큰 명성을 얻었습니다. 그는 비록 제대로 된 정규교육은 받지 못했지만, 문명에 오염되지 않은 남서부의 대자연 속에서 자란 경험을 바탕으로 미국 리얼리즘 문학을 대표하는 작가로 우뚝 설 수 있었습니다.

적극적이고 주체적인 삶을 대표하는 인물 톰

마크 트웨인은 어릴 때 미시시피강 주변에서 살았는데 일곱 살 때 홍수로 불어난 강물에 떠내려가다가 피아노를 잡고 간신히 살아났다는 일화가 있습니다. 그만큼 미시시피강은 작가의 생에서 빼놓을 수 없는 곳이었습니다. 대자연 속에서 자유롭게 살았던 작가는 사회의 구속과 옳지 못한 일을 보면 모른 체하지 않는 정의로운 사람이기도 했습니다. 그는 프랑스에서 유대인을 간첩으로 몰았던 '드레퓌스 사건'에 분개해 이에 항의하는 글을 썼고, 이를 읽은 많은 독자들이 프랑스 대사관에 돌멩이를 던질 정도로 사회 문제에 관심을 가지기도 했습니다. 《톰 소여의 모험》은 단순히 악동 같은 소년들의 재미있는 모험 이야기가 아니라 적극적이고 주체적인 삶을 살아야 한다는 교훈을 담고 있는 소설입니다. 이렇게 평가받는 이유 역시 행동하고 실천하고자 했던 작가의 삶의 행적을 통해 알 수 있습니다.

"내가 하기 싫어도 해야만 하는 것이 일이고, 내가 좋아서 하는 것이 놀이다!"《톰 소여의 모험》에는 이렇듯 작가의 일과 놀이에 대한 관점이 그대로 담겨 있습니다. 대자연 속에서 잘 놀 줄 알고, 끊임없는 호기심으로 모험을 두려워하지 않는 개구쟁이 소년 톰은 그야말로 능동적으로 세계를 주도해 가는 적극적이고 주체적인 어린이를 대표하는 인물입니다.

《톰 소여의 모험》 초판본 삽화

✏️ 작품을 이해하기 위한 배경 지식

《톰 소여의 모험》과 《허클베리 핀의 모험》의 차이점

마크 트웨인의 작품으로는《톰 소여의 모험》뿐만 아니라《허클베리 핀의 모험》도 있습니다. 두 작품에 동일 인물이 등장해서 더러는 제목만 다른 같은 작품이라고 착각하는 사람들도 있습니다. 그러나 두 작품 내용은 전혀 다릅니다.

두 소설은 동일 인물과 동일 배경을 바탕으로 쓰였지만 사회를 바라보는 시선은 전혀 다릅니다.《톰 소여의 모험》이 악동 같은 소년의 적극적이고 주체적인 삶과 모험에 초점을 맞추고 있다면,《허클베리 핀의 모험》은 사회 밑바닥에서 사는 부랑자 소년의 눈을 통해 당시 미국 사회가 안고 있는 허위와 위선을 고발하는 데 초점을 맞춘 사회 비판적 소설이라 할 수 있습니다.

미시시피강

이 소설의 배경인 미시시피강은 북아메리카대륙을 흐르는 거대한 강입니

미시시피강 풍경

다. 로키산맥으로부터 흘러내려 오는 가장 긴 지류인 미주리강(3,970킬로미터)과 본류를 합한 길이만 해도 6,210킬로미터나 되는데, 이집트의 나일강(6,650킬로미터), 브라질의 아마존강(6,400킬로미터)에 이어 세계에서 3번째로 긴 강입니다.

캐나다 국경과 가까운 상류에는 낙농 지대가 있고, 그 남쪽 지역에는 옥수수 지대가, 중류에는 옥수수, 밀, 목초 등의 농작물과 가축을 사육하는 지역이 있으며, 하류에는 목화를 재배하는 지대가 있습니다.

2. 개구쟁이 소년의 성장기 《톰 소여의 모험》

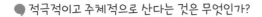

● 적극적이고 주체적으로 산다는 것은 무엇인가?

'마마보이'라는 말이 있습니다. 무슨 일이든지 자신이 주체가 되어 적극
적으로 행동하지 못하고, 모든 일을 어머니한테 의존하는 아이들을 말합니
다. '치마폭에 싸인 아이', '응석받이'라 불리기도 합니다. 요즘은 그 정도가
점점 심해져 심지어 친구를 사귀는 문제까지도 자신이 판단하지 못하고 어
머니에게 일일이 물어보는 아이들이 있을 정도라고 하니 큰 문제가 아닐 수
없습니다.

마크 트웨인은 벌써 백 년 전에 이런 현상이 벌어질 것을 예상했나 봅니다.
그래서 대자연 속에서 펼쳐지는 아이들의 신나는 모험 이야기를 통해 당시
강압적인 어른들의 행태와 교육제도를 비판했습니다. 이것은 아이들이 남에
게 의존하지 않고 스스로 문제를 해결할 수 있는 적극적이고 주체적인 모습
을 심어 주고자 했던 작가의 의도이기도 합니다.

이 작품 속의 톰 소여처럼 자신의 취향과 판단을 고려하지 않은 채 부모나
선생님에게 의존하려고만 하는 우리 아이들이 적극적인 의사 표현을 하고
주체적으로 판단하는 아이로 자라날 수 있었으면 좋겠습니다.

1 '마마보이'란 어떤 사람을 가리키는 말인가요?

....
....
....
....
....
....

2 어린이가 주인공인 모험소설의 유익한 점은 무엇인가요?

....
....
....
....
....
....

2. 개구쟁이 소년의 성장기 《톰 소여의 모험》

한 번 더 생각하기

1. 적극적이고 주체적으로 산다는 것은 무엇일까요?

....

....

....

2. 자기 일을 스스로 해결하지 못하면 무슨 문제가 생길까요?

....

....

....

3. 여러분이 장래에 하고 싶은 일은 무엇인가요? 그것을 이루기 위해 어떻게 해야 할까요?

....

....

....

2장

가정의 소중함을 그린
성장기 소설

어린 시절의 아픔을 지나 청년으로
나의 라임오렌지나무

🍊줄거리   제제는 장난꾸러기지만 마음이 착한 아이다. 아버지가 실직하는 바람에 진지야 할머니 집에서 살게 되면서 뒤뜰에 있는 라임오렌지나무와 친구가 된다. 힘들거나 어려운 일이 있을 때면 뒤뜰로 가서 라임오렌지나무와 이야기를 나누곤 한다. 제제는 나무에게 밍기뉴, 슈르루까라는 이름을 붙여 주고 자신의 고민을 털어놓는다. (라임오렌지나무가 들려주는 이야기는 제제의 내면에서 나는 소리라 할 수 있다.)

성탄절 날 제제는 선물을 받지 못하게 되자 아빠를 원망한다. 마침 아빠가 그 소리를 듣게 되자 제제는 후회한다. 하지만 이미 내뱉은 말은 어쩔 수 없다. 아빠에게 미안해진 제제는 구두통을 들고 거리에 나가 돈을 벌려 하지만 구두를 닦는 사람이 한 사람밖에 안 돼 동냥을 해 담배 두 갑을 사서 아빠에게 드리며 용서를 구한다.

제제는 다섯 살이지만 똑똑해서 여섯 살이라고 속여 초등학교에 입학한다. 영리해서 공부도 잘하고 선생님 말씀도 잘 듣는 착한 학생이어서 선생님께 칭찬받는다. 또한 제제는 차 뒤꽁무니에 매달리는 것을 좋아해서 뽀루뚜까 아저씨의 멋진 차에 매달렸다가 들켜 크게 혼이 나기도 한다. 그것이 억울해서 어른이 되면 복수하겠노라 다짐한다. 그러나 얼마 후 제제는 발을 다치게 되고 그때 뽀루뚜까 아저씨가 병원에 데리고 가서 치료를 해 주고 친절하게 대해 줘 제제와 뽀루뚜까 아저씨는 좋은 친구가 된다.

어린 제제는 감정 표현에 솔직해서 아버지한테 매를 맞기도 한다. 어느 날 제제는 아빠가 슬픈 모습으로 있는 게 안타까워 길거리에서 배운 〈나는 야한 여자가 좋아〉라는 노래를 불러 드린다. 제제는 아빠가 기뻐할 거라 생각하지만, 어린 아들이 어른들이나 부르는 야릇한 노래를 부르자 아빠는 제제가 못된 짓을 한다고 생각해 화를 내며 사정없이 때린다. 영문도 모른 채 아빠한테 매를 맞은 제제는 며칠을 꼬박 앓게 된다. 제제는 아빠한테 매를 맞은 것이 너무 억울해서 죽을 결심까지 하지만, 뽀루뚜까 아저씨를 만나 위로받는다. 뽀루뚜까 아저씨에게 자신을 아들로 삼아 달라고 하지만 뽀루뚜까 아저씨는 가족들에게서 사랑하는 아이를 빼앗아 올 수 없다고 한다. 뽀루뚜까 아저씨가 대신 아들처럼 사랑하겠다고 약속한다.

제제는 한동안 행복하고 즐거운 날들을 보내지만 어느 날 갑자기 뽀루뚜까 아저씨가 집 앞을 가로지르던 기차에 치여 세상을 떠난다. 사랑하는 사람을 잃은 제제는 너무나 슬프고 절망스러워 3일 동안이나 정신을 잃을 정도로 몹시 앓다가 간신히 살아난다. 큰 슬픔을 이기고 자리에서 일어난 제제는 라임오렌지나무 밍기뉴가 하얀 꽃을 피우자 이제 자신과 작별 인사를 하는 것이라 생각하며 슬픔을 이겨낸다.

어른이 된 제제는 어린 시절을 회상한다. 힘들 때마다 뒤꼍으로 달려

3. 어린 시절의 아픔을 지나 청년으로 《나의 라임오렌지나무》

가 이야기를 나누던 라임오렌지나무도 이제 커다란 어른 나무가 되었다. 제제는 어린 시절과 작별하듯 라임오렌지나무에 작별을 고하고 자신에게 진정한 사랑을 가르쳐 준 뽀루뚜까 아저씨에게 감사의 편지를 쓴다.

조제 마우로 데 바스콘셀로스
(Jose Mauro de Vasconcelos, 1920~1984)

바스콘셀로스는 브라질의 유명한 작가로 리우데자네이루의 방구시에서 포르투갈계 아버지와 브라질 원주민 어머니 사이에서 태어났습니다. 어린 시절 불우한 가정환경에서 자란 그는 조각상 모델 일을 하는가 하면 권투 선수, 바나나 농장 인부, 야간 업소 웨이터, 어부, 초등학교 선생님 등 다양한 직업을 전전하며 여러 방면의 삶을 경험합니다. 그리고 그것은 나중에 작가가 되었을 때 커다란 밑거름이 됩니다.

1942년 작가로서 첫발을 내디뎠고, 1962년 펴낸 《호징냐, 나의 쪽배》로 자신의 이름을 알립니다. 그는 1968년에 발표한 《나의 라임오렌지나무》로 세계적인 작가가 되었습니다. 작가로서 큰 성공을 가져다준 《나의 라임오렌지나무》는 1968년 발행 당시 브라질 역사상 최고 판매 부수를 기록했고, 나중에 영화로도 제작되었습니다. 그리고 지금도 브라질 초등학교 강독 시간 교재로 사용될 정도로 많은 사랑을 받고 있습니다.

주요 작품으로는 《햇빛 사냥》《성난 바나나》《백자 흙》《앵무새》《얼간이》 등이 있습니다.

1984년 예순넷의 많지 않은 나이로 세상을 떠나 그를 사랑하는 많은 독자들에게 슬픔을 안겨 주었습니다.

🔦 작품 이해

실제 경험을 바탕으로 쓴 자전소설

《나의 라임오렌지나무》의 작가인 바스콘셀로스가 태어난 1920년대 브라질
은 매우 가난한 나라였습니다. 주인공 제제의 어머니가 원주민이고 아버지
가 포르투갈인인 것은 작가의 출생 이력과 일치합니다. 아버지의 실업과 그
로 인해 어머니가 힘들게 일해야 했던 불우했던 작가의 어린 시절을 그대로
옮겨 놓은 것입니다. 일부 사람들은《나의 라임오렌지나무》가 작가 자신의
이야기라고 믿기도 합니다. 심지어 작품 속의 '밍기뉴'가 실제로 있는 나무가
아니냐고 묻는 아이들도 있습니다. 그래서 우리는 전기의 일종인 자서전과
소설의 일종인 자전소설을 구분할 필요가 있습니다.《나의 라임오렌지나무》
는 자서전이 아니라 자전소설입니다.

자서전과 자전소설의 차이점

자서전은 작가 자신의 생애나 중요한 사건을 중심으로 사실적으로 기록한
전기의 한 종류입니다. 자서전은 작가 스스로가 자신의 실제 경험임을 밝히
고 글을 시작하므로 자전소설과 쉽게 구분할 수 있습니다. 자신의 경험담을
쓰다 보면 자신을 미화하는 부분도 있을 수 있지만, 작가는 자신의 양심에 따
라 진실되게 써야 합니다.

자전소설은 작가 자신의 실제 경험을 바탕으로 하되, 그것에 허구적인 요
소가 덧붙여지고 사건을 재구성해 만든 이야기 즉, 소설입니다. 자전소설에
서 허구적인 부분이 덧붙여지는 것은 어디까지나 소설이기 때문에 가능하며,
이야기의 재미나 극적인 효과를 내기 위해서입니다.

가령, 이 작품에서 제제가 나무와 이야기를 나누는 장면은 현실에서는 일

어날 수 없는 허구입니다. 작가는 보이지 않는 제제의 내면세계를 드러내기 위해 상상력을 발휘하여 이 장면을 만들어 낸 것입니다. 따라서 제제와 밍기뉴의 대화는 사실상 제제가 자신의 외로움과 여러 가지 심경을 표현하는 독백입니다.

작가의 세계관

바스콘셀로스는 슬픔이란 우리가 이성을 갖게 되고, 인생의 양면성을 발견함으로써 동심의 세계를 떠나는 순간 느끼게 된다고 말합니다. 또 인생의 아름다움은 꽃과 같은 화려함이 아니라 강물에 떠다니는 낙엽과 같이 작고 하잘것없는 데서 발견하는 것이라고 합니다. 또한 사랑이 없는 인생이란 비극이고, 사랑이 부족해지는 것은 어른들이 상상력이 부족하고 감정이 메말라서 생기는 일이라고 합니다. 작가는 어린 소년 제제를 통해 황폐해져 가는 인간의 메마른 감정을 순수한 어린아이의 마음으로 되돌리기를 바랐던 것입니다.

✏️ 작품을 이해하기 위한 배경 지식

《나의 라임오렌지나무》로 보는 브라질의 역사

브라질은 1500년 포르투갈인에 의해 발견되어 포르투갈의 식민지가 되었습니다. 그래서 브라질은 포르투갈어를 사용합니다. 포르투갈인들이 처음 도착했을 때 브라질에는 대략 2백만에서 5백만 명 정도의 원주민들이 살았을 것으로 추정되는데, 현재는 2십만 명이 채 안 되는 원주민들이 살고 있습니다.

포르투갈은 사탕수수 재배지로 유명하고 지금은 커피가 주요 수출품목입니다. 식민지 지배자들은 브라질이 사탕수수를 재배하는 데 이상적인 토양과

19세기 초 브라질의 사탕수수 농장. H.코스터의 〈브라질 여행〉

기후라는 걸 알고 사탕수수를 재배하는 농장 일꾼으로 쓰기 위해 원주민을 잡아다가 노예로 만들었습니다. 노예의 포획과 매매는 브라질에서 가장 수익성 좋은 사업이 되었으며, 원주민 여자와 포르투갈 남자 사이에서 태어난 상파울루 출신 사람들이 이 사업을 장악하였습니다. 그래서 브라질에는 혼혈아가 많이 태어났습니다. 현재 브라질에는 미국보다 더 다양한 인종이 살고 있으며, 전 세계에서 가장 인종차별이 없는 나라기도 합니다.

12일 만의 글쓰기, 20년 동안의 구상

《나의 라임오렌지나무》는 1968년 출간된 이후 브라질 전역에서 200만 부 이상 팔렸을 정도로 엄청난 사랑을 받았습니다. 우리나라에서는 1978년에 처음 출판되어 지금까지 거의 400만 부 이상 팔린 것으로 알려져 있습니다. 그리고 지금은 초등학교 6학년 교과서에 실릴 만큼 성장소설의 모범으로 자리매김하였습니다.

작가가 이 작품을 쓰는 데 걸린 시간은 단 12일이었다고 합니다. 작가는 12일 만에 쓴 글로 세계적인 작가가 된 것입니다. 이러한 결과가 얼핏 행운인 것처럼 보이지만 사실은 전혀 그렇지 않습니다. 작가의 말에 의하면 이 작품을 구상하는 데는 총 20년이나 걸렸다고 합니다. 자신의 경험을 성찰하고 그 의미를 깊이 있게 이해함으로써 문학적으로 형상화하기까지 그만큼 오랜 시간이 걸린 것입니다.

● 아동 학대, 무엇이 문제인가?

아동 학대는 신체를 구타하거나 폭력을 행사하는 것뿐만 아니라 아이들에게 애정과 관심을 주지 않거나 방임하여 아이들이 정신적으로 상처받게 하는 것까지도 포함됩니다.

아이들이 신체적으로 학대받으면 몸만 망가지는 게 아니라 마음도 망가져 쉽게 화를 내거나 물건을 부수며 우울증과 자살 시도 같은 증상을 보일 수도 있습니다. 또한 정신적으로 학대받은 아이는 인간관계에서 상대방의 관심을 끌려 하며 항상 무언가를 필요로 하고 부족하다는 느낌을 가지기도 합니다. 그래서 나쁜 행동을 해 관심을 끄는 경우도 있습니다. 또한 도덕 발달 부분에 있어 결함을 보이거나 공격적이고 도전적인 행동을 보이기도 합니다. 심지어 자신의 존재 가치를 느끼지 못해 자살 충동을 느끼기도 합니다. 《나의 라임오렌지나무》의 제제가 누나한테 심한 욕을 하며 대든다거나 아빠한테 잘 보이기 위해 천박한 노래를 부르는 행위, 그리고 극심한 자살 충동을 느끼는 것이 다 이런 증상에 포함된다고 볼 수 있습니다.

폭력적인 상황에 노출되면 아이들은 우선 현장을 떠나는 것이 좋습니다. 또한 아동 폭력이 반복되면 《나의 라임오렌지나무》의 제제처럼 주변 사람들에게 도움을 청해야 합니다. 요즘에는 폭력으로부터 보호받을 방법이 많습니다. 학교에서는 담임 선생님이나 상담 선생님에게 도움을 요청하는 것이 가장 좋고, 학교 밖에서는 인터넷을 통해 아동, 여성, 장애인을 지원하는 사이트에 접속하거나 전화로 직접 신고할 수 있습니다.

1 비밀을 털어놓을 수 있는 가장 친한 사람을 소개해 보세요.

....

....

....

....

....

....

2 비밀을 털어놓으면 무엇이 좋을까요? 아니면 비밀을 털어놓지 않는 것이 좋은 이유는 어떤 것이 있는지 말해 보세요.

....

....

....

....

....

....

한 번 더 생각하기

1. 제제처럼 사람이 아닌 사물과 대화를 나눈다면 어떤 점이 좋을까요?

....

....

....

2. 제제는 슬퍼 보이는 아빠를 위로하기 위해 노래를 불렀다가 오히려 매만 맞았어요. 작가가 이러한 아빠를 통해 말하고자 하는 것은 무엇일까요?

....

....

....

3. 이 작품에서 자전 소설적인 장면을 찾아 자전적 부분(실제 경험)과 소설적 부분(꾸며낸 경험)으로 구분해 보세요.

....

....

....

04 가족에게 상처받은 사춘기 소년
홍당무

🧑‍🦰**줄거리**　빨강 머리에 주근깨투성이 얼굴 때문에 '홍당무'라고 불리는 아이가 있다. 이기적인 형과 얄미운 누나에게 놀림당하고 무뚝뚝하고 쌀쌀맞은 어머니에게 온갖 구박을 받아 마음에 상처가 많다.

어느 날 밤 어머니가 3남매 중 큰아이에게 닭장 문을 닫으라고 한다. 큰아들과 둘째인 딸이 무섭다고 하고 셋째인 홍당무도 무섭다고 한다. 하지만 홍당무는 남자다워 무서움을 모를 거라며 어머니와 형과 누나는 그를 추켜세운다. 그들의 칭찬에 우쭐해진 홍당무가 무서움을 무릅쓰고 닭장 문을 닫고 오자, 그때부터 닭장 문 닫는 일은 홍당무가 도맡아 하게 된다.

홍당무는 아빠가 잡아 온 자고새 털을 벗기는 일도 혼자 도맡아 한다. 하지만 가족들은 어쩔 수 없이 자고새를 잡는 홍당무의 마음도 몰라 주고 오히려 잔인하다며 핀잔만 늘어놓는다. 홍당무는 어차피 누군가는 해야 할 일을 자기가 하는데 나쁜 소리까지 들으니 그들이 원망스럽기만 하다.

가족들은 멜론이 생겼을 때도 홍당무가 멜론을 싫어한다며 홍당무건 남겨 놓지 않고 다 먹어 버린다. 홍당무는 차마 말도 못 하고 가족들이 먹다 남은 멜론 껍질을 토끼에게 갖다 준다고 하면서 가족들 몰래 멜론 껍질을 빨아 먹는다. 홍당무는 형과 사냥을 하러 갔을 때도 총 한 번 쏘지 못하고 이용만 당한다. 형은 총 쏘는 것은 제가 다 하고, 정작 총을 메고 다니는 건 홍당무에게 떠넘긴다. 집에 왔을 때 내막을 모르는 아버지는 형제간에 우애가 좋다고 칭찬한다.

홍당무는 정상적인 가족이라면 도저히 있을 수 없는 일들을 당한다. 어머니는 홍당무의 마음은 알아주려 하지 않고 홍당무를 부려먹기만 한다. 홍당무는 학교에 입학하지만 어머니의 학대를 견디다 못해 반항하기 시작한다. 아버지는 홍당무와 대화를 하기 위해 그를 밖으로 데리고 나가 이야기를 하다 아버지도 어머니를 사랑하지 않는다고 고백한다. 홍당무는 아버지와 처음으로 마음이 통한 것에 기뻐한다. 그런데 아버지는 그래도 어머니니까 사랑해야 한다고 말한다. 홍당무도 그 말에 동의하고 일상생활로 돌아간다.

홍당무는 무섭지만 닭장 문을 닫으라는 어머니의 말에 순응하고 궂은일을 도맡아 하지만 마음속 깊이 상처받는다. 홍당무는 어리숙하게 매번 형한테 속지만 가난한 사람을 도울 줄 알고 여자 친구를 진심으로 위할 줄도 안다. 아버지와의 대화를 통해 자신의 속내를 드러낼 줄도 알게 되면서 어머니한테 사랑받지 못한다는 피해 의식에 반항도 해 보지만 쾌활한 성격으로 잘 극복해 나간다.

쥘 르나르
(Jules Renard, 1864~1910)

쥘 르나르는 프랑스의 소설가이자 극작가로 프랑스 중부에 있는 라바울에서 태어났습니다. 1886년 시집 《장미》로 문단에 등단한 그는 시와 소설을 쓰면서 5년 동안 신문기자 생활을 하다 《홍당무》를 발표하면서 명성을 떨치게 됩니다. 《홍당무》는 희곡으로도 각색되어 파리에서 상연되자마자 대단한 호평을 받았을 뿐만 아니라 세계 각국에 번역되어 많은 아이들이 읽었습니다. 1907년에는 프랑스 문학상 심사위원인 아카데미 공쿠르 회원으로 선출되고 이후에 자신만의 확고한 문학 세계를 선보이며 명성을 얻지만 나이가 들자 고향으로 돌아가 촌장 일을 보면서 농촌을 개혁하는 데 힘을 기울였습니다.
《홍당무》이후 《포도밭의 포도 재배자》 《박물지(博物誌)》등의 명작을 잇달아 썼습니다. 특히 《박물지》는 '이미지 사냥꾼'이라는 그의 면모가 잘 드러나는 작품이며 사후에 발표된 《일기》는 1887년 이후 24년에 걸쳐 쓴 것으로 세상을 관찰하고 문체를 연마하는 작가의 고된 생활이 솔직하게 묘사되어 있어 그의 높은 문학성을 평가할 수 있는 좋은 자료기도 합니다.
그의 작품은 감상적인 태도를 배제한 채 사실주의에 바탕을 둔 예리한 관찰력으로 현실을 군더더기 없이 간결한 언어로 섬세하게 표현했다는 평을 받고 있습니다.

작품 이해

《홍당무》에 드러난 사춘기 아이의 특징

《홍당무》는 작가가 자신의 불행했던 청소년기를 회상하며 쓴 소설입니다. 작가의 소년 시절 모습을 담은 홍당무는 단순하고 어리숙하며 충동적이고 순진합니다. 흔히 우리가 볼 수 있는 성장기 소년의 특징이 그대로 드러나 있습니다.

작가는 이 글을 통해 청소년기에 필요한 것이 무엇인지를 어른들에게 말하고 싶었던 겁니다. 어른들이 좀 더 청소년의 심리를 헤아려 주고 따뜻한 마음으로 감싸 안아 주기를 바라는 마음을 《홍당무》라는 소설에 담았습니다.

사춘기의 신체적 특징

사람은 일생에 두 차례에 걸쳐 가장 왕성하고 급격한 신체 발달 시기를 겪습니다. 출생 후 약 2년까지가 제1차 성장기고, 남녀 모두 어른으로 급격하게 성장하는 사춘기가 제2차 성장기입니다.

청소년기의 성장은 여학생이 2~3년 정도 먼저 옵니다. 여학생은 열한 살부터 열네 살에 이르면 피하지방이 많아지고 2차 성징이 뚜렷해지며 체중이 증가합니다. 보통 초등학교 5학년에서 중학교 2학년까지는 같은 나이 또래 남학생보다 키나, 가슴둘레 같은 신체 조건이 더 우세해 성숙해 보입니다.

남학생은 대개 열 살에서 열여섯 살 사이에 키가 커지는 등 여러 가지 신체 변화가 오는데 여자들보다 그 기간이 깁니다. 그래서 초기에는 여학생보다 두세 살 정도 어려 보이기도 합니다.

사춘기의 심리적 특징

사춘기 때는 어른이 되어 가는 과정에서 신체적, 심리적 변화를 크게 느끼기 때문에 다른 사람들의 말에 더 신경이 쓰여 자기만의 세계에 빠져 있기도 합니다. 다른 사람에 대해 과도하게 의식하기 때문에 부정적인 반응을 보이기도 합니다. 대표적인 현상이 상대방이 무의식적으로 던진 말에도 쉽게 상처받는가 하면 자신의 사소한 실수를 떠올리며 창피해하는 경우입니다.

다른 사람에게 멋있어 보이려 외모에 신경 쓰고 유행에도 민감해집니다. 또 미래에 대한 불안과 부모의 높은 기대로 인해 압박과 두려움이 커져 일탈 행동을 보이기도 합니다. 사춘기에 접어들면 부모와 갈등이 많아지는 이유는 이런 기대감에 부합하지 못하는 자신에 대한 실망감 때문이기도 합니다.

청소년기는 몸과 마음이 어린아이에서 어른으로 옮아가는 시기입니다. 청소년은 어린아이와 어른 사이에 있으므로 어떤 때는 어린아이로, 어떤 때는 어른으로 취급받곤 합니다. 그래서 청소년들은 때로 어른들의 양면적인 태도 앞에서 어리둥절해집니다. 예전에는 사춘기 즈음이면 결혼을 하는 등 곧바로 어른이 됐기 때문에 과도기로서의 청소년기를 보낼 수가 없었습니다.

그러나 현대 사회에서는 예전에 비해 교육 기간이 길어지고 결혼 연령이 높아지는 등 어른이 되기 위한 준비 기간이 늘어나면서 긴 청소년기를 거치기 때문에 사춘기 시기를 어떻게 지나는지에 대한 중요성이 점점 더 높아지고 있습니다.

사춘기의 성 정체성 형성

사춘기가 되면 누구나 한 번쯤은 성 정체성에 대해 고민하게 됩니다. 또한 자기 몸에 생기는 변화에 당황하기도 하고 혼자만의 비밀이 생기기도 합니다. 하지만 이 모든 것은 성숙한 어른이 되기 위한 과정일 뿐입니다.

1902년판 《홍당무》의 삽화

옛날에는 여자는 어머니를, 남자는 아버지를 본받아 자신의 성 정체성을 형성했습니다. 우리나라는 전통적으로 남자는 씩씩함을, 여자는 얌전함을 강조했습니다. 하지만 현대 사회에서는 남자와 여자의 말투나 행동에 대한 고정적인 관념이 많이 사라졌습니다. 이처럼 '여자답다', '남자답다'라고 하는 것은 태어날 때부터 결정되는 것이 아니라 가정과 사회 속에서 형성되는 것입니다. 선천적으로 결정된 성과 후천적으로 형성되는 성이라는 두 가지 조건 속에서 조화롭게 자신의 성 정체성을 정립해 가는 것이 바람직합니다.

4. 가족에게 상처받은 사춘기 소년 《홍당무》

✎ 작품을 이해하기 위한 배경 지식

작가의 불행했던 유년기

실제로 작가 쥘 르나르의 어머니
는 말수가 적고 고집이 세고 지
나치게 강압적이어서 감수성이
풍부한 어린 아들을 불행하게 만
들었다고 합니다. 르나르가 어머
니의 사랑을 받지 못해 불행하다
고 느꼈던 감정을 작품 속에 그대
로 그려냈던 거죠. 작가는 부모님

1902년판 《홍당무》의 삽화에서 묘사한 홍당무

의 사랑과 관심이 자녀에게 얼마나 중요한가를 일깨워 주기 위해 《홍당무》
를 썼다고 합니다.

《홍당무》에는 아이들의 감성이 잘 드러나 있으므로 부모님과 함께 읽고
이야기를 나누면 좋을 것입니다.

아내를 위로하기 위해 창작한 작품

쥘 르나르는 1960년 일기에서 "나로 하여금 《홍당무》를 쓰게 한 것은 나의
아내에 대한 어머니의 심술궂은 태도 때문이었다"라고 밝히고 있습니다. 작
가에게 어렸을 때 상처를 주었던 신경질적이고 무뚝뚝했던 어머니가 아들이
결혼하고 난 다음에도 똑같이 며느리를 괴롭혔던 것입니다.

아내가 어머니 때문에 힘들어하는 모습을 보면서 작가는 자신의 불행했던
어린 시절을 떠올리게 되었습니다. 그리고 아내를 위로하기 위해 《홍당무》를
쓰게 되었습니다.

사실주의 연극으로서의 〈홍당무〉

《홍당무》는 작가의 자전적 소설인 만큼 실제 있었던 성장기의 불행했던 이야기가 있는 그대로 나오기도 합니다. 이렇게 작가의 주관적 해석을 최대한 배제하고 현실을 있는 그대로 보여 주는 방식을 사실주의라고 합니다. 쥘 르나르가 살던 시대에는 문학계에서 사실주의가 크게 유행했습니다. 《홍당무》도 사실주의 문학 작품이지요.

《홍당무》는 연극으로도 만들어져 극장에서 공연되었습니다. 소설을 연극으로 각색하는 작업은 르나르가 직접 했다고 합니다. 연극 〈홍당무〉 역시 사실주의를 바탕으로 표현되었습니다. 당시에는 무척 실험적이었던 이러한 기법으로 〈홍당무〉는 많은 관객들로부터 큰 호응을 받을 수 있었습니다.

4. 가족에게 상처받은 사춘기 소년 《홍당무》

● 청소년기에 가족의 사랑은 왜 중요한가?

　많은 사람들이 《홍당무》를 단순히 성장기 소설로만 봅니다. 그래서 막상 소설을 다 읽고 나서 도대체 주제가 무엇인지 모르겠다는 사람들도 있습니다. 물론 이 소설은 내용만 봐서는 주제를 찾기가 힘듭니다. 그래서 소설을 이해하기에 앞서 우리가 먼저 알아야 할 것이 있습니다.

　홍당무는 집안의 궂은일은 다 하면서도 늘 어머니한테 구박을 받거나 형과 누나로부터 놀림을 당합니다. 물론 홍당무 자신이 용기 있어 보이려고 혹은 멋있어 보이려고 하는 사춘기적 행동들 때문에 그렇게 되는 점도 있습니다. 그러나 문제는 왜 홍당무가 이런 행동을 해야 했는지 아무도 관심을 가지지 않았다는 것입니다.

　가족에게 사랑받지 못한 학생은 학교에서도 수업 시간에 산만하고 말썽을 피운다고 합니다. 가족에게 받지 못한 사랑과 관심을 그렇게라도 받고 싶어서 하는 행동인데, 오히려 그런 행동 때문에 더 미움받고 결국엔 비뚤어진 성격이 형성됩니다.

　이 소설에는 때로는 어리숙하고, 때로는 잔인하고, 때로는 무모하고, 때로는 여리고 미숙한 행동을 통해 사랑과 관심을 받고 싶어 하는 소년의 심리가 매우 잘 드러나 있습니다.

❶ 내가 아는 사춘기의 특징에 대해 말해 보세요.

....

....

....

....

....

....

❷ 누군가에게 사랑받고 있지 못하다는 느낌이 들 때가 있나요? 그렇다면 언
제 그런가요?

....

....

....

....

....

....

4. 가족에게 상처받은 사춘기 소년 《홍당무》

한 번 더 생각하기

1. 나의 별명은 무엇인가요?

....

....

....

2. 여러분은 별명으로 불렸을 때 어떤 기분이 드나요?

....

....

....

3. 이름 대신 별명으로 부르면 좋은 점이 많을까요, 나쁜 점이 많을까요? 좋은 점이 많으면 왜 그런지, 나쁜 점이 많으면 왜 그런지 얘기해 보세요.

....

....

....

3장

참된 삶이란 무엇인가?

05

어린아이가 알려 주는 행복의 의미

어린 왕자

줄거리 나는 보아 뱀이 코끼리를 삼킨 그림을 어른들에게 보여 주면서 "무섭지 않아요?"라고 물어본다. 하지만 어른들은 그것을 모자라고 생각하고 "이게 왜 무섭니?"라고 대답하며 이상하게 생각한다. 겉모습만 보고 그 안에 들어 있는 모습은 보지 못하는 어른들은 나를 이해하지 못한다. 그래서 나는 마음을 터놓고 이야기할 사람이 없어서 늘 혼자 쓸쓸하게 지낸다.

나는 어른들이 말하는 '엉뚱한 그림'을 그리느니 차라리 지리나 역사에 관심을 가지라는 어른들의 말을 듣고 화가가 되려던 꿈을 포기하고 비행기 조종사가 된다. 나는 세계 여기저기 안 가 본 곳이 없다. 그러던 어느 날 사하라 사막 위를 날아가던 중 비행기가 고장 나서 사막에 불시착한다. 그리고 그때 마침 사막을 여행하는 어린 왕자를 만난다.

어린 왕자는 나에게 양을 그려 달라고 한다. 그래서 나는 양을 그려 주지만 어린 왕자는 몇 번이고 그것은 자신이 원하는 양이 아니라고 말한다. 귀찮아진 나는 네모 상자를 그려 주고 그 안에 양이 있다고 말하자 어린 왕자는 매우 기뻐한다. 어린 왕자는 내가 어렸을 때처럼 겉으로 보이는 모습만 보고 판단하지 않는, 사물의 내면을 보는 마음의 눈을 갖고 있다. 드디어 나는 마음이 통하는 친구를 만난 것이다.

어린 왕자는 집 한 채 크기 정도의 아주 작은 별에서 산다. 자기 별에 있는 화산을 청소하고, 바오밥나무가 자라지 못하도록 뽑아 주면서 잘 지냈지만 친구가 없어서 외롭고 슬펐다. 그러던 어느 날 어디선가 날아온 씨앗이 자라 장미가 핀다. 장미를 열심히 돌보지만 장미의 까다로운 성격 때문에 어린 왕자는 실망하고 자기 별을 떠나 이웃 별들을 여행한다.

어린 왕자는 일곱 개의 별을 여행하면서 만났던 각기 다른 삶을 사는 사람들의 이야기를 들려준다.

첫 번째 별에는 신하도 백성도 없는 곳에서 혼자 왕 노릇을 하는 사람이 살고 있다. 신하와 백성이 없으면 왕이라도 열심히 일해야 하는데, 자기 혼자 왕처럼 사는 모습이 한심하다.

두 번째 별에는 자기가 최고인 줄 알고 잘난 척하는 허영쟁이가 살고 있다. 아무도 없는 곳에서 혼자 잘났다고 하지만 자기를 칭찬해 주는 사람이 없어서 불행하다고 느끼는 사람이다.

세 번째 별에는 술주정뱅이가 살고 있다. 이 사람은 자기가 술을 마시는 것이 부끄러워 그 부끄러움을 잊으려고 술을 마신다고 한다. 잘못을 고치려 하기보다는 술에 취해 잠시나마 잊으려고 하는 어리석은 사람이다.

네 번째 별에는 사업가가 살고 있다. 이 사람은 별을 소유하기 위해 한시도 쉬지 않고 오로지 일만 하며 산다. 행복하기 위해 일을 한다지만 인생을 힘들게 살아가고 있는 모습이 너무나 안타깝다.

다섯 번째 별에는 온종일 가로등을 켰다 끄는 걸 반복하는 사람이 살고 있다. 1분에 한 번씩 불을 켜고 끄는 일을 반복한다. 가로등을 왜 켜고 왜 꺼야 하는지 이유도 알지 못한 채 그저 그 일을 반복하는 어리석은 사람이다.

여섯 번째 별에는 지리학자가 살고 있다. 지리학자라면 여기저기 돌아다니면서 직접 관찰하고 경험해야 하는데, 이 사람은 책 속에 파묻혀 책만 보며 지리책을 만든다. 지리학자면서 지금까지 단 한 명의 탐험가도 만나 본 적이 없다고 한다. 평생을 책장만 넘기며 사는 어리석은 사람이다.

어린 왕자는 처음 사막에 도착해 뱀을 만난다. 다음에는 볼품없는 꽃을 만나고, 장미가 만발한 정원에 간다. 어린 왕자는 장미를 보고는 흐느껴 운다. 그리고 그때 여우를 만난다.

여우는 말한다.

"네가 나를 길들인다면 나는 너에게 이 세상에서 오직 하나밖에 없는 존재가 될 거야."

어린 왕자는 여우에게서 길들인다는 게 무엇인지 배운다. 그리고 여우는 길들인 것에 대해서는 책임을 져야 하며, 가장 중요한 것은 마음으로만 볼 수 있다고 한다.

어느덧 비행기를 다 고쳐 사막을 떠날 시간이 되자 어린 왕자가 내게 말한다.

"아저씨, 밤이 되거든 별들을 쳐다봐. 여러 별들 중 하나가 내 별일 테

앙투안 드 생텍쥐페리
(Antoine de Saint-Exupéry, 1900~1944)

생텍쥐페리는 소설가이자 조종사로 프랑스 리옹에서 명문 귀족의 자제로 태어났습니다. 프랑스 최대 베스트셀러 작가로 유로화가 통용되기 전 프랑스 50프랑 지폐에 얼굴이 새겨지기도 했습니다. 그는 해군 학교에 지원했으나 실패하고 미술 학교에서 건축을 공부했습니다. 그리고 비행기에 매료되어 조종사 자격증을 획득하여 비행사가 됩니다. 제대 후 여러 직업을 전전했지만 정착하지 못하고 소설을 쓰기 시작합니다. 많은 모험과 비행 경험을 바탕으로 《남방 우편기》《야간 비행》 등의 작품을 발표했고, 노벨상을 받은 소설가 앙드레 지드의 격찬을 받으며 페미나 문학상을 받았습니다. 이후 스페인 내전 때 〈파리 쓰와르〉지 특파원으로 장거리 비행 기록에 도전하는 등 의욕적인 활동을 하며 《인간의 대지》로 아카데미 프랑세즈 소설 대상을 받았습니다.

제2차 세계대전이 일어나자 현역 대위로 입영, 1940년 미국으로 가서 프랑스에 대한 원조를 호소하며 《전투 조종사》와 《어린 왕자》 등의 작품을 발표했습니다. 1942년 연합군의 아프리카 상륙에 성공하자 미군 지휘의 우즈다 비행단에 편입하여 여러 차례 출격하여 활동하던 중 1944년 7월 31일 출격했다가 돌아오지 않았습니다.

니까 아저씨가 어떤 별을 보든 행복해질 거야."

마지막 작별 인사를 마친 어린 왕자는 사막 위로 죽은 듯이 쓰러진다. 다음 날 그곳에 가 보았을 때 어린 왕자는 사라지고 보이지 않는다. 나는 비행기를 고쳐 고향으로 돌아오지만 어린 왕자를 만났던 6년 전 일을 아직도 잊지 못한다. 지금도 어린 왕자가 살고 있을지도 모를 별을 생각하며 나는 행복해한다.

5. 어린아이가 알려 주는 행복의 의미 《어린 왕자》

🔖 작품 이해

격추된 것인가, 어린 왕자의 별로 떠난 것인가?

1942년 작가 생텍쥐페리는 미국에서 연합군으로 활동하고 있었습니다. 그는 독일군에 점령된 프랑스에 원조해 줄 것을 호소했고 프랑스에 남아 있는 한 유대인 친구를 생각하며 괴로워했습니다. 나치의 잔혹한 위협 속에서 불안에 떨고 있을 친구를 위해 그가 할 수 있는 일은 오직 글을 쓰는 것뿐이었습니다. 처음에는 〈어느 인질에게 보내는 글〉을 썼지만 만족하지 못하고 다시 쓴 글이 《어린 왕자》입니다.

프랑스 국립항공우주박물관에 전시된 《어린 왕자》

용기 있는 조종사이자 행동주의 작가였던 프랑스의 영웅 생텍쥐페리는 1944년 7월 31일, 프랑스 남부 해안 그르노블-아네시 지구를 정찰하던 중 영영 돌아오지 않았습니다. 독일군 비행기에 격추된 것인지 아니면 그가 쓴 동화에서처럼 어린 왕자가 사는 별로 떠난 것인지 그의 실종을 둘러싸고 떠돌던 수수께끼가 풀리기까지는 여러 해가 걸렸습니다.

2004년 4월 프랑스 수중 탐사대가 생텍쥐페리와 함께 사라진 항공기의 잔해를 발견한 것입니다. 항공기의 잔해는 지중해의 항구 도시 마르세유 근해에서 발견되었고, 그 2년 전에는 같은 해역에서 어민이 그물에 걸린 '앙투안 드 생텍쥐페리(Antoine de Saint-Exupéry)'라고 새겨진 팔지를 발견한 적도 있었습니다.

✎ 작품을 이해하기 위한 배경 지식

생텍쥐페리와 세계대전

생텍쥐페리는 젊었을 때 제1차 세계대전에 참전하였고, 이미 제대하고 마흔 네 살의 나이임에도 다시 제2차 세계대전에 참전하여 나치에게 저항한 지식인이었습니다. 그의 작품 속에는 세계대전으로 황폐화된 인간의 내면을 안타깝게 여기는 마음이 고스란히 담겨 있습니다. 전쟁은 인간의 욕심이 빚어낸 가장 큰 재앙입니다. 내가 가진 것에 만족하지 못하고, 남의 것을 빼앗으려는 욕심이 바로 전쟁의 원인인 것입니다. 생텍쥐페리는 수많은 사람을 무자비하게 죽이는 전쟁이라는 비극을 막기 위해서라도 인간이 선한 마음을 찾아야 한다고 생각했습니다. 바로 어린이처럼 해맑고 순진한 마음으로 이웃을 사랑해야 우리 모두 행복할 수 있다고 생각한 것입니다.

제1차 세계대전

독일 주도로 오스트리아, 헝가리, 터키가 동맹국이 되어 일으킨 전쟁입니다. 프랑스, 영국, 러시아, 이탈리아, 미국 등이 연합국을 형성하여 동맹국에 맞서 싸웠습니다. 이 전쟁은 유럽 국가 대부분이 참여하였으며 이후 세계정세에 큰 영향을 끼쳤습니다.

1914년 8월, 유럽 열강들의 제국주의 정책이 충돌하면서 전쟁이 일어나자 유럽에서는 애국주의를 강조하였습니다. 많은 국가가 폭력에 맞서 정의를 지지하고, 국제적인 도덕성을 지키기 위해서는 전쟁이 불가피하다고 생각했습니다. 이 전쟁은 연합국의 승리로 끝나긴 했지만 전쟁 중에 러시아에서 공산주의 혁명이 성공하고 전쟁 후에는 패전국 독일이 더욱 국방력 강화를 도모하게 되어 결국 제2차 세계대전의 불씨가 되었습니다.

제2차 세계대전

인류 역사상 많은 인명 피해와 재산 피해를 일으킨 가장 잔인한 전쟁입니다. 전쟁은 크게 서부 유럽 전선, 동부 유럽 전선, 그리고 중일·태평양 전선으로 나뉘어 치러 졌습니다. 유럽 전선은 독일 나치당의 총수였던 히틀러를, 태평양 전선은 미국의 원자폭탄 투하로 항복을 선언한 일본을 전범으로 기록하고 있습니다.

일본의 항복 후 일본기를 내리는 미군

제2차 세계대전은 1945년 8월 15일 일본이 미국에 무조건 항복하면서 끝이 났습니다. 그 결과 대한민국, 대만 등 일본의 식민지로 남아 있던 지역들이 독립하거나 원래대로 복귀하였습니다. 전쟁 기간 중 일본은 우리나라에 일본군 위안부와 조선인 강제 징용을 강요했고, 우리말과 우리말로 된 이름도 쓰지 못하게 했으며, 독일은 수백만 명의 유대인을 학살하는 만행을 저질렀습니다. 전쟁 중에 죽은 사람만 무려 4천여만 명에 달해 인류 역사상 가장 끔찍한 전쟁으로 기록되고 있습니다.

행동주의 문학

1925년에서 1930년 무렵 프랑스에서 발생한 문학 경향입니다. 문학이 인간의 내면세계만을 묘사하는 데서 그치지 않고 인간의 활동과 행동, 적극적인 사회 참여에 중요성을 두어야 한다는 주의를 일컫습니다. 생텍쥐페리는 주로 체험을 토대로 한 소설을 써 인간의 삶, 그 의미에 깃든 책임감과 소명의식을 깊이 인식한 행동주의 작가로 《어린 왕자》를 통해 독특한 세계를 창조했습니다.

● '길들이기'와 '관계'의 의미

현대 산업 사회에서는 인간관계가 형식적으로만 이루어지고 사람들의 가치 또한 물질적으로만 평가됩니다. 인간적 가치가 형식과 물질에 의해 뒷전으로 밀려난 이런 현상을 '소외'라고 일컫습니다.

사회적 동물인 인간이 세상을 살아가기 위해 가장 중요하게 여겨야 할 것은 '관계'입니다. 이것을 이해하기 위해서는 '길들이기'가 얼마나 중요한지를 알아야 합니다.《어린 왕자》는 사람들과의 관계 맺음의 중요성을 모르고서는 행복을 추구할 수 없음을 알려 주는 작품입니다.

나는 코끼리를 삼킨 보아 뱀 그림을 어른들에게 보여 주지만 어른들은 그것을 모자라고 생각합니다. 겉으로 보이는 현상만 보기 때문입니다. 그래서 나와 어른들은 올바른 관계를 맺기 힘듭니다. 나와 어른(또는 타인)이 올바른 관계를 맺기 위해 서로를 길들이는 과정이 필요한 이유가 여기에 있습니다.

어린 왕자가 지구에 오기 전에 여섯 개의 별에서 만난 사람들은 한결같이 누구와도 관계를 맺지 못한 채 혼자 살아가는 사람들입니다. 그것은 자신만의 관점과 이익을 위해서 사물을 바라보기 때문입니다. 그런 이유로 그들은 다른 사람들과 전혀 관계를 맺지 못합니다. 그러나 나와 어린 왕자는 어른들처럼 사물을 겉모습과 숫자로만 판단하지 않고, 내면을 들여다보고 그 안에서 소중한 가치를 발견합니다. 그래서 두 사람은 마음이 통하는 친구가 됩니다. 가장 소중한 것은 눈이 아니라 마음으로 봐야 한다는 것을 두 사람은 알고 있었던 것입니다.

한편, 어린 왕자는 여우를 만나 관계 맺는 방법을 배웁니다. 여우는 관계를 맺기 위해서는 먼저 길들이기를 해야 한다고 말합니다. 길들이기란 상대에게 자신을 맞추는 것으로, 상대가 원하는 것을 해 주기 위해 많은 정성과 시간을 쏟아야 합니다. 그래야 진정한 관계가 성립되고, 길들여진 상대방은 세상에서 하나뿐인 소중한 존재가 되는 것입니다. 그리고 여우는 길들인 것에는 책임을 져야 한다고 말합니다.

어린 왕자는 다시 자기 별로 돌아갑니다. 자기가 길들인 장미에게 책임을 지기 위해서였을 겁니다.

1 서럽게 울고 있는 어린 왕자에게 여우가 다가와 자기를 길들여 달라고 말합니다. '길들인다'는 것은 무슨 뜻일까요?

....

....

....

....

....

2 어린 왕자는 여러 별을 여행하면서 만난 사람들을 이해하지 못합니다. 그 인물 중에 떠오르는 사람 한 명과 이해할 수 없었던 이유를 쓰세요.

....

....

....

....

....

....

5. 어린아이가 알려 주는 행복의 의미 《어린 왕자》

한 번 더 생각하기

1. 친구와 사귈 때는 어떤 마음과 태도를 가져야 할까요?

....

....

....

2. '마음으로 세상을 본다'는 의미는 무엇인가요? 어린 왕자는 다른 사람들이 보지 못한 무엇을 보았나요?

....

....

....

3. 어린 왕자가 자기 별로 돌아가서 지금은 어떻게 지내고 있을지 자유롭게 상상해 보고, 그다음 이야기를 재미있게 만들어 보세요.

....

....

....

문학으로 철학하기
06 톨스토이 단편선

🧑‍🏫 줄거리 사람은 무엇으로 사는가?

구둣방 주인 세묜은 새 외투를 사려고 마음먹지만, 구두 수선을 해 준 농부에게 외상값을 받지 못해 외투를 사지 못한다. 그리고 돌아오는 길에 교회 옆에 쓰러져 있던 낯선 사나이를 집으로 데려온다. 없는 살림에 객식구까지 생기자 아내가 처음에는 싫어하지만 낯선 사나이의 처지를 듣고는 따뜻한 마음으로 받아 준다. 그러자 낯선 손님은 첫 번째 미소를 짓는다. 자신도 비록 가난하지만 더 어려운 사람을 따뜻하게 맞아 주는 사람이 있음을 알았기 때문이다.

미하일이라고 하는 그 사람은 세묜의 집에서 구두를 수선하는 일을 한다. 어느 날 부자 한 명이 비싼 가죽을 가져와 오만한 말투로 일 년을 신어도 실밥이 터지지 않는 구두를 만들라고 으름장을 놓는다. 부자가 곧 죽을 것을 알고 있었던 미하일은 부자가 주문한 구두 대신 사람이 죽었을 때 신는 소박한 단화를 만든다. 그리고 두 번째 미소를 짓는다. 사람은 자기한테 진정으로 필요한 것이 무엇인지 알 힘이 없다는 것을 깨달았기 때문이다. 잠시 후, 과연 미하일의 예상대로 그 부자의 하인이 찾아와 주인어른이 마차 사고로 죽었다며 단화를 만들어 달라고 다시 주문한다.

미하일이 세몬의 집에 오고 6년쯤 되었을 무렵, 한 여자가 쌍둥이를 데리고 찾아온다. 친모가 아닌 이 여자는 출산하다가 갑자기 죽은 옆집 사람의 아이들을 자기 자식처럼 키워 왔는데, 이날 아이들의 신을 주문하러 온 것이다. 이를 본 미하일은 세 번째 미소를 짓는다. 사람에게 사랑하는 마음이 있으면 서로 의지하며 살 수 있다는 것을 알았기 때문이다.

원래 미하일은 천사다. 단지 사람에게 꼭 필요한 것이 무엇인지 깨닫지 못해 인간 세상으로 내려온 것인데, 세몬의 집에서 세 가지 체험을 통해 마침내 그것을 알게 된다. 첫째, 사람에게는 연민의 마음이 있다는 것을 알았고 둘째, 사람은 자신에게 필요한 것이 무엇인지 알 힘이 없다는 것을 알았고 셋째, 사람은 조건 없는 사랑으로 산다는 것을 깨달았다. 미하일은 그 세 가지를 깨닫고 다시 천사가 되어 하늘로 올라간다.

두 형제와 황금

옛날에 아파나시라는 형과 이오안이라는 동생이 살았다. 그들은 하나님을 섬기고 가난한 사람들을 돕길 좋아했다. 병자나 과부, 고아, 자신의 도움이 필요한 사람이 있는 곳이라면 어디든 가서 일해 주고 보수도 받지 않았다. 하지만 그들은 일요일만은 집에 머물며 기도를 하고 이야기를 나누었다.

그러던 어느 날 오랜 세월 이렇게 사는 형제를 지켜보던 천사가 하늘에서 내려와 그들을 축복했다. 마을 사람을 도우러 가던 중에 형은 동생이 무언가를 보고 놀라 도망치는 모습을 본다. 그곳에 가 보니 거기엔 황금 덩어리가 놓여 있었고, 그걸 본 동생이 놀라서 도망쳤던 것이다. 아파나시는 황금으로 하나님을 섬길 수 있는 교회도 짓고 어려운 사람을 도울 수 있겠다고 생각한다. 그래서 옷을 벗어 챙길 수 있는 만큼의 금화를 챙겨 도시로 가서 집을 세 채 짓는다. 한 채는 과부와 고아 들을 위한 양호 시설, 한 채는 병자와 불구자 들을 위한 요양 시설, 한 채는 부랑자와 거지 들을 위한 수용 시설이었다. 아파나시는 남은 돈으로 각 시설의 감독을 채용해 금화를 맡기면서 가난한 사람들에게 나눠주라고 한다. 수용소는 사람들로 가득 찼고, 사람들은 한결같이 아파나시를 칭송했다.

아파나시는 다시 금화를 발견한 곳으로 갔다. 그런데 별안간 형제를 축복하던 천사가 나타나 그를 무섭게 노려보며 말했다.

"네 동생이 황금을 보고 달아난 일은 네가 그 황금으로 베푼 행동보다 한결 값진 일이다."

아파나시는 자신이 가져간 금화로 얼마나 좋은 일을 했는지 천사에게 설명했다.

"너는 아직도 너를 유혹하려고 황금을 두고 간 악마가 원하는 대로 말하고 있구나."

그 말을 듣고 아파나시는 깜짝 놀라며 자신의 행동이 참으로 옳은 일이 아님을 깨닫고 울음을 터뜨렸다. 그 후 아파나시는 황금을 뿌리고 다니는 악마의 꾐에 빠지지 않았다. 신과 어려운 사람을 위하는 일은 황금이 아니라 자신이 땀을 흘려 노력할 때 가치가 있음을 깨닫게 된 것이다.

바보 이반

부유한 농부에게 세 명의 아들과 한 명의 벙어리 딸이 있었다. 첫째는 무관인 시몬, 둘째는 장사꾼인 타라스, 셋째는 바보 이반, 넷째는 말라니야이다. 첫째는 도깨비의 꾐에 넘어가 전쟁을 벌이다 크게 패한 후 숨어 지냈고, 둘째는 도깨비의 장난으로 욕심이 많아져 크게 장사를 벌였다가 망해 알거지가 돼 집으로 돌아왔다. 셋째인 바보 이반만이 누이와 묵묵히 농사를 지으며 도깨비가 아무리 방해를 해도 속아 넘어가지 않았다.

도깨비들은 이반을 골탕 먹이려 달려들지만 그때마다 묵묵히 일만 하는 이반에게 잡혀 오히려 좋은 일을 한다. 첫째 도깨비는 이반에게 만병통치약을 주고, 둘째 도깨비는 호밀단으로 군사를 만드는 방법을 가르쳐 주고, 셋째 도깨비는 나뭇잎으로 돈을 만드는 방법을 가르쳐 준다.

그러자 첫째 형인 시몬이 찾아와서 군대를 가져가고, 둘째 형인 타라스는 돈을 챙겨 간다. 첫째는 군사로 이웃 나라들을 정복하고, 둘째는 돈으로 장사를 크게 벌여 큰 부자가 된다. 이반은 자신에게 남은 만병통치약으로 아픈 공주를 고쳐 주러 가다 더 아픈 여인을 만나 써 버린다. 하지만 아픈 공주를 찾아갔을 때 공주의 병이 다 나은 덕분에 공주와 결혼해서 왕이 된다.

이 사실을 안 도깨비 왕은 방해 공작에 나선다. 먼저 시몬에게 강력

레프 니콜라예비치 톨스토이
(Lev Nikolayevich Tolstoy, 1828~1910)

톨스토이는 19세기 러시아를 대표하는 소설가이자 문예 비평가며 사상가입니다. 톨스토이는 명문가 집안에서 태어났지만 어려서 부모를 잃고 친척 집에서 자랐습니다. 그는 1847년 대학 교육에 실망해 카잔 대학을 중퇴하고 고향으로 돌아왔다가 1851년에는 군대에 들어가 캅카스에서 사관후보생으로 복무했습니다. 처녀작 《유년 시대》를 시작으로 군에 복무하면서 쓴 《소년 시대》 《세바스토폴 이야기》 등을 발표하며 작가로서 인정받습니다.

1862년에는 귀족의 딸인 소피아와 결혼합니다. 이 무렵 19세기 초 나폴레옹의 침공을 받아 혼란스러웠던 러시아를 배경으로 수많은 인물들의 삶을 다채롭게 그려낸 《전쟁과 평화》를 발표해 세계적인 작가가 됩니다. 하지만 죽음에 대한 공포와 삶의 무상함을 깨닫고 명상에 빠지기 시작합니다. 그리고 그 시점에 그의 문학 세계는 종교적 색채를 띠게 됩니다. 그는 타락한 그리스도교를 비판하며 《참회록》 《교회와 국가》 《나의 신앙》 등을 통해 자신의 사상을 체계화시킵니다.

주요 작품으로는 《전쟁과 평화》 외에도 《안나 카레니나》 《부활》 등의 장편소설과 〈이반 일리치의 죽음〉 〈바보 이반〉 등의 중편소설이 있습니다.

톨스토이는 자신이 옳다고 생각하는 내용을 몸으로 실천하며 교회와 사회의 잘못에 대해 비판하는 것을 두려워하지 않는 지식인이었습니다.

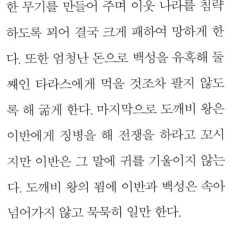

한 무기를 만들어 주며 이웃 나라를 침략하도록 꾀어 결국 크게 패하여 망하게 한다. 또한 엄청난 돈으로 백성을 유혹해 둘째인 타라스에게 먹을 것조차 팔지 않도록 해 굶게 한다. 마지막으로 도깨비 왕은 이반에게 징병을 해 전쟁을 하라고 꼬시지만 이반은 그 말에 귀를 기울이지 않는다. 도깨비 왕의 꾐에 이반과 백성은 속아 넘어가지 않고 묵묵히 일만 한다.

도깨비 왕은 신사로 변장하고 이반을 찾아가지만 이반의 누이 말라니야는 신사의 손이 깨끗한 것을 보고 일하지 않는 건달이라며 먹을 것조차 주지 않는다. 신사는 그럴듯한 말로 이반과 백성들에게 머리를 써서 일하는 법을 배우라고 하지만 백성들은 그 신사가 하는 말에 귀도 기울이지 않고 묵묵히 자신들이 해야 할 일만 열심히 한다. 신사는 아무도 자기에게 관심을 보이지 않자 탈진해 쓰러져 말뚝에 머리를 부딪쳐 결국 본래 모습인 도깨비로 돌아온다.

🔦 작품 이해

인간의 참된 삶을 추구한 작가의 사상적 결정체

톨스토이는 도스토옙스키, 투르게네프와 더불어 러시아 3대 문호로 일컬어지는 작가입니다. 그는 1852년에 발표한 첫 작품 《유년 시대》로 투르게네프로부터 문학성을 인정받았습니다. 그는 귀족의 아들로 태어났지만 러시아 농민의 비참한 현실에 눈을 뜨고 농민 계몽과 농노 해방 운동에 활발히 참여했습니다. 《전쟁과 평화》 《안나 카레니나》 《부활》 등으로 세계적인 작가로서 명성을 얻었지만 고통받는 러시아 민중들의 삶을 외면할 수 없었던 것입니다.

그는 그 당시 고통받는 민중들의 삶의 원인을 타락한 종교에서 찾았습니다. 그래서 타락한 기독교를 배척하고 원시 그리스도교로 복귀해야 한다는 복음주의를 주장하기도 했습니다. 근로, 채식, 금주, 금연 등 철저한 금욕주의 생활을 통해 인간의 구원을 찾으려고 노력했던 것입니다. 인간의 본성과 올바른 기독교 윤리에 바탕을 둔 무정부주의, 악에 대해 무저항으로 맞서야 한다는 그의 사상은 톨스토이주의라 불리며 전 세계로 퍼져 나갔습니다.

《톨스토이 단편선》은 사랑과 믿음으로 가득 찬 삶을 지향하는 톨스토이의 신념을 드러낸 작품집입니다. 인간이 만들어 낸 정부와 교회의 폭압적인 제도를 부정하는 위대한 사상가의 정신이 담긴 결정체라 할 수 있습니다.

기독교적인 인간애를 강조한 소설

톨스토이는 1882년 모스크바 빈민굴을 시찰한 후 사회 문제에 많은 관심을 보이기 시작합니다. 1880년대 러시아는 다른 유럽 국가에 비해 뒤늦게 산업화가 시작되었고, 당시 빈민굴은 러시아의 가난한 이들의 처참한 모습이 그대로 반영된 곳이었습니다. 하지만 교회와 귀족들은 자신과 자신의 가족에만 관심을 기울일 뿐이었습니다. 그들은 빈민굴에서 처참하게 사는 농민과 노동자를 외면했습니다. 따라서 농민과 노동자는 사회에 대해 엄청난 불만을 가졌고, 그들의 불만은 날이 갈수록 커져만 갔습니다.

당시 러시아 정교회는 종교로서 제 기능을 수행하지 못했습니다. 빈민굴에 사는 노동자들에게 삶의 고통을 이겨낼 수 있는 실질적인 보탬이나 정신적인 위안을 주지 못했던 것입니다. 이에 톨스토이는 인간에 대한 연민의 마음으로 작품을 써서 고통받는 이들을 위안하고 삶에 희망을 주려 했던 것입니다.

✎ 작품을 이해하기 위한 배경 지식

위대한 작가이자 구도자, 그리고 사상가이자 실천가

톨스토이는 당시의 전제 왕권이나 교회의 타락, 그리고 사회 제도에 많은 관심을 가졌습니다. 그는 사회 문제를 극복하기 위해서는 인간의 도덕성을 회복시켜야 한다고 생각했습니다. 그 첫 번째 방법으로 기독교적 인간애를 강조했던 것입니다. 톨스토이의 단편소설에 담겨 있는 사상이 바로 이것입니다. 그는 소설가이기 전에 이기적이고 욕심 많은 나약한 인간성을 극복하려고 죽는 날까지 고뇌했던 구도자며, 부패한 사회를 올바르게 세워 보려 노력한 위대한 사상가이자 실천가였습니다.

톨스토이는 가난한 사람을 돕기 위해 자신의 재산을 모두 사회에 환원하려고 했습니다. 하지만 이것을 이해하지 못한 그의 부인과 자주 충돌했습니다. 그의 아내는 13명의 자녀를 낳았지만 자신과 집안 식구보다 다른 사람들

에게 더 많은 관심을 쏟는 남편의 태도를 이해할
수 없었습니다.

1910년 11월 여든두 살의 톨스토이는 아스타
포보라는 작은 마을의 허름한 정거장에서 죽음을
맞이했습니다. 그때 그의 아내는 자녀들과 함께
서둘러 이곳으로 왔지만 그를 만날 수 없었습니
다. 평생 사랑과 관용을 내세웠던 사상가에게 세
속적인 욕심을 버리지 못한 아내는 끝내 다가갈 수
없었던 것입니다. "하늘이 꾸미신 그대로 두어라."
이 말은 작가의 소박한 유언으로 남아 있습니다.

1887년 톨스토이 가족 모습

톨스토이주의의 창시자

톨스토이는 오십 대에 들어 위선에 찬 러시아 귀족 사회와 러시아 정교회에
회의를 갖기 시작했습니다. 그래서 초기 기독교 사상에 몰두해 자신의 사상
을 체계화했습니다. 사람들은 이것을 '톨스토이주의'라고 부릅니다. 톨스토
이는 이때부터 사실상 소설가에서 사상가이자 구도자, 실천가로 변모하기
시작합니다.

톨스토이는 당시 타락한 그리스도교를 비판하고 원시 그리스도교를 숭
배하며 노동하고 채소 위주의 식생활을 하며 술과 담배를 끊은 채 구도자의
삶을 살기 시작합니다. 그는 당시 러시아 정교회를 비판했다는 이유로 러시
아 정교회의 교리 감독 기관인 종무원에서 파문당합니다.

〈사람은 무엇으로 사는가?〉에는 이러한 톨스토이의 사상이 그대로 투영되
어 있습니다. 인간은 누구에게나 하느님이 주신 남을 사랑하는 마음이 있다
는 것입니다. 그리고 인간은 자신의 앞날을 예측할 수 있는 능력이 없다는 것

입니다. 그러니까 예측할 수 없는 미래는 오로지 하느님께 맡기고 지금은 내 마음속에 있는 사랑을 실천하며 살아야 한다는 이야기입니다. 즉, 톨스토이 주의는 세상의 모든 사람을 나와 내 가족같이 사랑해야 한다는 예수 생존 당시 초기 기독교의 원칙을 강조한 사상이라 할 수 있습니다.

톨스토이는 인간이 자기 자신만을 위해 살아서는 안 되고, 그리스도의 참된 가르침을 따라야 한다고 했습니다. 그래서 그는 당시 타락한 교회의 권위를 부정하고 그리스도의 참된 가르침을 따르기 위해서는 다섯 가지 하지 말아야 할 것이 있다고 했습니다. ① 화내지 말 것 ② 색욕을 품지 말 것 ③ 맹세로 자신을 구속하지 말 것 ④ 악으로 악에 대항하지 말 것 ⑤ 정의든 불의든 모두에게 잘 대할 것이 바로 그것입니다. 톨스토이는 실제로 자기가 제시한 5계명을 지키기 위해 철두철미하게 금욕주의적인 삶을 살았습니다. 이와 같은 그의 위대한 행동과 가르침을 톨스토이주의라 부릅니다.

무정부주의(無政府主義)

아나키즘(Anarchism)이라고도 합니다. 무정부주의는 일체의 정치 권력이나 공공적 강제를 부정하고 개인의 자유를 최상의 가치로 내세우는 사상입니다. 그들은 사유재산을 부정하고, 부의 불공정한 분배가 사회악의 근원이라고 보며, 일하는 자들이 풍요롭게 먹고살아야 한다고 주장했습니다. 사유재산을 부정한 공산주의와 맥이 통해서 공산주의 사상으로 분류되기도 합니다.

사유재산이란 개인이 자유의사에 따라 관리 · 사용 · 처분할 수 있는 재산을 말합니다. 자기가 노력한 만큼 자신의 재산을 갖는다는 것인데, 이 사유재산 제도가 개인의 욕심을 부추겨 공동체를 해롭게 한다고 보았던 것입니다. 그래서 사유재산 제도를 없애는 것이 이상 국가를 건설하는 첫걸음이라고 봤습니다. 하지만 사유재산 제도의 부정은 열심히 일하나 대충 일하나 아예

일하지 않거나 어차피 소유하는 것은 똑같다는 마음을 불러일으키는 부작용을 낳았습니다. 오늘날 대부분의 공산주의 국가가 경제적으로 발전하지 못한 이유가 바로 사유재산을 인정하지 않아 열심히 일할 동기부여를 해 주지 못했기 때문입니다.

● 인간의 참된 행복은 어디에 있는가?

인류 역사상 수많은 사람이 가장 원했던 것은 행복한 삶입니다. 세계를 제패한 영웅도, 농사를 짓는 농부도, 권력가들의 심부름을 했던 하인도 한결같이 행복을 추구했습니다. 그리고 지금도 부자거나 가난한 사람이거나 누구나 한결같이 행복을 추구합니다.

그렇다면 인간의 참된 행복은 어디에 있는 걸까요? 지금까지 수많은 성인과 수많은 사상가들이 이 문제에 관해서 탐구해 왔고, 자신들의 깨달음을 글로 옮겨 후세 사람들에게 전해 왔습니다. 그들은 한결같이 사랑과 노력과 용서와 관용을 이야기합니다. 인간은 사회적 동물이기 때문에 자신의 욕심만 채워서는 살 수 없습니다. 누군가를 미워하며 사는 것은 행복한 삶과는 거리가 멉니다. 아무 노력도 하지 않고 저절로 행복이 얻어지기를 바라는 것은 어림도 없는 일입니다. 결국 누군가를 사랑하고 노력하고 용서하고 관용을 베푸는 것은 남을 위한 일이 아니라 자신의 행복을 위한 길입니다.

《톨스토이 단편선》에는 위대한 작가이자 사상가였던 톨스토이가 평생에 걸쳐 추구했던 인간의 참된 행복은 어디에 있는가에 대한 성찰이 그대로 담겨 있습니다.

● 인간은 왜 다른 사람을 사랑해야 하는가?

인간은 왜 다른 사람을 사랑해야 할까요? 톨스토이는 인간은 자신을 위해 진정으로 필요한 것이 무엇인지를 알 수 있는 능력이 없기 때문이라고 했습니다. 1등을 하더라도, 또는 아무리 많은 것을 얻는다 해도 그것이 나를 행복하게 해 준다는 보장이 없기 때문이라는 말입니다. 그럴 바에는 차라리 지금이 순간의 행복을 추구하는 것이 가장 현명한 방법이라는 것입니다. 어차피 사람들 속에서 살아야 한다면 사람들 때문에 힘들어할 게 아니라 사람들을 사랑하면서 행복을 추구하는 편이 훨씬 낫다는 것이죠.

톨스토이는 다음과 같이 말했습니다. "가난의 고통을 없애는 방법은 두 가지다. 자기의 재산을 늘리는 것과 자신의 욕망을 줄이는 것이다. 재산을 늘리는 것은 우리의 힘으로 해결되지 않지만, 욕망을 줄이는 것은 마음가짐만으로도 가능하다."

누구나 부자가 되기를 바라지만 모두가 부자가 될 수는 없고, 또 설사 부자가 되었다 하더라도 행복을 보장할 수는 없음을 깨우쳐 주기 위한 말입니다. 그리고 가난 극복에 대한 톨스토이의 명언은 다음과 같이 일반적인 사랑의 방식에도 응용해 볼 수 있습니다.

"사랑하는 방법은 두 가지다. 다른 사람이 나를 사랑하게 하는 것과 내가 다른 사람을 사랑하는 것이다. 다른 사람이 나를 사랑하게 하는 것은 나의 힘으로 해결할 수 없지만, 내가 다른 사람을 사랑하는 것은 내 마음가짐만으로도 가능하다."

톨스토이의 단편소설 세 편은 행복하게 살기 위해서 우리 인간은 다른 사람을 먼저 사랑해야 함을 역설하고 있습니다.

❶ 모든 사람이 자기 욕심만 부린다면 어떤 일이 벌어질까요?

....

....

....

❷ 내가 아는 사랑에 대해 간략하게 정리해 보세요.

....

....

....

❸ 여러분은 어떤 사람을 좋아하고 어떤 사람을 미워하나요? 그리고 다른 사람은 어떤 사람을 좋아하고 어떤 사람을 미워하나요?

....

....

....

한 번 더 생각하기

1. 사랑할 때 마음하고 미워할 때 마음은 어떻게 다른가요? 사랑하는 사람을 떠올릴 때와 미워하는 사람을 떠올릴 때 마음이 어떻게 다른지 표현해 보세요.

....

....

....

2. 인간은 왜 사랑하는 것이 좋다는 것을 알면서도 누군가를 미워하게 될까요?

....

....

....

3. 인간을 왜 사회적 동물이라고 할까요? 인간이 행복해지기 위해서는 어떻게 해야 할까요?

....

....

....

07

유대 민족을 강성하게 한 지혜의 보고
탈무드

🧑‍🏫 **줄거리** 탈무드는 이렇게 시작합니다. 공부하고 싶어서 학교에 왔다는 학생에게 랍비는 공부하려면 도서관에 가라고 합니다. 학교는 단순히 공부만 하는 곳이 아니라 위대한 스승 앞에 앉아서 그들의 본보기를 배우는 곳이라고 말이죠. 즉, 학교에서는 단순히 지식만을 배우는 것이 아니라 스승들에게 세상을 사는 지혜를 배운다는 뜻입니다.

랍비는 히브리어로 '나의 선생님', '나의 주인님'이라는 뜻입니다. 종교적으로나 사회적으로 영적 지도자나 선생이 될 자격을 얻은 사람을 가리킵니다. 오늘날에도 랍비는 유대인들에게 큰 영향력을 행사하고 있습니다.

탈무드는 한 가지 이야기로만 이루어진 책이 아닙니다. 또한 단순히 암기하고 외우는 책이 아니라 사람이 세상을 살아가면서 실제로 활용할 수 있는 지혜를 다루고 있습니다. 따라서 탈무드는 한 번 읽고 그냥 덮는 책이 아니라 틈틈이 마음속에 새겨 가며 읽어야 할 책입니다. 그중 많은 사람에게 알려진 대표적인 이야기 세 편을 소개하겠습니다.

형제애

옛날 이스라엘에 농부인 두 형제가 살았다. 형은 결혼하여 아내와 아이가 있었고, 동생은 아직 결혼하지 않아 혼자 살고 있었다. 아버지는 돌아가시면서 모든 재산을 형제에게 똑같이 나눠 주었다.

어느 날 형제는 가을에 수확한 곡식을 거둬 창고에 보관했는데 밤이 되자 동생은 자신의 곡식을 형님 창고로 옮겼다. 형님에게는 아내와 자식이 있어 더 많은 곡식이 필요할 것이라고 생각했기 때문이다. 그런데 그날 밤 형도 자기의 곡식을 동생 창고로 옮겼다. 동생은 자식이나 아내가 없으니 노후를 준비해야 한다고 생각했기 때문이다.

이튿날 아침, 두 형제는 자신들의 창고를 살펴보고는 놀란다. 줄어 있어야 할 곡식들이 어제하고 마찬가지로 그대로 있었기 때문이다.

다시 밤이 되자 동생은 형의 창고에, 형은 동생의 창고에 곡식을 옮기다 둘이 만난다. 두 형제는 서로의 마음을 알고 그 자리에서 부둥켜안고 뜨거운 눈물을 흘린다.

참과 거짓

솔로몬 왕은 매우 현명한 왕이다. 하루는 두 여자가 한 어린아이를 데리고 와 서로 자기 아이라고 주장하며 판결을 내려 달라고 했다. 솔로몬 왕은 아무리 조사해 보아도 누가 진짜 엄마인지 알 수가 없었다. 며칠 후 두 여인을 불러 아이를 앞에 놓고 병사에게 큰 칼을 준비시켰다. 당시에는 물건의 주인이 불분명할 때는 둘로 나누어 갖는 것이 관례였기 때문에 솔로몬 왕은 병사에게 명령했다.

"아이를 반으로 갈라 나누어 주어라!"

한 여인이 사색이 되어 울부짖었다.

"차라리 이 아이를 저 여인에게 주십시오. 제가 포기하겠습니다."

솔로몬 왕은 미소를 지으며 말했다.

"이 여인이 아이의 엄마니 이 여인에게 아이를 주어라."

솔로몬 왕은 친엄마라면 아이가 죽는 것을 원하지 않으리라는 걸 알고 일부러 그리 명령한 것이다. 그리고 자신이 엄마라고 속인 여인에게는 큰 벌을 내렸다.

현명한 아버지의 유서

예루살렘에서 멀리 떨어져 사는 한 유대인이 아들을 예루살렘에 있는 학교에 보냈는데 아버지는 아들이 없는 동안 병이 들어 유서를 남겼다. '집안의 전 재산을 노예에게 준다. 다만 재산 가운데 아들이 원하는 것 꼭 하나를 아들에게 준다'는 내용이었다. 노예는 주인의 전 재산이 곧 자신의 것이 되리라는 생각에 기쁜 마음을 안고 예루살렘으로 달려가 아들에게 유서를 보여준다. 장례식이 끝나자 살길이 막막해진 아들은 랍비를 찾아가 상의한다.

"아버지는 왜 저에게 돈을 한 푼도 남겨 주시지 않은 걸까요? 제가 아버지에게 크게 잘못한 일도 없는데요."

랍비는 엷은 미소를 지으며 말했다.

"자네 아버님은 아주 현명하신 분이군. 아버지가 돌아가실 때 자네가 곁에 없었으므로 노예가 재산을 가지고 도망가거나 재산을 탕진하거나 자신이 죽은 것조차 아들에게 알리지 않을 수도 있다고 생각하신 걸세. 그래서 재산을 전부 노예에게 준 것이지. 그러면 노예는 기쁜 마음으로 자네한테 가장 먼저 알릴 것이고 재산도 잘 관리할 테니까 말일세."

"그게 어째서 저한테 도움이 된다는 겁니까?"

"자네는 아직도 이해하지 못했군. 노예의 재산은 전부 주인에게 속한다는 걸 모르나? 자네 아버님은 자네에게 딱 하나를 선택할 권리를 주지 않았나? 그러니까 자네는 노예를 선택하면 되는 것이지."

그제야 젊은이는 아버지의 뜻을 깨달았고 재산을 온전히 물려받은 아들은 나중에 노예를 자유롭게 풀어 주었다.

마빈 토케이어
(Marvin Tokayer, 1936~)

마빈 토케이어는 미국의 유대교 신학자이자 랍비로 미국 뉴욕에서 태어났습니다. 예사바 대학교에서 철학과 교육학으로 석사 학위를 받았고, 1962년 랍비 자격을 취득한 뒤 우리나라에 와서 1964년까지 주한 미군의 종군 랍비로 근무했습니다. 1968년에서 1976년까지는 일본 도쿄에서 거주하면서 와세다 대학교의 히브리어 학과 교수로 재임하였고, 이때 대중을 위한 《탈무드》 해설서를 집필하였습니다. 현재는 미국에서 활동하고 있습니다.

© 쉐마교육연구원
_현용수 박사 제공

작품 이해

5천 년을 이어져 내려온 위대한 정신의 결정체

《탈무드》는 유대인의 위대한 정신을 담은 책입니다. 그리고 지금까지 동화책에서부터 우화집, 경제 경영서, 부자가 되는 비법과 처세술을 가르치는 실용서에 이르기까지 다양한 형식으로 소개되어 왔습니다. 《탈무드》가 세상 사람들에게 삶의 올바른 방향을 제시하는 지혜의 샘 노릇을 톡톡히 해 왔기 때문입니다.

《탈무드》에는 5천 년을 이어져 내려온 유대인의 불굴의 역사가 새겨져 있으며, 세계를 좌지우지하는 최강 집단인 유대인의 성공 처세술이 고스란히 담겨 있습니다.

유대인의 법전

《탈무드》는 세계 전역에 퍼져 있는 유대인들에게 매우 중요한 경전입니다. 이스라엘이 건국된 1948년부터 유대인들은 《탈무드》 연구에 박차를 가하고 있으며, 연구는 주로 이스라엘과 미국에서 집중적으로 이루어지고 있습니다. 랍비들의 종교적 신념이 잘 드러나 있는 《탈무드》는 인간 생활의 모든 분야에 걸쳐 다양한 문제를 다루고 있지만 사실상 유대인에게는 법전과도 같은 책입니다. 《탈무드》에서는 의식법이나 사회법이 모두 하느님으로부터 비롯된다고 말하고 있습니다. 그리고 《탈무드》는 독특한 논법으로 서술되어 있어 읽는 이에게 깊은 깨달음을 줍니다.

✎ 작품을 이해하기 위한 배경 지식

세계를 제패한 유대인의 힘은 어디에서 왔는가?

전 세계에는 5천여 민족이 있습니다. 그중 유대인으로 불리는 유대 민족은 전체 민족의 0.2퍼센트에 불과합니다. 그들에게는 이스라엘이라는 국가가 있기는 하지만 독립국가의 모습을 갖춘 지는 70여 년밖에 되지 않습니다.

그런데 그 유대 민족이 세계에 끼치는 영향력은 실로 막대합니다. 세계적으로 유명한 노벨상 수상자 과반수가 유대인이라 해도 과언이 아닙니다. 제2차 세계대전 때는 나치에 의해 엄청난 시련을 겪기도 했지만 지금은 미국의 경제를 장악해 사실상 세계를 제패했다 할 수 있을 것입니다.

유대인

유대라는 명칭은 이스라엘인을 총칭하는 말로서 《구약성서》에 나오는 야곱의 아들 유다의 자손에서 유래했습니다. 지금은 이스라엘을 비롯해 미국과 유럽 여러 나라에 약 1천 300만 명이 흩어져 살고 있습니다.

《구약성서》에 따르면 아브라함의 후손들은 이집트에서 파라오의 압제를 받다가 모세의 인솔로 탈출했고, 가나안으로 돌아오는 도중에 '십계(十誡)'를 받아 종교적 공동체인 이스라엘 민족을 이루었습니다. 이들은 솔로몬 왕 시기에 전성기를 누리기도 했지만 그 후 쇠퇴해 로마의 지배를 받으며 세계 각지로 흩어지게 되었습니다. 이 때 유대인을 지도했던 사람들을 랍비라고 하는데 그들이 성서를 재해석하여 《탈무드》를 편찬했던 것입니다.

유대교 경전 토라를 보는 랍비

유대인은 제2차 세계대전 때 독일 나치 정권에 의해 400여만 명이 학살당했을 정도로 많은 고난을 겪었습니다. 하지만 제1차 세계대전 때 유대인의 연합국 지원을 유도하기 위해 영국이 발표한 '밸푸어 선언'을 기회로 삼아, 제2차 세계대전이 끝나고 3년 뒤인 1948년 팔레스타인에 유대 민족 국가인 이스라엘을 세웠습니다. 하지만 그곳에 살고 있던 아랍인들과의 마찰로 중동의 화약고로 불리며 테러와 전쟁의 위험에서 벗어나지 못하고 있습니다.

유대인의 랍비들

《탈무드》는 어느 한 사람에 의해 쓰인 책도, 어느 한 시기에 쓰인 책도 아니며, 5천 년을 이어져 내려온 유대인의 정신이 집약된 책입니다. 장황한 사건 전개나 인물들 간의 복잡한 심리 묘사가 없는 짤막한 이야기가 대부분입니다. 흔히 랍비라고 불리는 스승 역할을 하는 현인들이 문화, 도덕, 종교, 전통 등 모든 분야에 대해 교훈을 주는 내용으로 전체 20권, 1만 2천 쪽에 해당하는 방대한 양으로 이루어져 있습니다.

《탈무드》는 '유대인의 혼'이라 할 수 있습니다. 오랜 세월 뿔뿔이 흩어져 살면서 모진 박해를 받았던 그들을 하나로 결속시키는 힘의 원천이기 때문입니다. 또한 '위대한 연구'라는 뜻으로 유대 민족을 5천 년 동안 지탱시켜 온 생활 규범이자 지혜의 성전이기도 합니다. 따라서 《탈무드》는 백과사전 같은 구실도 하고, 가르침과 지혜의 보물 창고 같은 역할도 합니다.

마빈 토케이어에 따르면 이 책은 예수도 인용할 정도로 유대교의 이념을 잘 담고 있습니다. 따라서 중세 그리스도인들이 유대인을 탄압할 때 불태워지는 등 수난을 당하기도 했습니다. 크게 4세기 말경 팔레스타인에서 편찬된 것과 6세기경에 메소포타미아에서 편찬된 것 두 종류가 있는데 각각 '팔레스타인 탈무드'와 '바빌로니아 탈무드'라고 구분해서 부릅니다.

7. 유대 민족을 강성하게 한 지혜의 보고 《탈무드》

● 우리는 왜 지혜에 눈떠야 하는가?

우리가 공부를 통해 얻는 것은 크게 두 가지가 있습니다. 어떤 사실을 그대로 암기해서 얻은 지식과 그것을 실제 생활에 써먹을 줄 알게 하는 지혜가 바로 그것입니다. 공부를 통해서 얻는다는 것에 있어서는 같을지 모르지만 지식과 지혜의 차이는 엄청납니다. 물론 지식을 바탕으로 지혜가 갖춰지는 것이지만 지식에만 머물고 지혜를 터득하지 못하면 그것은 무용지물이 됩니다.

지식이 야구에서 투수가 어떻게 공을 잡고 어떻게 던지면 상대가 치지 못하는지 배우는 것이라면, 지혜는 실제로 공을 던져 상대를 스트라이크 아웃시킬 줄 아는 것에 해당합니다. 좀 더 직설적으로 말한다면 지식만 갖춘 사람이란 주변에서 말만 앞세우는 사람이라 할 수 있고, 지혜를 갖춘 사람은 실생활에서 올바르게 행동하고 주변 사람들에게 존경을 받는 사람이라 할 수 있을 것입니다.

따라서 우리는 무엇을 배울 때 지식에만 머물 것이 아니라 참되게 쓸 줄 아는 지혜로 만들어 가야 합니다. 《탈무드》는 바로 이 지혜를 터득하는 길로 우리를 안내하고 있습니다.

1 지식과 지혜의 차이는 무엇인가요?

....

....

....

....

....

....

2 왜 지식보다 지혜가 중요하다고 하는 걸까요?

....

....

....

....

....

....

한 번 더 생각하기

1. 우리는 왜 아는 것과 행동하는 것이 일치하지 않을까요?

2. 잘 알면서도 실행하지 못하는 것에는 무엇이 있을까요?

3. 지식을 지혜로 만들기 위해서는 어떤 과정을 거쳐야 할까요?

제2부

문학적 상상력과 과학

4장

문학적 상상력과
과학의 쾌거

08 과학 발전을 촉진한 작가의 상상력
해저 2만 리

📖줄거리 1866년, 대양을 운행하는 많은 배들이 고래보다 크고 속도도 빠른 괴물을 목격한다. 어떤 사람은 그것을 발견되지 않은 암초라고 하고, 또 다른 사람은 커다란 고래일 것이라고 한다. 그러던 중에 영국의 커다란 여객선 스코티아호가 그 괴물과 충돌해서 심하게 부서지는 사건이 발생한다. 그러자 미국 신문인 〈뉴욕 헤럴드〉에서 파리 과학박물관 교수이자 해양 생물학자인 피에르 아로낙스 교수에게 선박과 부딪힌 괴생명체의 정체를 밝혀 달라고 요청한다. 이에 괴생명체를 죽이기 위해 링컨호가 출동하게 되는데, 링컨호에는 아로낙스 교수와 그의 충직한 조수 콩세유, 그리고 작살잡이로 유명한 네드가 함께 승선한다.

링컨호는 괴물을 찾아다니다가 괴물과 충돌하고 아로낙스 일행은 그 괴물 위로 떨어진다. 그리고 그동안 외뿔고래라고 여겼던 괴물이 잠수함이란 사실을 알게 된다. 그들은 잠수함 안으로 들어가서 네모 함장을 만나고, 그에게서 다시는 육지로 돌아갈 수 없다는 말을 듣게 된다. 그리고 잠수함에 대한 정보도 알게 된다. 이름은 노틸러스호로 전체 길이는 70미터, 폭은 8미터로 속도는 시속 약 90킬로미터에 이르렀다.

쥘 베른
(Jules Verne 1828~1905)

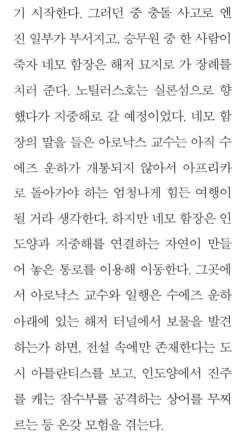

쥘 베른은 프랑스의 과학소설 분야를 개척한 작가로 프랑스의 낭트에서 태어났습니다. 아버지가 변호사였으므로 아들인 베른에게도 법률 공부를 시켜서 자기 뒤를 잇게 하고 싶어 했습니다. 하지만 베른은 모험을 좋아해 뱃사람이 되어 아직 아무도 가 본 적 없는 곳을 탐험해 보고 싶다는 꿈을 꾸었습니다. 베른은 열두 살 때 부모 몰래 어떤 상선의 사환이 되어 대서양으로 떠나려 했지만 아버지에게 붙잡혀 집으로 돌아올 수밖에 없었습니다.

중학교를 졸업한 후 파리에서 법률 공부를 했고, 졸업한 후에는 사업가가 되었습니다. 한때는 주식 중매인 일을 한 적도 있지만 이런 일들은 베른에게 맞지 않았습니다. 어려서부터 책을 읽고 쓰는 일을 좋아했던 베른은 문학에의 열정에 사로잡혀 일을 하면서도 시와 희곡을 발표하곤 했습니다. 결국 알렉상드르 뒤마 등을 만나 그들에게 글쓰기에 대한 조언을 받으며 문학가의 길을 걸었습니다.

베른은 비행기나 우주선, 잠수함이 만들어지고 상용화되기 전에 벌써 우주와 하늘, 해저 여행에 대한 글을 썼습니다. 그래서인지 그의 많은 작품은 거의 영화화되었으며 그는 '과학소설의 아버지'로도 불립니다.

주요 작품으로 《지구 속 여행》《해저 2만 리》《80일간의 세계 일주》《15소년 표류기》와 같은 소설이 있으며, 이 외에도 50여 편의 과학모험소설이 있습니다.

일행은 잠수함을 타고 해저를 여행하기 시작한다. 그러던 중 충돌 사고로 엔진 일부가 부서지고, 승무원 중 한 사람이 죽자 네모 함장은 해저 묘지로 가 장례를 치러 준다. 노틸러스호는 실론섬으로 향했다가 지중해로 갈 예정이었다. 네모 함장의 말을 들은 아로낙스 교수는 아직 수에즈 운하가 개통되지 않아서 아프리카로 돌아가야 하는 엄청나게 힘든 여행이 될 거라 생각한다. 하지만 네모 함장은 인도양과 지중해를 연결하는 자연이 만들어 놓은 통로를 이용해 이동한다. 그곳에서 아로낙스 교수와 일행은 수에즈 운하 아래에 있는 해저 터널에서 보물을 발견하는가 하면, 전설 속에만 존재한다는 도시 아틀란티스를 보고, 인도양에서 진주를 캐는 잠수부를 공격하는 상어를 무찌르는 등 온갖 모험을 겪는다.

그리고 남쪽으로 향하던 노틸러스호는 인간으로서는 최초로 남극에 도착한다. 하지만 남극 탐험 도중 빙산에 갇히는 어려움을 겪는다. 간신히 빙산을 빠져나오지만 그 과정에서 거대한 문어와 싸우다 또다시 승무원을 잃는 슬픔을 겪는다. 노틸러스호는 계속해서 항해하던 도중 자신들을 공격하는 국적도 모르는 군함과 싸워 침몰시킨다.

그러던 어느 날 작살잡이 네드가 노틸러스호에서 탈출하자고 제안한다. 아로낙스 교수와 일행은 보트를 타고 탈출을 시도하는데 갑자기 큰 소용돌이가 생겨 보트가 그 속으로 빨려 들어간다. 그 사고로 아로낙스 교수와 일행은 그만 정신을 잃고, 그들이 정신을 차렸을 때는 로포텐제도에 사는 한 어부의 헛간에 누워 있었다.

아로낙스 교수는 자신이 한 모험을 정리하며 노틸러스호를 생각한다. 그리고 소용돌이 속으로 사라진 네모 함장과 잠수함이 무사하기를 바란다. 그 이후 네모 함장과 노틸러스호의 행방은 지금까지도 묘연하다.

🔦 작품 이해

잠수함의 역사를 앞당긴 공상 과학소설

이 책의 작가인 쥘 베른은 공상 과학소설을 통해서 당시 과학 기술을 앞지른 여러 발명품을 선보였습니다.《해저 2만 리》에 나오는 잠수함은 작가의 풍부한 상상력의 산물입니다.《해저 2만 리》가 발표된 1870년에는 잠수함이 지금처럼 발달하지 않았습니다. 그런 시기에 전기 동력을 이용해 바닷속을 마음대로 누비고, 잠수함 출입구에 전류를 통하게 해 외부인의 침입을 막는 등 거의 완벽한 형태의 잠수함을 소개했던 것입니다. 그 당시 사람들에게 생소했던 잠수함에 대한 호기심을 불러일으키기 위해 잠수함을 외뿔고래, 또는 괴물로 묘사하는 장면에서는 절로 감탄사가 나오지 않을 수가 없습니다.

1871년판 《해저 2만 리》 삽화

타고난 상상력으로 미래를 예언한 작가

베른이 서른네 살이던 1862년, 파리에서는 세계 최초로 하늘을 나는 기구가 실험 비행하는 데 성공합니다. 그 모습을 흥미를 느끼고 지켜보던 베른은 이내 타고난 상상력을 바탕으로 〈기구를 타고 5주일〉이라는 소설을 쓰게 됩니다. 그러나 이야기가 너무 공상적이고 엉뚱하다고 여긴 출판사들은 책을 내주지 않았습니다. 다행히 호의를 보인 어느 한 출판사에서 교육 잡지에 연재하는 형식으로 소설을 실어 주어 독자들한테 알려졌을 뿐이었습니다. 하지만 독자들의 반응이 폭발적이어서 이듬해 단행본으로 출판하게 되고, 이후에도 그처럼 재미있는 모험소설을 써달라는 제의를 받게 됩니다.

당시에는 그저 공상 소설 속 이야기로만 간주되던 것들이 현실에서 실현되면서 오늘날 그의 가치는 더욱 빛나고 있습니다. 소설적 상상력을 통해 인류의 과학 문명 발전에 이바지한 공로가 매우 크기 때문입니다.

 ## 작품을 이해하기 위한 배경 지식

잠수함의 역사

잠수함은 구조나 외양이 보통 선박과는 아주 다릅니다. 세계 최초로 전투에 사용된 잠수함은 미국 독립전쟁 때 예일 대학교 학생이었던 데이비드 부시넬(David Bushnell)이 고안한 1인용 잠수함 터틀호입니다. 그러나 이것은 목선으로 잠수 시 동력은 선원이 추진기를 돌려서 얻어야 했습니다. 그 후 미국 남북전쟁 당시 만들어진 잠수함은 길이 10.4미터로 3명의 선원이 손으로 돌리는 추진 프로펠러를 장착해 사용했습니다.

본격적인 잠수함은 《해저 2만 리》가 발표되고도 24년 후인 1894년 미국의 시몬 레이크(Simon Lake)가 진수한 아르고노트 1호입니다. 이 잠수함의 동력은 가솔린 기관과 전기 모터에서 얻었습니다. 강력한 동력 장치를 갖춘 잠수함은 제1차 세계대전 때 독일 잠수함이 상선을 공격하면서, 해전에 있어 중요한 전략 무기가 되었습니다.

1954년 미국에서 노틸러스호가 진수되면서 핵 추진 잠수함 시대가 열리

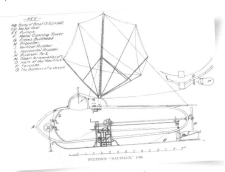

1800년에 만들어진 잠수함의 도면

게 됩니다. 산소 없이 수면과 수중에서 동력을 공급할 수 있는 원자로를 사용한 것입니다. 이제 잠수함은 수면에 떠오르지 않고도 장거리 미사일을 발사할 수 있어 해전을 주도하는 무기가 되었습니다.

인간이 기록한 최고 잠수 기록

《해저 2만 리》에서는 노틸러스호가 수심 1만 6천 미터까지 내려간 것으로 묘사되어 있습니다. 그러나 이것은 작가인 쥘 베른의 공상일 뿐입니다. 이 기록은 바다의 수압을 생각할 때 현재의 기술로는 아직 실현될 수 없습니다. 현재까지는 1960년에 유인 잠수정인 미국의 트리에스테호가 태평양 마리아나 해구에서 세운 1만 850미터가 최고 잠수 기록으로 남아 있습니다.

현재 세계에서 맨몸으로 가장 깊이 잠수한 기록은 1996년 쿠바의 페레라스(Francisco 'Pipin' Ferreras)가 세운 1백 30미터입니다. 이론적으로는 인간은 50~60미터 이하로 잠수할 경우 흉부 압박으로 인해 살아 돌아올 수 없다는 것이 정설입니다. 페레라스의 경우는 이러한 이론적 한계를 뛰어넘은 불가사의한 기록입니다.

8. 과학 발전을 촉진한 작가의 상상력 《해저 2만 리》

● 공상과 이상, 그리고 현실

공상과 이상은 모두 현실적으로 존재하지 않는 것에 대한 생각이라는 공통점이 있습니다. 그러나 공상은 실현 가능성이 없는 생각에 불과한 데 비해 이상은 구체적인 목표를 가지고 그것을 실현시키기 위해 노력하면 이루어질 수도 있다는 점에서 차이가 있습니다.

그런데 이들은 독립적이고 고정된 것이 아니라 시대에 따라서 공상과 이상, 그리고 현실로 끊임없이 진화하고 발전합니다. 한때 인간이 달나라를 간다는 것은 꿈에서나 가능했던 공상이었습니다. 그러나 그것은 어느새 이상으로 바뀌고 결국에는 현실이 되었습니다. 인간이 배를 타고 바닷속에 들어가는 것도 한때는 공상 속에서나 가능했던 일입니다. 그러나 그런 공상은 이제 엄연한 현실이 되었습니다.

따라서 우리는 머릿속에 떠오르는 상상력을 최대한 발전시킬 필요가 있습니다. 그리고 상상력을 발휘하기 위해서는 무엇보다 현재 내가 아는 것만이 전부가 아니라는 생각을 가져야 합니다. 세상에는 내가 모르는 것이 더 많다는 열린 시각을 가질 때 더 많은 것을 현실에서 이루어 낼 수 있습니다.

'젊은이여 이상을 가져라!'라는 말이 있습니다. 젊은이는 미래의 시간이 더 많은 사람입니다. 비록 지금은 가진 게 없더라도 자신이 원하는 미래를 성취하기 위해 꿈을 꾸고 그 꿈을 이루기 위해 끊임없이 노력하라는 말입니다. 공상과 같은 상상력 또한 이상 실현의 중요한 요소 중 하나입니다.

① 공상과 이상의 공통점과 차이점은 무엇인가요?

② '젊은이여, 이상을 가져라!'라는 말에서 이상이란 무엇을 뜻하는 것일까요?

8. 과학 발전을 촉진한 작가의 상상력 《해저 2만 리》

한 번 더 생각하기

1. 나의 장래 희망은 무엇인지 써 보세요.

2. 나의 장래 희망이 단순한 공상이 아니라 이상이라는 것을 증명하기 위해서는 어떻게 해야 할까요?

3. 현재와 같은 잠수함이 만들어지기까지 쥘 베른의 영향이 컸다는 의견이 있습니다. 그 이유는 무엇인가요?

공상으로 만들어 낸 미래 세계
타임머신

🐚**줄거리** 19세기 말이다. 런던에서 신사들이 모여 "사람이 시간도 공간처럼 마음대로 움직일 수 있을까?"에 대한 토론을 한다. 많은 사람이 상상 속에서야 가능하지만 현실적으로는 불가능하다고 한다. 이때 시간 여행자로 알려진 주인이 타임머신이라는 기계를 만들었다고 말한다. 그리고 특별한 기계장치를 보여 준다. 사람들이 궁금해하자 기계를 조작해서 순식간에 그 기계가 사라지는 모습을 보여준다.

그리고 일주일이 지난 어느 날 저녁, 신사들이 모여 있는 곳에 먼지를 뽀얗게 뒤집어쓴 채 피로 범벅이 된 양말을 신고 정신 나간 모습의 주인이 나타난다. 그는 아침에 타임머신을 작동시켰는데 그것이 어지러울 정도로 흔들리더니 자신을 먼 미래로 데려갔다고 말한다.

처음 도착한 곳은 802701년의 미래다. 그곳은 태양이 빛나고 기분 좋은 바람이 부는 영락없는 지상낙원이다. 그곳에는 매력적이지만 도자기 인형처럼 깨어지기 쉬운 엘로이인들이 살고 있다. 그들은 근심 걱정 따윈 모르는 마냥 기분 좋은 어린아이처럼 사랑스럽고 행복해 보인다. 그들은 지상낙원에 살아서 일하지 않아도 된다. 정원에 과일이 천지여서 배가 고프면 과일을 그냥 따 먹기만 해도 충분했다. 그러니까 특별한 고민거리도 없고 그야말로 천국이었다.

하지만 그것은 낮에 본 모습일 뿐 밤이 되면 전혀 다른 세계에서 산다. 극도의 죽음의 공포에 시달렸는데 시간 여행자는 그제야 먼 미래에 인류가 크게 두 가지 종으로 진화했다는 사실을 깨닫는다. 지상에는 엘로이인이 살지만 땅속 깊은 곳에는 인류의 낙오자인 모를록인이 살고 있었던 것이다. 그들은 크고 눈꺼풀이 없는 적갈색 눈을 하고 있는데 그것은 모를록인이 지하 통로에 살면서 어둠에 적응할 수 있도록 진화되었기 때문이다.

시간 여행자는 모를록인이 사는 지하 세계로 내려간다. 그곳은 거대한 터널로 이루어져 있으며 지상낙원을 파괴하려 하는 자들이 살고 있다. 피비린내 나는 탁한 공기로 뒤덮여 있고 식탁에는 큰 생고기가 덩어리째 놓여 있다. 시간 여행자는 비로소 엘로이인들이 밤마다 왜 공포에 떨었는지 알게 된다. 밤이 되면 지하의 모를록인들이 올라와 엘로이인을 잡아먹었던 것이다.

시간 여행자는 모를록인에게 타임머신을 도둑맞아 죽을 위기에 처한다. 다행히 엘로이인의 딸 위나를 만나 모를록인과 맞서 싸우지만 그녀는 죽고 만다. 그나마 도둑맞았던 타임머신을 되찾아 가까스로 그곳을 벗어난다.

시간 여행자를 태운 타임머신은 벌건 불꽃과 희미한 빛을 발산하며, 사람들이 사라지고 없는 3000만 년 후의 지구로 이동한다. 대부분의 생명체는 다 사라져 버리고 다 타버린 태양은 차가운 빛만 지구로 보내

허버트 조지 웰스
(Herbert George Wells, 1866~1946)

웰스는 영국의 소설가이자 언론인이며 사회학자이자 역사학자입니다. 그는 잉글랜드 켄트 브럼리 지방의 가난한 집에서 태어나 열네 살 때부터 점원, 치과의사 보조를 하며 고학으로 사범학교를 졸업했습니다. 그는 한때 교사 생활을 했지만 나중에는 글쓰기에 몰두해서 평생 100권이 넘는 책을 썼습니다.

웰스는 자연과학적인 폭넓은 교양과 상상력을 결합하여 《타임머신》《투명인간》 같은 공상 과학소설을 썼고, 원자폭탄을 예언한 《우주 전쟁》 등을 쓰기도 했습니다. 그 후에는 풍자와 유머로 가득한 소설 《연애와 루이셤 씨》《킵스》《토노 번게이》 등을 통해 자본주의 사회의 잘못된 이면을 들추어내는 등 사회 비판적인 작품을 씁니다.

웰스는 제1차 세계대전 이후 단일 세계 국가를 구상하면서 《세계사 대계》를 발표했고, 속편인 《생명의 과학》을 통해 인류의 바람직한 미래를 제시하기도 했습니다. 《닥쳐올 세계》는 21세기에 세계 국가가 건설될 것을 예언한 소설이기도 합니다. 그러나 그는 제2차 세계대전이라는 비극을 겪으면서 마지막 저작인 《정신의 한계》에서 한평생 이야기해 온 인류에 대한 낙관주의적 인간관과 세계관을 부정합니다.

그는 인류를 파멸로 몰고 가는 세력을 물리치기 위해 공개적인 논의가 필요함을 역설하였으나 끝내 그 뜻을 이루지 못하고 여든 살에 런던에서 눈을 감고 말았습니다.

고 있다. 지상에는 커다란 탁자만 한 게, 이끼, 회색 개구리 인간들 외에 다른 생명체는 없다.

시간 여행자는 타임머신을 타고 현재로 돌아와서 신사들에게 자신이 본 미래에 대해 들려준다. 물론 신사들은 전혀 그의 말을 믿지 않았다. 그러자 이번에는 증거를 가져오겠다며 카메라를 챙겨 시간 여행을 떠났지만 지금까지도 돌아오지 않고 있다.

작품 이해

타임머신을 통한 시간 여행은 가능한 일인가?

기계를 타고 과거와 현재, 미래
를 마음대로 오갈 수 있다는 생
각은 아직 꿈이자 공상으로 남아
있습니다. 그러나 한편으로 생각
해 보면 오늘날 인간이 하늘을 날
수 있는 것 역시 옛날에는 허황된
꿈과 공상에 불과했습니다. 하지
만 누군가가 그 공상을 실현하기
위해 지속적으로 노력해 왔기 때문
에 가능한 일이 되었습니다.

1960년 미국에서 개봉한 영화 〈타임머신〉 포스터

지금은 현실이 된 달나라 탐험과 우주여행도 한때는 실현 불가능한 공상
으로만 여겨졌던 시대가 있었습니다. 이런 것들을 통해 유추해 보면 타임머
신도 지금은 비록 허황된 공상에 불과할지 모르지만 언젠가는 현실이 될 수
도 있지 않을까요?

사실 아인슈타인(Albert Einstein)의 상대성 이론에 따르면 시간 여행은 결
코 공상만은 아니라고 합니다. 모든 것에 시간이 똑같이 작용하는 게 아니며,
'타키온'이라는 입자로 빛보다 빠른 우주선을 만들 수만 있다면 이론상 시
간 여행은 얼마든지 가능하다는 거죠. 현재 세계 각국의 과학자들이 이 초광
속 입자를 발견하기 위해 부단히 노력하고 있습니다. 스티븐 호킹(Stephen
Hawking) 박사의 이론에 따르면 머지않아 블랙홀을 통한 시간 여행이 가능
할지도 모른다고 합니다.

✏️ 작품을 이해하기 위한 배경 지식

블랙홀

물질이 블랙홀 내에서 극단적인 수축을 일으키면 중력은 무한대가 되어 내부에 있는 빛과 에너지, 물질과 입자 등 어느 것도 탈출하지 못한다고 합니다. 이러한 작용으로 인해 블랙홀 속에 머물게 되면 얼마든지 시간 여행이 가능하다는 이론이 나오게 됩니다.

블랙홀은 한동안 직접 관측이 불가능했기 때문에 이론적으로만 존재해 왔습니다. 하지만 근래에는 인공위성을 통해 우주에서 벌어지고 있는 블랙홀 현상이 관측되고 있어 시간 여행 가능성은 더욱 현실성 있는 이론으로 받아들여지고 있습니다.

컴퓨터그래픽으로 구현한 블랙홀

세계 평화 운동의 선봉장

웰스는 국제평화와 안전 유지, 국제적 협력 증진을 도모하는 국제연맹(지금의 국제연합)의 이념을 신봉했던 작가입니다. 그는 제1차 세계대전 후 정치인들이 평화 정착을 위한 노력을 제대로 하지 않자 직접 세계 질서의 불안정함을 일깨우는 활동을 합니다. 《세계사 대계》 《생명의 과학》 《인류의 노동과 부와 행복》 등을 출판한 이유도 바로 여기에 있습니다.

웰스가 영국의 소설가 존 골즈워디(John Galsworthy)의 뒤를 이어 국제펜클럽 회장이 되었던 것도 인류를 파멸로 몰고 가는 세력을 물리쳐야 한다는 작가로서의 사명감을 완수하기 위해서였습니다. 그의 거의 모든 작품에서 보이는 인류의 미래를 예언하는 내용은 당대 사람들뿐만 아니라 현재를 살고 있는 우리도 새겨야 할 경고의 메시지라 할 수 있습니다.

9. 공상으로 만들어 낸 미래 세계 《타임머신》

● 과학의 가치중립성이란 무엇인가?

우리는 과거를 통해서 미래를 예측할 수 있습니다. 이것은 지구상에 사는 생명체 중에서 오로지 인간만이 지닌 능력입니다. 그런 점에서 《타임머신》은 100여 년 전에 발표된 소설이지만 인류의 미래를 예측할 수 있는 중요한 자료기도 합니다. 지금으로서는 타임머신을 만드는 것은 불가능한 일입니다. 그러나 예전에는 전혀 불가능할 것으로 여겼던 우주여행이 현실화된 점을 볼 때 타임머신을 통한 시간 여행도 전혀 불가능한 일만은 아니라고 예측할 수 있습니다.

이런 점에서 우리는 과학 문명 발달의 좋고 나쁨이 아니라 과학의 가치중립성에 대해 생각해 볼 필요가 있습니다. 과학은 그것을 사용하는 인간에 의해서 인류에게 축복을 안겨 줄 수도 재앙을 안겨 줄 수도 있습니다. 미래에 타임머신이 만들어졌을 때 사람들이 그것을 좋게 사용한다면 인류에게 축복을 줄 수 있지만, 그것을 나쁜 쪽으로 사용한다면 재앙을 안겨 주는 도구가 될 수도 있다는 것입니다.

1 지금은 불가능한 타임머신이 언젠가는 만들어질 수도 있다고 믿는 근거는 무엇인가요?

....

....

....

....

....

2 과학의 가치중립성이란 무엇인가요?

....

....

....

....

....

한 번 더 생각하기

1. 타임머신이 만들어진다면 좋은 점은 무엇일까요?

....

....

....

2. 타임머신이 만들어졌을 때 생길 수 있는 문제로는 무엇이 있을까요?

....

....

....

3. 만약에 타임머신 때문에 인류에게 재앙이 닥친다면 타임머신을 만든 과학자의 책임일까요, 그것을 잘못 사용한 사람의 책임일까요?

....

....

....

5장

추리와 상상력이 중요한 이유는 무엇인가?

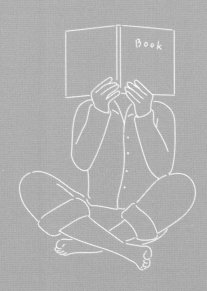

10

오랜 저주와 죽음의 미스터리를 풀다

바스커빌 가문의 개

줄거리 바스커빌 가문에는 기질적으로 잔인했던 휴고가 한 여자를 비참하게 죽였다는 전설이 전해지고 있다. 악당이었던 휴고는 잡아 두었던 여자가 도망치자 불량배들과 함께 그 여자를 잡으러 뒤쫓아 간다. 그러나 늪지대에서 여자뿐만 아니라 악당인 휴고도 함께 죽임을 당한다. 덩치가 산만 한 검은 사냥개가 휴고의 몸뚱이를 딛고 올라서 목덜미를 물어뜯고 있는 모습을 본 불량배들은 줄행랑을 쳐 겨우 목숨을 건진다. 전설에 따르면 세 명의 불량배 중 한 명은 그날 밤 죽고, 나머지 둘은 남은 인생을 폐인으로 살았다고 한다.

어느 날 셜록 홈스와 왓슨은 바스커빌 가문에 오랫동안 전해지는 문서를 들고 찾아온 의사 모티머를 만난다. 이 문서에는 '바스커빌 가문의 주인인 휴고가 자신이 저지른 죄로 인해 흉측한 개한테 물려 죽었으며 그 저주가 자손 대대로 영향을 미친다'는 내용이 담겨 있다. 어느 날 그 예언을 증명이라도 하듯 바스커빌 가문의 찰스 경이 산책하러 나갔다가 처참하게 죽임을 당한다. 바스커빌 가문의 저주에 등장하는 개처럼 생긴 괴물에 물려 죽은 것이다.

찰스 경의 주치의며 친구인 모티머는 캐나다에서 돌아오는 바스커빌 가문의 유산 상속자인 헨리 경도 똑같은 저주를 받지 않을까 걱정한다. 이를 증명이라도 하듯 막 런던에서 돌아온 헨리 경에게 '목숨이 아깝거든 늪지대에 오지 말라'는 신문 글씨를 오려 붙인 협박 편지가 날아온다. 홈스는 헨리 경에게 위험한 일이 닥칠 것을 걱정해 자신의 친구 왓슨을 그의 저택으로 보낸다.

왓슨은 늪지대를 산책하다가 스테플턴이라는 사내를 만난다. 그리고 스테플턴의 권유로 그의 저택을 찾아가 이야기를 나눈다. 그리고 이튿날 스테플턴이 누이인 베릴 양과 함께 바스커빌 가문을 찾아온다. 헨리 경은 아름다운 베릴 양에게 첫눈에 반한다. 하지만 나중에 베릴 양은 사실 스테플턴의 누이가 아니라 아내인 것으로 밝혀진다. 사실 스테플턴이 바스커빌 가문의 상속인 헨리 경을 유혹하기 위해 거짓말을 했던 것이다.

그 무렵 늪지대에서 헨리 경의 옷을 입

고 있던 탈옥수 셀덴이 개에게 물려 죽는 사건이 발생한다. 홈스와 왓슨은 헨리 경이 한밤중에 스테플턴 저택을 찾아가게 하는 술책을 쓴다. 그리고 괴물 형상을 한 개가 나타나 헨리 경을 덮치자 홈스는 권총으로 개를 쏘아 죽이고 헨리 경을 구한다. 조사 결과 바스커빌 가문의 상속자 헨리 경이 막대한 유산을 받게 되자 그것을 노리고 스테플턴이 개를 괴물처럼 보이게 해서 헨리 경을 죽이려 한 것임이 밝혀진다.

홈스와 왓슨의 노력으로 마침내 사건의 전말이 드러나고, 홈스는 확실한 증거를 가지고 스테플턴을 범인으로 체포한다. 명탐정 홈스의 뛰어난 추리력으로 사건은 해결되고, 헨리 경은 위기에서 벗어나 자신의 유산과 바스커빌 저택을 지키게 된다.

💡 작품 이해

명탐정 셜록 홈스의 활약을 그린 추리소설

서양에서는 셜록 홈스를 탄생시킨 코난 도일을 추리를 통한 과학 수사의 원조로 여깁니다. 당시에는 과학적인 범죄 수사 기법이 없었는데, 의사였던 코난 도일이 자신의 전문 지식을 소설 속에서 추리에 활용해 명탐정 셜록 홈스라는 주인공을 탄생시켰던 것입니다.

셜록 홈스의 모델은 코난 도일이 다녔던 에든버러 의과대학의 조셉 벨(Joseph Bell) 교수라고 합니다. "병을 진단할 때는 눈과 귀와 손과 머리를 써야 한다." 벨 교수는 이런 소신과 철학, 그리고 해박한 지식으로 진찰실에 들어온 환자가 자신의 증상을 말하기도 전에 병을 알아챘을 뿐만 아니라 환자의 생활 습관까지 추리를 통해 알아맞혔다고 합니다.

셜록 홈스

셜록 홈스는 코난 도일의 추리소설 속에 나오는 유명한 탐정으로 작가가 만들어 낸 허구의 인물입니다. 그러나 소설 속의 명탐정 홈스가 유명해지면서 홈스를 실재 인물로 착각하는 팬들이 생겨났고, 작품 속 홈스의 집 주소인 런던시 베이커가 222-B번지에는 수많은 팬레터와 사건을 의뢰하는 편지가 배달되기도 했습니다.

작가는 한때 홈스가 사망한 것으로 소설을 끝맺었으나 독자들의 성화에 못 이겨 다시

에든버러에 있는 셜록 홈스의 동상

　10. 오랜 저주와 죽음의 미스터리를 풀다 《바스커빌 가문의 개》

홈스가 살아나게 해 새로운 소설을 쓰기도 했습니다.

✎ 작품을 이해하기 위한 배경 지식

추리소설

추리소설은 범죄 사건을 주된 내용으로 하며, 그 사건을 과학적으로 추론하여 해결하는 과정을 다루는 소설을 말합니다. 미스터리 소설 또는 탐정소설이라고도 합니다.

첫 추리소설은 미국 소설가인 에드거 앨런 포(Edgar Allan Poe)가 1841년 발표한 단편소설 〈모르그가의 살인 사건〉입니다. 그리고 그의 영향을 받아 쓴 코난 도일의 추리소설이 대중적으로 인기를 끕니다. 증거에 따라 범죄의 진상을 규명하는 추리소설의 논리적인 서술 방식이 경찰 사법 제도가 확립되고 민주적인 재판이 행해지는 나라에서 환영을 받았던 거죠. 그래서 오늘날에도 영국이나 미국에서는 본격 추리소설이 많은 인기를 얻고 있습니다.

셜록 홈스 시리즈와 아르센 뤼팽 시리즈는 전혀 다른 작품

범인을 잡는 탐정에 '셜록 홈스'가 있다면, 셜록 홈스를 농락하는 유명한 범인으로는 '괴도 뤼팽'이 있습니다. 괴도 뤼팽이 등장하는 소설에 셜록 홈스가 등장하여 두 작품을 같은 작가가 쓴 것으로 착각하는 이들도 있지요. 그러나 셜록 홈스 시리즈의 작가는 영국의 코난 도일이고, 아르센 뤼팽 시리즈의 작가는 프랑스의 모리스 르블랑(Maurice Leblanc)입니다.

사정은 이렇습니다. 코난 도일의 캐릭터인 셜록 홈스가 탐정으로서 명성을 크게 얻자 르블랑이 셜록 홈스라는 같은 이름의 탐정 캐릭터를 만들고, 그와 대립되는 인물로 도둑인 뤼팽을 만들어 이들을 대결시키는 구조로 소설 괴도 뤼팽 시리즈를 창작한 것입니다. 그 후 원작자인 코난 도일이 저작권 문제로 항의하자 르블랑은 셜록 홈스의 이름 철자만 약간 바꿔 '헐록 숌즈'로 고쳐 자신의 작품 속 인물로 계속 등장시킵니다. 코난 도일로서는 화가 날 만한 일이었던 거죠.

셜록 홈스 시리즈

셜록 홈스 시리즈는 최초의 작품인《주홍색 연구》를 포함해 총 4편의 장편과 56편의 단편으로 이루어져 있습니다.《바스커빌 가문의 개》는 1902년에 발표된 작품으로 코넌 도일의 작품 중 최고로 꼽힙니다. 이 이야기는 작가가 친구에게 전해 들은 다트무어의 사냥개 전설을 바탕으로 한 것이라고 합니다.

셜록 홈스 시리즈는 다음과 같습니다.

- 제1권《주홍색 연구》
- 제2권《네 사람의 서명》
- 제3권《바스커빌 가문의 개》
- 제4권《공포의 계곡》
- 제5권《셜록 홈스의 모험》
〈보헤미아의 스캔들〉〈붉은 머리 연맹〉〈신랑의 정체〉〈보스콤 계곡 미스터리〉〈다섯 개의 오렌지 씨〉〈입술이 비뚤어진 남자〉〈블루 카번클〉〈얼룩 끈〉〈기사의 엄지손가락〉〈독신 귀족〉〈버릴 코로넷〉〈너도밤나무 숲〉
- 제6권《셜록 홈스의 회상록》
〈실버 블레이즈〉〈누런 얼굴〉〈증권 중개인〉〈글로리아 스콧〉〈머스 그레이브 가의 의식〉〈라이게이트의 지주들〉〈등이 굽은 남자〉〈입원 환자〉〈그리스어 통역사〉〈해

군 조약〉〈마지막 사건〉

• 제7권 《셜록 홈스의 귀환》

〈빈집의 모험〉〈노우드의 건축업자〉〈춤추는 인형〉〈외로운 사이클리스트〉〈프라이어리 스쿨〉〈블랙 피터〉〈찰스 오거스터스 밀버튼〉〈여섯 개의 나폴레옹〉〈세 학생〉〈금테 코안경〉〈쓰리쿼터의 실종〉〈아베이 농장〉〈제2의 얼룩〉

• 제8권 《홈스의 마지막 인사》

〈마자랭의 보석〉〈소어 다리〉〈기어 다니는 사람〉〈서식스의 뱀파이어〉〈세 명의 가리데브〉〈유명한 의뢰인〉〈세 박공의 집〉〈창백한 군인〉〈사자 갈기〉〈퇴직한 물감 장수〉〈수수께끼의 하숙인〉〈쇼스콤 올드 플레이스〉

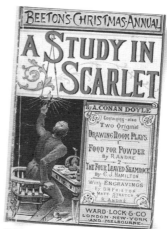

《주홍색 연구》가 처음 발표된 잡지 표지

영국의 기사 작위를 받다

영국은 왕이 상징적으로 나라를 대표하는 입헌군주제입니다. 그래서 귀족이라는 신분을 상당히 중요시하는 나라입니다. 영국에서는 나라에 공훈을 세운 사람에게 훈장을 주는데 이때 주는 훈장 중에 기사 작위가 있습니다. 사실상 귀족의 반열에 오르는 명예를 얻게 되는 것입니다. 이름 뒤에 경(Sir)이라는 존칭을 붙여 사회적으로도 높은 대접을 해 줍니다.

코넌 도일은 1899년에 보어전쟁이 일어나자 전쟁에 참여하여 남아프리카 야전 병원에서 군사들을 치료하고, 전쟁이 끝난 후에는 《남아프리카 전쟁》이라는 책을 써 영국 정부로부터 기사 작위를 받는 영예를 얻습니다.

● 추리란 무엇인가?

인과법칙이라는 것이 있습니다. 무슨 일이든지 원인이 있으면 반드시 결과가 있다는 말입니다. 반대로 결과가 있는 곳에 반드시 원인이 있다는 말이기도 합니다. '콩 심은 데 콩 나고 팥 심은 데 팥 난다'는 속담이 이에 속합니다. 사자성어로는 '종두득두(種豆得豆)'라고 합니다.

추리란 바로 이렇게 원인과 결과를 따지는 것입니다. 따라서 추리 수사는 현재 드러나 있는 몇 개의 증거를 바탕으로 어떤 사실이 발생했음을 미루어 짐작함으로써 사건의 원인 제공자를 추적해 범인을 가려내는 방법으로 과학적인 수사 방법의 기초가 됩니다.

추리는 또 다른 말로 추론이라고도 하는데 논리적인 사고를 통해 어떤 결론을 도출해 내는 것을 뜻합니다. 예를 들면 먼 산에서 연기가 나는 현상을 두고 '불이 타오르고 있는 곳에는 연기가 난다'는 일반적인 인과법칙을 바탕으로 '산에 불이 났다'는 추리를 할 수 있는 것입니다. 이것은 연역 추론에 해당합니다. 또한, '역사적으로 모든 사람은 죽었다'는 경험적 사실을 바탕으로 하여 '현재 살고 있는 사람들도 언젠가는 죽을 것'이라는 걸 추리할 수 있습니다. 이것은 귀납 추론에 해당합니다.

1 인과법칙이란 무엇인가요?

2 코넌 도일의 추리소설이 유럽에서 큰 인기를 끌 수 있었던 이유는 무엇인가요?

한 번 더 생각하기

1. 다음 중 자기가 한 일은 반드시 자기가 대가를 치른다는 말을 나타내는 한자성어가 아닌 것은 무엇인가요?

① 인과응보(因果應報)

② 자업자득(自業自得)

③ 자승자박(自繩自縛)

④ 결자해지(結者解之)

⑤ 타산지석(他山之石)

2. 공부를 잘하기 위해서는 어떻게 해야 하는지 인과법칙으로 설명해 보세요.

....

....

....

....

....

....

1 이상한 나라의 앨리스

🐾줄거리   앨리스는 언니랑 나무 밑에서 책을 읽다가 심심해서 주위를 둘러본다. 그때 마침 조끼를 입은 채 회중시계를 보며 뛰어가는 흰 토끼를 보고 호기심에 그 뒤를 따라간다. 토끼가 커다란 굴속으로 들어가자 앨리스도 토끼를 따라 굴속으로 뛰어든다.

앨리스가 떨어진 큰 방에는 여러 개의 문이 있고 탁자 위에 열쇠와 물약이 놓여 있다. 앨리스가 병에 든 물약을 마시자 몸이 작아진다. 하지만 탁자 위에 있는 열쇠를 잡을 수가 없게 돼 이번에는 탁자 밑에 있는 케이크를 먹는다. 그러자 이번에는 몸이 커져 탁자 위에 있는 열쇠를 집을 수 있게 된다. 그 열쇠로 문을 열고 나가려 하지만 몸이 너무 커져서 나갈 수가 없다. 앨리스가 눈물을 흘리자 바닥에는 어느덧 물웅덩이가 생긴다. 그때 지나가던 흰 토끼가 장갑과 부채를 떨어뜨린다. 앨리스가 부채를 집어 들고 부치자 다시 몸이 작아져 그만 물웅덩이에 빠지고 만다. 그런데 그곳에는 이미 많은 동물이 빠져 있었다. 눈물 웅덩이에서 나온 동물들이 몸을 말리려고 코커스 경기를 하다가 앨리스가 고양이 이야기를 하자 겁을 먹고 뿔뿔이 흩어진다.

그때 흰 토끼가 부채와 장갑을 찾으러 왔다가 앨리스를 하녀로 여기고는 자기 집으로 보낸다. 토끼의 집에서 몸이 커지는 약을 먹은 앨리스는 집에 갇혀 버리고 만다. 그때 토끼는 집 안에서 무슨 일이 일어났는지 알아보려고 정원사인 도마뱀 빌을 보내는데, 그사이 앨리스는 과자를 먹고 다시 작아진다. 토끼의 집에서 나와 길을 걷다 앨리스는 숲 속에서 버섯 위에 앉아 물담배를 피우는 애벌레를 만나 버섯을 먹고 몸이 커졌다 작아지는 방법을 배운다. 이번에는 앨리스가 공작부인의 집에 갔는데, 그곳에서는 주방장이 요리마다 후춧가루를 잔뜩 치는 바람에 아이가 울고 있다. 공작부인은 앨리스에게 아이를 맡기고 여왕의 크로켓 경기를 보러 간다. 앨리스가 밖으로 아기를 데리고 나오자 아기는 어느새 돼지로 변한다. 다시 길을 걷다 앨리스는 토끼와 모자 장수, 겨울잠쥐가 다과회를 하는 곳에 이른다. 그들은 그곳에서 수수께끼 놀이를 한다. 하지만 아무도 수수께끼를 맞히지 못하고 앨리스는 재미가 없어 그곳을 빠져나온다.

　앨리스는 트럼프 카드의 하트 여왕이 크로켓 경기를 하는 곳에 도착한다. 하트 여왕은 아무에게나 화를 내며 목을 치라고 명령한다. 여왕은 정원사가 빨간 장미를 심어야 하는데 흰 장미를 심었다고 사형 선고를 내린다. 앨리스는 불쌍한 정원사를 화분 속에 숨겨 주고, 신하들은 정원사를 사형에 처했다고 여왕에게 거짓말을 한다. 공작부인이 들어서며 앨리스에게 다정한 척한다. 하지만 앨리스는 교훈적인 말만 늘어놓는 공작부인한테서 지루함을 느낀다. 하트 여왕은 앨리스에게 그리핀을 타고 모조 거북을 만나러 가라고 명령한다. 모조 거북을 만나 앨리스는 그에게서 바닷가재 카드리유 이야기를 듣는다.

하트 여왕은 역시 트럼프 카드인 잭이 자신의 파이를 훔쳤다며 재판을 연다. 다시 돌아온 앨리스는 재판을 지켜본다. 토끼가 재판 절차에 따라 증언을 들어야 한다며 여러 증인을 데려온다. 그때 앨리스는 버섯을 먹어 몸이 커진 채 마지막 증인으로 법정에 선다. 앨리스는 별다른 근거도 없이 잭을 처형하려는 여왕의 판결에 반대한다. 여왕이 화를 내지만 몸이 커져 아무것도 두렵지 않은 앨리스는 끝까지 반대한다. 여왕이 말조심하라며 화를 내자 앨리스는 "너희는 그저 카드 한 벌일 뿐이야"라고 외친다. 그 순간 카드들이 공중으로 일제히 솟구쳐 앨리스를 잡으려고 달려든다.

그 순간 앨리스는 귓가를 간질이는 언니의 목소리에 눈을 뜬다. 잠에서 깬 앨리스가 언니에게 꿈 이야기를 해 주고, 언니는 그런 꿈은 착한 마음을 가진 사람만이 꿀 수 있는 꿈이라고 말한다.

루이스 캐럴
(Lewis Carroll, 1832~1898)

루이스 캐럴은 영국의 동화 작가 겸 수학자이자 논리학자로 본명은 찰스 도지슨(Charles Dodgson)입니다. 빅토리아 왕조의 대표적인 기인이었던 그는 영국에서 태어나 옥스퍼드 대학교에 진학하여 수학을 전공하였으며, 모교의 수학 교수를 지냈습니다.

국교회 사제의 아들로 10남매나 되는 화목한 가정에서 태어나 안정된 어린 시절을 보냈습니다. 그의 삶은 태어나서 죽을 때까지 별다른 굴곡 없이 평온하고 유복했습니다. 그의 일생은 '해가 지지 않는 영국'의 전성기인 빅토리아 여왕의 통치 기간(1837~1901)과도 거의 일치합니다. 그는 평생직장이었던 옥스퍼드 크라이스트 처치 대학에서 재능 있는 지성인들과 교분을 쌓으며 예순다섯 살에 기관지염에 걸려 갑작스럽게 세상을 떠나기 직전까지 건강한 삶을 살았습니다.

그는 친구 딸인 앨리스 리델에게 즉흥적으로 이야기해 주었던 것을 동화로 구성해 《이상한 나라의 앨리스》와 그 속편인 《거울 나라의 앨리스》라는 환상 가득한 작품을 선보였습니다. 주요 작품으로는 《스나크 사냥》과 《실비와 브루노》 등의 시집이 있습니다.

🔍 작품 이해

수학적 상상력으로 만들어진 판타지 소설

찰스 도지슨은 《상징적 논리》 등의 저서를 통해 형식 논리에 대한 연구 성과를 이루어 낸 수학자입니다. 그러나 그는 수학의 논리적 세계에만 머물지 않았습니다. 그는 루이스 캐럴이라는 이름으로 출판한 많은 작품들 속에서 다양한 수학 게임, 퍼즐, 논리적 역설, 수수께끼, 말놀이, 게임 규칙들로 이루어진 독특한 수학 세계를 펼쳐 보였습니다. 그는 수학 퍼즐을 즐겼으며, 《이상한 나라의 앨리스》는 바로 이런 수학의 논리적 역설을 문학적으로 형상화한 작품입니다.

이 작품 속에 보이는 판타지의 세계는 현실에서는 불가능한 배경의 설정, 논리적으로 추론할 수 없는 인물들의 행동 방식 등을 통해 구체적인 모습을 갖춥니다. 토끼 굴로 들어간 앨리스 앞에 전개되는 세계는 현실에서는 존재하지 않는 공간들이며, 앨리스의 몸 크기가 수시로 변하는 설정 등도 초현실적 현상이기 때문입니다.

실제로 루이스 캐럴은 옥스퍼드 크라이스트 처치 대학에서 수학을 가르치면서 수학과 논리, 언어를 가지고 장난치는 것을 무척이나 좋아했습니다. 그의 작품은 수학적 유희를 문학적으로 표현한 것입니다. 캐럴은 평소에는 지나치게 수줍음을 탔고, 말을 더듬는 버릇 때문에 사교 모임에 참석해도 몇 시간 동안 한마디도 하지 않았습니다. 그렇지만 캐럴은 어린아이들과 함께 있을 때는 수줍어하지도, 말을 더듬지도 않았으며 그들과 즐거운 시간을 가졌습니다. 그가 현실을 뛰어넘는 판타지를 창조할 수 있었던 것은 이처럼 어린아이들과의 교류를 통해 깨달은 그들의 천진난만한 내면세계 덕분이라고도 할 수 있습니다.

《이상한 나라의 앨리스》는 원래 캐럴이 자신의
친구인 신학교 학장의 딸 앨리스 리델에게 들려
준 이야기였는데 후에 그것을 다듬어 소설로 발
표한 것입니다. 아이들을 좋아했던 작가의 마음이
잘 드러나는 일화입니다. 하지만 그가 아이들에게
들려준 이야기는 아이들뿐만 아니라 어른들에게
도 높은 인기를 얻어 훗날 연극, 영화, 텔레비전 드
라마, 뮤지컬 등 다양한 형태로 각색되어 공연되고
있습니다.

앨리스 리델

✎ 작품을 이해하기 위한 배경 지식

판타지 문학

판타지는 그리스어로 환상 또는 공상을 뜻합니다. 판타지 문학이란 현실에
서는 있을 수 없는 초자연적이고 비현실적인 이야기를 그린 문학 장르 중 하
나입니다.

19세기 말 영국의 시인이자 아동 문학가인 에디스 네즈빗(Edith Nesbit)
은 마술적 존재를 그린 아동 문학을 발표하면서 처음으로 판타지라는 호칭
을 붙이고 정의 내렸습니다. 그리고 오늘날 판타지는 현실과 전혀 다른 신화
적 세계를 무대로 영웅 모험담을 그린 작품 등을 가리키는 말이 되었습니다.

판타지 문학의 걸작으로는 루이스 캐럴의 《이상한 나라의 앨리스》, 프랭크
바움의 《오즈의 마법사》, 판타지의 아버지로 추앙받는 톨킨(J. R. R. Tolkien)
의 《반지의 제왕》 등이 있습니다.

판타지 문학은 현실 도피를 위한 문학이라는 비판을 받기도 했습니다. 하지만 1938년 톨킨이 발표한 평론 〈요정 이야기에 대하여〉에서 도피 또한 용기 있는 행위로 평가한 후부터는 인식이 바뀌어 오늘날에는 문학의 한 장르로서 많은 이들의 사랑을 받고 있습니다.

판타지는 심리학에서는 현실에서는 있을 수 없는 일을 떠올려 욕망의 충족을 꾀하는 마음의 움직임을 나타내는 말로도 쓰이고 있습니다. 판타지가 공상의 바탕이 되는 무의식과 관계가 있기 때문입니다. 이에 따라 판타지 문학과 심리학을 연관 지어 연구를 활발하게 진행하고 있습니다.

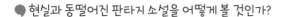

● 현실과 동떨어진 판타지 소설을 어떻게 볼 것인가?

일반적인 소설은 있음 직한 이야기를 작가가 상상력을 발휘해 재구성한 것으로 현실 세계에 기반을 두고 있습니다. 비록 상상으로 꾸며 쓴 이야기지만 그 속에는 현실과 똑같은 세계가 있고, 인간의 삶이 투영되어 있습니다. 그래서 사람들은 이처럼 현실과 유사한 소설을 읽으며 주인공을 통해 대리 만족을 느끼기도 하고 세상을 사는 지혜를 얻기도 합니다.

이에 비해 판타지 소설은 작가의 상상력에 의해 만들어진 초인간적인 능력을 지닌 인물들과 현실에서는 존재할 수 없는 배경을 무대로 펼쳐지는 기이한 일들을 다루고 있습니다. 판타지 소설은 자연의 법칙과 일상 세계에 익숙해져 있는 독자들이 기존 사고방식과 관습, 제도에서 벗어날 수 있게 해 줍니다. 따라서 상상력을 일깨우고 고정관념이나 틀에 박힌 상식에 잠들어 있는 무의식을 일깨워 열린 시각으로 세상을 바라보게 한다는 장점이 있습니다. 그러나 판타지를 여과 없이 받아들이고 너무 깊게 빠져 버리면 현실과 비현실을 혼동하여 실생활에 지장을 받을 수도 있다는 것을 염두에 두어야 합니다.

● 초현실주의와 부조리 문학의 선구자

루이스 캐럴은 어린이들을 하나의 독립된 인격체로 봤습니다. 그리고 풍부하고 아름다운 꿈의 세계는 바로 어린이들의 마음속에 있는 세상이라고 주장했습니다. 캐럴은 현대의 초현실주의 문학과 부조리 문학의 선구자로 난센스 문학의 전형이라 할 수 있습니다. 그는 성직자 자격이 있었지만 내성적인 성격과 말더듬이 때문에 평생 설교를 하지 않았고, 아이들을 사랑해 평생 독신으로 살았습니다.

❶ 일반적인 소설과 판타지 소설의 차이는 무엇인가요?

❷ 《이상한 나라의 앨리스》를 판타지 소설로 보는 이유는 무엇인가요?

한 번 더 생각하기

1. 판타지 소설의 좋은 점은 무엇인가요?

2. 판타지 소설의 문제점은 무엇인가요?

3. 현실과 동떨어진 생각에는 어떤 것이 있을까요? 현실적으로 불가능한 것에는 무엇이 있는지 생각해 보고 각자 자유롭게 표현해 보세요.

12

마법의 세계에 빗대 현실을 비판하다
오즈의 마법사

📖줄거리 어느 날 회오리바람이 불어 도로시가 살고 있던 집이 통째로 날아간다. 도로시는 회오리바람에 실려서 신비한 오즈의 먼치킨 나라에 도착한다. 오즈는 마법사와 마녀 들이 다스리는 곳이다. 도로시의 집이 떨어지면서 동쪽의 못된 마녀가 깔려 죽자 먼치킨 종족과 착한 북쪽 마녀는 도로시에게 고맙다며 마법을 부리는 은 구두를 선물한다. 도로시는 먼치킨이 아름다운 곳이라고 생각하지만 그래도 고향인 캔자스로 돌아가고 싶어 한다. 도로시가 집으로 돌아가기 위해서는 위대한 마법사 오즈를 찾아가 부탁해야 한다. 그래서 도로시는 위대한 마법사 오즈가 사는 에메랄드시를 찾아가기로 한다.

　도로시는 에메랄드시로 가던 중에 허수아비를 만난다. 허수아비는 생각하는 뇌를 갖는 것이 소원이라며 도로시를 따라나선다. 도로시는 길을 걷다가 이번에는 사랑할 수 있도록 심장을 갖기를 원하는 양철 나무꾼을 만난다. 양철 나무꾼도 소원을 이루기 위해 도로시 일행을 따라나선다. 도로시는 또다시 길을 걷다가 용기를 갖고 싶어 하는 사자를 만난다. 사자 역시 소원을 이루기 위해 도로시 일행을 따라나선다.

에메랄드시에 도착하기까지 갖가지 위험이 놓여 있다. 계곡을 건너야 하는 위험에 처했을 때 동료들은 사자에게 자신들을 업고 건너 달라고 부탁한다. 겁쟁이 사자는 처음에는 용기가 나지 않아 망설이지만, "너라면 할 수 있다"라는 동료들의 말에 용기를 내 동료들을 등에 업고 껑충 뛰어 사뿐히 계곡을 뛰어넘는다. 사자는 자신에게 그런 용기가 생긴 것에 기뻐한다. 다음에는 사자가 뛰어넘기에는 너무 먼 계곡이 나타난다. 그때 허수아비가 머리를 써서 양철 나무꾼에게 커다란 나무를 잘라 다리를 만들게 한다. 강을 만나자 허수아비는 양철 나무꾼에게 뗏목을 만들라고 해서 위기를 모면한다. 여행을 하면서 사자에게는 용기가 생겼고, 허수아비에게는 지혜가, 양철 나무꾼에게는 일행을 사랑하는 마음이 생겼던 것이다.

마침내 에메랄드시에 도착한 도로시 일행은 위대한 오즈의 마법사에게 소원을 빈다. 하지만 오즈의 마법사는 서쪽의 나쁜 마녀를 없애 줘야 소원을 들어주겠다고 한다. 도로시와 친구들은 소원을 이루기 위해 나쁜 서쪽 마녀를 없애러 간다. 서쪽 마녀는 늑대들을 불러 도로시와 친구들을 없애려 한다. 하지만 양철 나무꾼이 도끼로 싸워 물리친다. 그러자 서쪽 마녀가 까마귀를 불러 도로시와 친구들을 없애려고 한다. 이번에는 허수아비가 머리를 써서 용감하게 까마귀의 목을 부러뜨려 물리친다. 다음에는 윙키 종족들이 달려들자 사자가 크게 울부짖어 그들이 도망가게 한다. 서쪽 마녀는 벌떼에 공격 명령을 내린다. 그러자 허수아비가 자신의 몸에서 짚을 꺼내 동료들을 보호해 주고, 벌떼는 양철 나무꾼을 공격하다가 침이 부러져 죽는다. 서쪽 마녀는 마법으로 날개 달린

라이먼 프랭크 바움
(Lyman Frank Baum, 1856~1919)

프랭크 바움은 미국의 동화 작가로 미국 뉴욕의 치튼앵고에서 태어났습니다. 그는 한때 사우스타코아부터 시카고까지 폭넓은 지역을 여행하면서 닭을 기르는 일부터 외판원, 배우, 신문기자, 잡지사의 편집장 등을 하면서 불안정한 청년기를 보냈습니다.

그는 1882년 결혼하여 네 명의 자녀들을 두었는데, 1898년에 그의 장모가 아이들에게 들려줄 만한 흥미로운 이야기를 책으로 써 보라고 권유하자 《오즈의 마법사》를 집필하기 시작했습니다. 그는 그해 덴슬로우(William Wallace Denslow)라는 삽화가를 만나 재미있게 구성된 《오즈의 마법사》를 출판하게 되었고, 이 작품은 베스트셀러의 반열에 오르며 프랭크 바움은 유명한 아동 작가로 자리매김하게 되었습니다.

그는 후속편을 기다리는 아이들의 산더미 같은 편지를 받고는 계속해서 오즈 시리즈를 썼습니다. 오즈 시리즈로 대성공을 거둔 그는 한때 할리우드에서 오즈필름 회사를 경영하면서 몇 편의 무성영화를 제작했으나 사업은 매번 실패하였습니다.

그는 오즈의 마법사 시리즈 마지막 편인 《오즈의 착한 마녀 글린다》의 집필을 마친 후 끝내 출간은 보지 못한 채 세상을 떠났습니다.

오즈 시리즈 외에도 《산문 속의 마더구스》 《그의 책, 파더구스》 등이 있습니다.

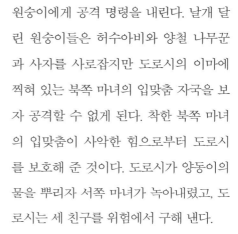

원숭이에게 공격 명령을 내린다. 날개 달린 원숭이들은 허수아비와 양철 나무꾼과 사자를 사로잡지만 도로시의 이마에 찍혀 있는 북쪽 마녀의 입맞춤 자국을 보자 공격할 수 없게 된다. 착한 북쪽 마녀의 입맞춤이 사악한 힘으로부터 도로시를 보호해 준 것이다. 도로시가 양동이의 물을 뿌리자 서쪽 마녀가 녹아내렸고, 도로시는 세 친구를 위험에서 구해 낸다.

마침내 도로시와 친구들은 오즈의 마법사를 찾아가 다시 소원을 빈다. 하지만 그는 자신은 마법사가 아니어서 소원을 들어줄 수 없다고 한다. 대신 자신이 할 수 있는 일은 다 하겠다며 허수아비 머리에 바늘과 핀이 섞인 왕겨를 넣어 주며 똑똑한 머리를 갖게 되었다고 한다. 양철 나무꾼의 가슴에는 심장을 넣어 주며 사랑하는 마음을 갖게 되었다고 한다. 사자에게는 용기를 준다며 약을 마시게 해서 용기가 생겼다고 한다. 소원을 이룬 친구들은 기뻐한다. 그리고 도로시에게는 열기구를 타고 함께 떠나자고 한다. 하지만

12. 마법의 세계에 빗대 현실을 비판하다 《오즈의 마법사》

도로시가 열기구에 타려고 오즈에게 손을 내미는 순간 밧줄이 끊어져 열기구가 공중으로 날아가 버리고 오즈는 혼자서 에메랄드시를 떠난다.

친구들은 도로시의 소원을 이루어 주기 위해 착한 남쪽 마녀 글린다를 찾아간다. 글린다가 친구들에게 도로시가 떠나면 어떻게 하고 싶냐고 묻자 허수아비는 에메랄드시의 왕으로, 양철 나무꾼은 윙키 종족과, 사자는 바위 언덕 너머의 숲에서 살겠다고 말한다. 글린다는 친구들의 소원을 들어주고, 도로시에게는 은 구두가 집으로 돌아가게 해 주는 마법을 갖고 있다고 말해 준다. 도로시는 그렇게 글린다의 도움으로 고향인 캔자스로 돌아간다.

⋛ 작품 이해

1900년대 미국의 시대 상황을 풍자한 소설

1900년 《오즈의 마법사》 초판 표지

풍부한 상상력으로 우리에게 감동을 준 《오즈의 마법사》는 사실은 1900년대 미국의 사회와 경제를 풍자한 소설로 시대 상황을 주요 등장인물을 통해 암시하고 있습니다.

마법사의 이름이 '오즈'인 것은 당시 금, 은 등을 재는 단위인 '온스'를 변형한 것으로 미국의 수도이자 정치와 경제의 중심지인 워싱턴 D.C.를 상징합니다. 이것만 보아도 이 소설이 당시의 시대 상황을 암시하고 있음을 알 수 있습니다. 모든 것을 다 해결해 줄 수 있다고 알려진 오즈의 마법사가 사실은 아무런 마법도 쓸 줄 모르는 서커스 단원이었다는 점은 바로 당시 미국 정부의 무능력에 대한 신랄한 풍자입니다.

이러한 관점에서 보면 '허수아비'는 농민을, '양철 나무꾼'은 공장 노동자를, '사자'는 당시 말만 앞세우던 민주당 후보인 윌리엄 브라이언(William j. Bryan)을 비유한 것이라고 볼 수 있습니다. 또한 이 소설의 결말 부분에서 도로시가 '은 구두'를 이용해 집으로 돌아가는 장면은 금은본위제의 실현을 상징합니다. 이것은 당시 경제 상황에 대해 작가가 제시한 해결책이기도 합니다.

이렇게 당시 시대 상황에 접목해서 이 작품은 읽으면 소설의 또 다른 재미를 느낄 수 있을 것입니다.

금은본위제

1900년대 미국의 화폐제도는 금본위제(은행에 금이 있는 만큼 돈을 찍어 내는 제도)였습니다. 그런데 금의 양이 부족해지면서 은행에서는 원하는 만큼 돈을 찍어 낼 수가 없었습니다. 그러다 보니 돈의 가치는 뛰고 물가의 가치는 떨어질 수밖에 없었습니다. 화폐를 소유하고 있는 금융 자본가와 부자들은 좋아졌지만, 상대적으로 가난한 사람들은 손해를 볼 수밖에 없었습니다. 이것이 사회적으로 문제가 되면서 화폐를 은으로도 만들어 유통해야 한다는 금은본위제가 해결책으로 제시되었습니다. 금이 부족해서 화폐의 가치가 뛰었으니까, 은으로 화폐를 만들어 물가의 하락을 막아야 한다는 것이었습니다.

마침 대통령 선거에서 이 문제는 정책 대결로 이어졌습니다. 그때 금융 자본가와 부자들을 대변하는 공화당 대통령 후보 윌리엄 매킨리(William McKinley)는 금본위제 유지를 내세웠고, 중산층이나 농민을 대표하는 민주당 후보 윌리엄 브라이언은 금은본위제 도입을 내세웠습니다. 선거 결과 보수층을 대표하는 공화당 후보 매킨리가 당선되었고 금은본위제는 경제위기를 넘어설 대안으로 제시되었을 뿐 정책에 반영되지는 않았습니다. 그때 마침 알래스카와 호주, 남아프리카 공화국에서 금광이 발견돼 금만으로도 충분한 양의 돈을 만들어 낼 수 있게 되었기 때문입니다.

《오즈의 마법사》에 감추어진 풍자

《오즈의 마법사》에서 오즈로 향하는 도로시 일행의 행진은 1894년 제이컵 콕시(Jacob S. Coxey) 장군의 지휘 아래 실직자들이 모여 정부에게 5억 달러의 법정 화폐 발행과 일자리 창출을 요구한 행진을 상징하기도 합니다. 그리고 오즈의 마법사는 당시 공화당과 매킨리 정권의 실력가였던 마커스 한나

(Marcus Hanna)를 상징한다고 볼 수 있는 것입니다.

이 소설의 마지막 부분에서는 사람들을 기만했던 마법사와 마녀의 정체가 폭로되면서 금과 은으로 구성된 화폐제도가 이루어지는 세상이 됩니다. 그리고 그 과정에서 허수아비는 자신이 얼마나 현명한 존재인지를 깨닫고, 사자는 자신의 용기를 발견하며, 양철 나무꾼은 금도끼와 은검을 통해 새로운 힘을 얻고 기름을 가지고 있는 한 다시는 녹슬지 않게 됩니다. 그리고 도로시는 그녀의 은 구두의 마법으로 캔자스로 되돌아갑니다.

그러나 이러한 풍자에도 불구하고 윌리엄 브라이언은 공화당 후보였던 윌리엄 매킨리에게 패배했고, 미국은 1900년 금본위제를 유지하게 됩니다.

작품 속 인물과 소재의 상징성

- **도로시** – 미국의 전통적인 가치를 지향하는 국민
- **오즈** – 워싱턴 D. C.
- **허수아비** – 농부
- **양철 나무꾼** – 산업 노동자
- **사자** – 민주당 대통령 후보 브라이언
- **서쪽의 나쁜 마녀** – 금본위제를 유지하려는 공화당 후보 매킨리
- **북쪽의 착한 마녀** – 금은본위제를 지지하는 국민
- **회오리바람** – 금은본위제를 주장하는 운동
- **금빛 벽돌길** – 금본위제를 유지하려는 사회
- **에메랄드 궁전** – 대통령이 머무는 백악관
- **녹색 유리** – 화폐
- **은 구두** – 은본위제

✎ 작품을 이해하기 위한 배경 지식

유네스코 문화유산 지정 작품

할리우드 영화로도 제작된 〈오즈의 마법사〉는 2007
년 6월 15일 유네스코 세계 기록 문화유산으로 등재
되었습니다. 세계 기록 문화유산은 역사적 가치가 있
는 고문서가 대부분이지만 오디오와 비디오 등 디
지털 형태의 기록물도 등록 대상이 되는데 〈오즈의
마법사〉와 호주의 첫 장편영화 〈켈리 갱 이야기〉가
유네스코 세계 기록 문화유산이 된 것입니다. 그만
큼 〈오즈의 마법사〉는 전 세계를 장악하고 있는 미
국의 할리우드 영화의 초석을 다져 놓은 작품으로
그 가치를 인정받은 것입니다. 그만큼 문화 창달에
크게 이바지한 작품입니다.

1936년 뮤지컬 〈오즈의 마법사〉의
공연 포스터

유네스코 문화유산이란?

유네스코(UNESCO)는 국제연합(UN)의 산하 기구로 교육·과학·문화의 보
급을 담당하고 있습니다. 유네스코 문화유산은 인류 문화 및 자연유산을 보
호하기 위해 국제연합이 그 가치를 인정하는 대상을 지정하는 것입니다. 우
리나라는 〈훈민정음〉과 〈조선왕조실록〉〈승정원일기〉〈직지심경〉 등이 유네
스코 세계 기록 문화유산으로 등재되어 있습니다.

작가 사후에도 시리즈로 계속 집필된 미국의 대표적인 작품

《오즈의 마법사》는 19세기 후반에 등장한 미국의 독자적인 아동 문학 작품

중 하나로 평가받고 있습니다. 미국적인 밝은 분위기에 독특한 캐릭터를 가진 등장인물을 선보이고 뛰어난 상상력을 바탕으로 신선한 매력을 발산하며 아이들과 어른들 모두에게 큰 인기를 얻었습니다. 소설뿐만 아니라 1902년 뮤지컬로 성공한 이후 영화로도 만들어지는 등 아동 문학으로서 독보적인 위치를 차지하고 있습니다.

오즈 시리즈는 원작가인 프랭크 바움이 쓴 작품은 총 14권입니다. 그러나 시들 줄 모르는 인기에 힘입어 그의 사후에도 그의 아들을 포함해 다른 사람들이 계속 집필을 이어 갔습니다. 그래서 지금까지 총 40편에 이르는 작품이 탄생할 수 있게 된 것입니다.

● 내가 원하는 것을 얻기 위해서는 어떻게 해야 하는가?

《오즈의 마법사》는 풍부한 상상력으로 우리에게 큰 재미를 줍니다. 그러나 자칫 재미만 추구하다 보면 작품이 이야기하고자 하는 교훈은 놓칠 수가 있습니다. 그렇다면 《오즈의 마법사》가 우리에게 주는 교훈은 무엇일까요?

그것은 바로 '자신의 꿈을 이루기 위해서는 최선을 다해야 한다'는 메시지입니다. 지혜를 간절하게 원하는 허수아비, 사랑하는 마음을 상징하는 심장을 얻고 싶어 하는 양철 나무꾼, 진정한 용기를 원하는 겁쟁이 사자는 마녀와 싸워 자신들이 원하는 것을 얻습니다. 그것은 자신들이 원하는 것을 얻기 위해 최선을 다했기 때문에 가능했던 일입니다.

일부 학생들은 자신이 진정으로 원하는 것이 무엇인지도 확실하게 정하지 못합니다. 그러다 보니 조금만 힘들어도, 조금만 무서워도 쉽게 포기하고 좌절합니다. 우리는 《오즈의 마법사》에 나오는 주인공들처럼 내가 진정으로 원하는 것이 무엇인가를 생각해 보고, 또 그것을 얻기 위해 어떻게 해야 하는지 진지하게 생각해 볼 필요가 있습니다.

❶ 여러분이 진정으로 원하는 것은 무엇인가요? 허수아비, 양철 나무꾼, 겁쟁이 사자처럼 자신에게 꼭 필요한 것이 무엇인지 생각해 보세요.

....

....

....

....

....

....

❷ 여러분은 원하는 것을 얻기 위해서 어떻게 해야 할까요?

....

....

....

....

....

....

한 번 더 생각하기

1. 허수아비가 원했던 것은 무엇이고 왜 그걸 원했을까요 ?

......

......

......

2. 양철 나무꾼이 심장을 갖고 싶어 했던 이유는 무엇인가요?

......

......

......

3. 사자가 갖고 싶어 한 용기는 무엇일까요? 여러분이 생각하는 용기에 대해서 설명해 보세요.

......

......

......

문화와 세계화

6장

세계화 시대에 알아야 할
설화 문학

천 하루 동안 펼쳐지는 신기한 이야기

아라비안나이트

🐌 줄거리

《아라비안나이트》는 페르시아의 샤리아르 왕의 이야기로부터 시작된다. 어느 날 왕이 사냥을 나갔다 돌아왔는데, 그사이에 왕비가 흑인 노예와 사랑을 나누고 있는 것을 발견한다. 왕은 화가 난 나머지 그 자리에서 두 사람을 죽여 버리고 그 후부터 여자를 극도로 증오한다. 그래서 온 나라에 명령을 내려 하룻밤에 한 명씩 아내를 맞아들이고 다음 날 아침이면 바로 죽이는 일을 반복한다.

그러자 딸을 가지고 있는 부모들은 공포에 떨고, 심지어 딸을 살리기 위해 다른 나라로 도망치는 사람이 생겨날 정도였다. 그 나라의 처녀는 왕과 하룻밤을 보내고 살해되든가 아니면 도망을 치든가 해야 했던 것이다.

그 나라의 재상에게는 딸이 둘 있었는데 그중 큰딸인 셰에라자드가 아버지를 위해 왕의 침실로 자청해 들어간다. 그런데 그 전에 셰에라자드는 동생 둔야자드에게 자신이 살아남을 수 있는 방법을 알려 준다. 그리고 왕에게는 오늘 밤이 동생과의 마지막 밤이 될지도 모르니 작별 인사를 할 수 있도록 동생을 만나게 해 달라고 한다. 왕의 허락으로 언니를 보러 온 동생은 언니가 미리 가르쳐 준 대로 언니는 옛날이야기를 재미있게 잘하니까 마지막으로 언니가 해 주는 이야기를 듣게 해 달라고 왕에게 부탁한다. 왕은 호기심이 생겨 동생의 소원을 들어주겠다며 언니에게 재미있는 이야기를 해 보라고 한다. 마침내 셰에라자드는 자신이 원했던 대로 재미있는 이야기를 하기 시작한다.

······

부유한 상인이 있었다. 그는 장사를 하기 위해 멀리 나갔다가 일을 마치고 돌아오는 길에 사막의 야자나무 그늘에 앉아 쉬고 있었다. 그냥 있기가 심심해서 낙타에 매단 가죽 부대에서 대추를 꺼내 먹고 그 씨를 주위에 뱉었다. 그때 갑자기 커다란 마귀가 나타나 상인을 죽이려 했다. 상인이 깜짝 놀라 왜 그러냐고 물었더니, 마귀는 "네가 뱉은 대추씨가 지나가던 내 아들 눈에 들어가 내 아들이 죽었다. 그러니 너는 내 아들의 원수기 때문에 내 손으로 죽여야겠다"라고 말했다. 그 말을 듣고 상인은 깜짝 놀라 모르고 한 일이니 제발 용서해 달라고 애걸복걸했지만 마귀는 커다란 칼로 상인의 목을 내리쳐 죽여 버렸다.

······

셰에라자드가 이야기를 다 마치지 못했는데 날이 밝아 왔고, 왕은 계속 이야기를 듣고 싶어 하룻밤 더 살려 두기로 한다. 그다음 날도 셰에라자드는 이야기를 계속했다. 이야기를 마치기 전에 또 날이 밝았고, 왕은 또 다음 이야기를 듣고 싶어 죽이는 것을 다음 날로 미뤘다. 셰에라자드의 이야기는 이렇게 매일 밤 계속됐다.

〈어부와 악마〉〈짐꾼과 바그다드의 세 처녀〉〈세 개의 능금〉〈꼽추 이야기〉〈알라딘과 요술 램프〉〈알리바바와 40인의 도둑〉〈신드바드의 모험〉 등 우리가 알고 있는 유명한 이야기는 이렇게 해서 생겨난 것이다.

세에라자드의 이야기는 천 일 하고도 하루 동안 계속되었고, 샤리아르 왕은 마침내 그녀의 지식과 말솜씨에 감탄하여 자기의 잘못을 뉘우치고 여자에 대한 증오심을 버리게 된다. 그리고 그녀를 왕비로 맞아들이고 선정을 베풀며 오래오래 왕국을 번영시켰다고 한다.

리처드 프랜시스 버턴
(Richard Francis Burton, 1821~1890)

버턴은 영국의 탐험가이자 번역가로 영국 데번주 토키에서 출생했습니다. 영국 옥스퍼드 대학을 중퇴하고, 당시 영국의 식민지였던 인도 뭄바이의 동인도 회사에 부임해 7년간 근무했습니다.

그는 그곳에서 인도 하층민의 생활을 접할 수 있었습니다. 그는 인도를 비롯해 이집트와 아라비아 각지의 아름다운 경치에 매료되어 탐사에 나서기도 했습니다. 1853년에는 이슬람교의 성지인 메카, 다음 해에는 아프리카 북동 소말리아를 탐험하면서 이슬람 문화를 섭렵하였습니다. 1856년에는 아프리카에서 탕가니카호를 발견하고, 1861년에는 가나의 황금 해안, 베냉의 다호메이, 나이지리아의 베닌 등을 탐험하면서 모험과 연구에 모든 것을 바쳤습니다.

그는 이슬람 문명권을 여행하며 아랍어와 힌두어를 비롯해 29개국의 언어를 습득한 것으로도 유명합니다. 탐험을 통해 얻은 폭넓은 지식을 바탕으로 아랍의 문학을 영어로 번역해 유럽에 알리는 데도 앞장섰습니다.

그가 영문으로 번역한 《아라비안나이트》(전 16권)가 널리 알려지면서 번역가로도 널리 이름을 알리게 됩니다.

작품 이해

구비 문학을 집결한 세계 최대의 문학

《아라비안나이트》는 중동 지역과 인도, 중국의 남쪽 섬이나 반도를 배경으로 전해져 오는 이야기들입니다. 6세기경 사산 왕조는 인도와 중국까지 통치했던 부강한 나라였습니다. 그때 페르시아에서 모은 《천 일 동안의 이야기》가 8세기 말경 아랍어로 번역되었고, 여기에 현재 이라크 수도인 바그다드를 중심으로 다시 많은 이야기가 추가되었습니다. 그 후에는 이집트의 카이로를 중심으로 더 많은 이야기가 추가되면서 15세기경에 이르러 오늘날 우리가 알고 있는 《아라비안나이트》로 완성된 것입니다.

《아라비안나이트》의 작가는 수많은 이슬람 민중들

《아라비안나이트》의 저자와 연대는 정확히 알려져 있지 않을 뿐만 아니라 주인공도 한 사람이 아니라 알라딘, 알리바바, 신드바드와 같이 여러 인물이 등장합니다. 마치 우리나라의 고전소설들이 특정 작가 없이 입에서 입으로 전해져 오다가 나중에 누군가에 의해 글로 기록된 것과 같습니다. 따라서 이 글의 작가는 특정인이 아니라 이란과 관련 있는 이슬람 민중들이라 할 수 있습니다. 이 이야기에 등장하는 주인공들 이름이 이란어인 것으로 보아 그렇게 짐작하는 것이지요.

이 이야기의 첫 번역본은 프랑스의 아랍어 교수 앙투안 갈랑(Antoine Galland)의 《천일야화》입니다. 갈랑은 4권으로 된 시리아의 작품을 원본으로 삼아 번역했지만, 그중에는 입으로 전해진 이야기와 다른 자료에 실린 이야기도 포함되어 있습니다. 현재는 리처드 버턴의 《천일야화》가 가장 유명한 영어 번역본으로 알려져 있습니다.

액자소설의 대표작

이야기 속에 또 하나의 이야기가 마치 액자의 그림처럼 들어가 있는 소설을 액자소설이라고 합니다. 여러 개의 이야기로 구성된 소설을 순환적 액자소설이라고 하고, 하나의 이야기만으로 구성된 소설을 단일 액자소설이라고 합니다. 《아라비안나이트》는 순환적 액자소설 중 가장 대표적인 작품입니다.

작품을 이해하기 위한 배경 지식

사산 왕조

사산 왕조는 226년부터 651년까지 페르시아를 지배하던 고대 왕조로 226년 서부 이란 지역에서 통치 기반을 굳힌 파르티아의 영주 아르다시르 1세가 세운 왕조입니다. 이 왕조는 조로아스터교를 국교로 하여 신권에 의한 전제 정치를 했으며 독특한 문화를 번성시켰습니다. 이란 예술은 사산 왕조에서 다양한 분야로 발전했습니다. 크테시폰과 피루자바드, 사르베스탄 궁전들처럼 어마어마한 크기의 건축물들도 지어졌지요. 금속 세공과 보석 세공 기술도 대단히 세련됐고, 학문도 국가 차원에서 장려해 크게 발전했습니다. 하지만 동로마 제국과의 장기간에 걸친 전쟁으로 인해 사산 왕조는 쇠퇴했고, 651년 결국 아랍인들에 의해 멸망했습니다.

조로아스터교

조로아스터교는 기원전 6~7세기에 활동했던 예언자 조로아스터의 가르침에 따라 유일신인 아후라 마즈다를 숭배하는 고대 페르시아 종교입니다. 한자로는 배화교(拜火敎), 즉 '불을 숭배하는 종교'라고 불리기도 합니다. 조로아스터교 신자들이 불이 타오르는 작은 제단 앞에서 예식을 치르는 모습을 보고 붙인 이름입니다. 조로아스터교는 오늘날 그리스도교와 이슬람교 등에서 내세우는 유일신 사상에 큰 영향을 끼친 종교입니다. 현재는 중동 지역에 이슬람교가 자리를 잡으면서 그 세력이 크게 줄었으나 아직 인도와 이란 지역에 15만여 명의 신자들이 활동하고 있습니다.

조로아스터를 그린 18세기의 그림

《아라비안나이트》와 《천일야화》는 같은 작품

《아라비안나이트》는 《천일야화》라는 제목으로도 많이 알려져 있습니다. 천개의 이야기로 이루어졌다는 말도 있으나 현재는 480개 정도의 이야기만이 전해지고 있습니다. 이 이야기들은 오랜 세월에 걸쳐 전승되어 왔으므로 천개의 이야기라는 것은 그저 많은 이야기라는 뜻이었는데, 사람들이 천 개를 채우려고 끊임없이 새로운 이야기를 추가한 것이 아닐까도 생각됩니다.

우리가 알고 있는 〈알라딘과 요술 램프〉 〈알리바바와 40인의 도둑〉 등도 원래 《아라비안나이트》에는 없었는데 1703년 앙투안 갈랑이 프랑스어로 번역하면서 추가한 것입니다. 이 밖에도 12세기의 이집트 이야기와 이슬람의 반십자군 이야기, 그리고 몽골족이 중동에 전한 이야기들도 포함되어 있는데, 이런 것들도 다 후세에 추가된 새로운 이야기들입니다.

● 구비 문학이 중요한 이유는 무엇인가요?

구비 문학이란 문자가 없던 시절에 만들어져 문자로 기록되기 이전에 입에서 입으로 전해져 온 문학을 말합니다. 말로 전해지는 문학이라고 해서 구전 문학이라고도 합니다. 우리가 흔히 알고 있는 옛날이야기들은 거의 구비 문학이라 할 수 있습니다.

구비 문학은 특정 작가가 지어낸 이야기가 아니고, 여러 사람들의 입을 통해 전해지면서 다른 내용이 보태지고 비슷비슷한 이야기들이 많이 만들어집니다. 가령《춘향전》은 삼국시대부터 전해 내려오는 설화로 지역마다 조금씩 다르게 전해져 여러 종류의《춘향전》이 있습니다.

《아라비안나이트》는 중동 지역을 대표하는 구비 문학이라 할 수 있습니다. 한 시대를 풍미했던 중동 지역 사람들의 삶과 지혜가 담겨 있어 단순히 재미로만 읽기보다는 다른 민족의 삶과 지혜를 엿볼 수 있는 기회로 삼으면 더욱 좋을 것입니다. 세계화 시대에 우리와 다른 민족의 전통과 지혜를 익히는 것도 매우 큰 의미가 있으니까요.

● 우리나라의 구비 문학

우리나라의 구비 문학에는 설화, 민요, 판소리, 무가 등이 있습니다. 〈아기 장수 우투리〉나 〈우렁각시〉〈콩쥐팥쥐〉 등의 설화와 〈아리랑〉〈군밤타령〉 등의 민요, 〈춘향가〉〈심청가〉〈수궁가〉 등의 판소리는 우리나라의 대표적인 구비 문학입니다. 구비 문학에는 현대 문학 작품에서는 얻을 수 없는 조상의 지혜와 슬기가 담겨 있습니다.

1 옛날이야기를 왜 구비 문학이라고 할까요?

2 구비 문학이 중요한 이유는 무엇 때문인가요?

13. 천 하루 동안 펼쳐지는 신기한 이야기 《아라비안나이트》

한 번 더 생각하기

1. 《아라비안나이트》를 구비 문학이라고 하는 이유는 무엇인가요?

....

....

....

....

2. 여러분이 아는 구비 문학에는 어떤 것들이 있나요? 그 작품들을 소개해 보세요.

....

....

....

....

3. 여러분이 가장 좋아하는 구비 문학에는 어떤 것이 있나요? 그 이유는 무엇인가요?

....

....

....

....

14

서양 문화의 바탕이 된 신들의 이야기
그리스 로마 신화

🧒줄거리 에로스와 프시케

프시케는 매우 아름다운 공주다. 세 언니도 예뻤지만 프시케에게만큼은 미치지 못했다. 사람들은 프시케가 사랑의 여신인 아프로디테의 현신이라고 생각하고 동상까지 세워 가며 추앙했다. 그러자 아프로디테가 프시케를 시기하고 미워했다. 아프로디테는 아들인 에로스에게 프시케가 형편없는 사람을 사랑하게 사랑의 화살을 쏘라고 시킨다.

에로스는 두 종류의 화살을 가지고 있었다. 하나는 황금 화살로 그 화살에 맞은 사람은 자기 앞에 있는 사람을 무조건 사랑하게 되고, 또 다른 화살은 납 화살로 그 화살에 맞으면 곁에 있는 사람을 무조건 미워하게 된다. 에로스는 어머니의 명령에 따라 프시케가 볼품없는 사람 곁에 있을 때 사랑의 화살을 쏘아 그를 사랑하게 하려고 프시케를 찾아갔다. 그러나 에로스는 그 순간 엉겁결에 자신이 메고 다니던 사랑의 화살에 찔려 그만 프시케를 사랑하게 되고 만다.

한편 아프로디테의 미움을 산 프시케에게 아무도 청혼하는 사람이 없었다. 프시케의 부모는 프시케가 인간에게 시집갈 운명이 아니며 남편 될 사람이 산꼭대기에서 그녀를 기다리고 있다는 신탁을 듣는다. 이는 에로스가 친구인 아폴론을 시켜 프시케를 자신의 아내로 만들기 위해 꾸민 계략이었다.

프시케는 신탁에 순종해 바위산 꼭대기로 올라가 숲속에 있는 호화로운 궁전에서 에로스와 비밀스러운 결혼 생활을 시작한다. 그러나 에로스는 밤에만 찾아왔기 때문에 프시케는 남편의 얼굴을 볼 수가 없어 그가 누구인지 알지 못했다. 에로스는 프시케에게 자신의 얼굴을 보려 하지 말라고 당부한다. 하지만 프시케는 호기심을 이기지 못해 등불을 비춰 에로스의 얼굴을 확인한다. 그러자 에로스는 자신의 사랑을 믿지 못한 프시케에게 이별을 선언하고 떠나 버린다. 프시케는 남편의 행방을 찾던 중 대지의 여신 데메테르의 도움을 받아 에로스의 어머니 아프로디테를 만나 용서를 빌고 남편을 다시 찾게 해 달라고 사정한다.

아프로디테는 프시케가 에로스의 아내가 될 자격이 있는지 시험한다. 시험 마지막 단계에서 아프로디테는 프시케에게 저승의 여신인 페르세포네를 찾아가 여신의 아름다움의 비밀이 들어 있는 상자를 가져오라고 시킨다. 그렇게 프시케는 죽음의 세계에까지 들어간다. 프시케는 무사히 상자를 가져오지만 뚜껑을 열지 말라는 금기를 지키지 못하고 호기심에 상자를 열었다가 그 안에서 나온 죽음의 잠에 휩싸여 쓰러지고 만다. 프시케가 처한 상황을 알게 된 에로스는 잠든 프시케를 자신의 화살로 찔러 잠에서 깨어나게 한 다음 제우스를 찾아가 아프로디테의 노여움을 풀어 달라고 간청한다. 제우스의 설득으로 마침내 아프로디테도 이들의 결혼을 승낙한다.

다이달로스와 이카로스

'쪼아서 만드는 자'라는 뜻의 다이달로스는 아테나이아 출신의 뛰어난 건축가이자 조각가다. 그에게는 조카 탈로스가 있었는데 일찍부터 건축과 조각에 탁월한 재능을 보였다. 질투심이 많은 다이달로스는 시간이 갈수록 탈로스가 자신을 능가할까 봐 두려워 아테나이 성에서 탈로스를 밀어 떨어져 죽게 한다. 이 사건으로 다이달로스는 유죄판결을 받지만 아테나이아에서 도망쳐 멀리 떨어진 크레타섬으로 가 미노스 왕의 신임을 받는다.

그때 미노스 왕은 미노타우로스 문제로 고심하고 있었다. 미노타우로스는 미노스 왕의 아내와 황소 사이에서 태어난 괴물로 인간의 머리와 소의 몸을 가지고 있었다. 미노스 왕은 이 사실을 감추기 위해 고심하다 다이달로스에게 괴물을 가둘 미로를 만들라고 한다. 이에 다이달로스는 자신도 빠져나오기 힘들 만큼 복잡한 미로를 만든다.

한편, 아테나이아는 정기적으로 크레타에 소년과 소녀를 제물로 바쳐야 했다. 이 제물은 미궁에 갇혀 사는 괴물 미노타우로스의 먹이로 공급됐는데, 이 사실을 알게 된 아테나이아의 왕자 테세우스는 미노타우로스를 죽이기 위해 제물로 자원해 미노스 왕 앞에 서게 된다. 그 자리에는 미노스 왕의 딸 아리아드네도 있었는데 이 두 사람은 첫눈에 사랑에 빠지고 만다. 공주 아리아드네는 테세우스에게 미궁에서 빠져나올 수 있는 방법을 알려 준다. 테세우스는 아리아드네가 건네준 실타래를 풀며 미궁으로 들어가 미노타우로스를 죽인 후 그 실을 따라 무사히 빠져나와 그녀를 데리고 크레타섬을 탈출한다.

이 사건으로 다이달로스는 미노스의 미움을 사 아들인 이카로스와 함께 자신이 만든 미궁에 갇히고 만다. 탈출 방법을 궁리하던 다이달로스는 이 미궁에서 빠져나갈 길은 하늘밖에 없다는 결론을 내리고, 깃털들을 모아 밀랍으로 붙여 커다란 날개를 만든다. 날개가 완성되어 드디어 탈출하게 되었을 때, 다이달로스는 아들 이카로스에게 바다와 태양 사이 적당한 높이에서 날아야 하며, 너무 높이 날면 밀랍이 태양에 녹기 때문에 조심해야 한다고 당부한다. 그러나 이카로스는 하늘을 난다는 감격에 그만 태양에 닿을 만큼 높이 올라간다. 이카로스의 날개는 태양에 녹아 버리고, 이카로스는 바다로 추락해 죽고 만다.

🔆 작품 이해

고대 서양 예술 작품의 뿌리

《그리스 로마 신화》의 배경을 보면 시대적으로는 천지창조부터 기원전 10세기 무렵이고, 공간적으로는 그리스 본토와 크레타섬, 에게해의 여러 섬, 지금의 소아시아, 사이프러스섬, 이탈리아, 갈리아, 스페인, 지브롤터 해협, 페니키아, 이집트, 흑해 지역 등입니다.

불핀치는 그동안 산발적으로 전해져 왔던 그리스와 로마 신화를 조사해 둘을 한 뿌리로 보고《그리스 로마 신화》를 펴냈습니다. 그리스와 로마의 신화는 고대 서양 예술 작품의 뿌리를 이루고 있으므로 오늘날 서양 문화를 이해하는 데 중요한 자료가 되고 있습니다.

그리스 로마 신화는 특정한 작가의 작품이 아니므로 원전 텍스트는 없습니다. 다만 불핀치는《그리스 로마 신화》에서 신에 대한 소개, 창조 신화, 신화 속 영웅들의 이야기를 조각이나 그림과 함께 설명해 미국 대중들에게 고전 문학이라는 낯선 분야의 매력을 알게 해 주었습니다.

불핀치의《그리스 로마 신화》는 첫 장 〈신들과 영웅들의 이야기〉를 시작으로 마지막 41장 〈드루이드-아이오너〉까지 다양하면서도 짧은 이야기들로 구성되어 있습니다. 각 단편들은 신들과 인간들을 소재로 한 이야기들입니다.

✏️ 작품을 이해하기 위한 배경 지식

그리스 신화

그리스는 약 3,500년 전 유럽 문화의 발상지로 기원전 8세기경에 고유문화가 성립되었습니다. 한때 민주정치를 꽃피운 고대국가였지만 기원전 4세기

경에 마케도니아에 정복되었습니다. 그 뒤 로마와 오스만튀르크 등의 지배를 받아 오다가 1830년 오늘날의 그리스로 독립하였습니다.

그리스 신화는 고대 서양의 연극 작품을 비롯해 시와 서사시의 주된 주제였으며, 철학과 역사, 사상뿐만 아니라 미술과 문학, 그리고 과학기술에 이르기까지 서양 문화 전반에 큰 영향을 끼쳤습니다.

고대 로마제국과 신화

로마는 기원전 753년에 이탈리아반도 중부의 티베르강 유역에 라틴인이 세운 국가였습니다. 고대 도시국가에서 출발하여 왕정, 공화정, 제1, 2차 삼두정치를 거치다가 기원전 27년 아우구스투스가 통일하여 제정을 실시하였습니다. 395년에 동로마 제국과 서로마 제국으로 분열되었는데 서로마 제국은 476년에 멸망하였고, 동로마 제국은 1453년까지 존속하였습니다. 장장 2천년의 역사를 자랑하는 고대 최대 국가였습니다.

로마인들은 사실상 그리스 신화를 그대로 받아들였기 때문에 기원전 3세기에 이미 제우스는 주피터, 헤라는 유노, 아테나는 미네르바, 아프로디테는 비너스, 헤르메스는 메르쿠리우스, 아르테미스는 디아나, 에로스는 큐피드 등으로 부르며 그리스의 신들과 동일시했습니다.

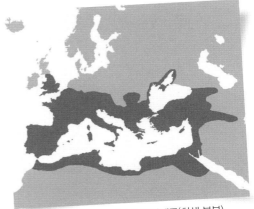

기원후 98년에서 117년 사이의 로마제국(회색 부분)

● 에로스적 사랑이라는 말의 뿌리는 무엇인가?

에로스는 큐피드의 그리스식 이름입니다. 에로스의 화살에 맞은 사람은 사랑에 빠져 사랑에 눈이 멀고 사랑하는 대상만 보입니다. 젊은 남녀가 사랑에 빠지면 주변 사람들의 충고를 무시하고 자신들 마음대로 행동하는 걸 볼 수가 있습니다. 그러다가 어느 정도 시간이 지나면 또 언제 그랬냐는 듯 사랑이 식어 헤어지기도 합니다. 에로스적 사랑이란 이처럼 자기중심적이고 일방적이고 충동적인 사랑을 말합니다. 우리는 그 어원을 그리스 로마 신화의 〈에로스와 프시케〉 이야기에서 찾을 수 있습니다.

● 아가페적 사랑이란 무엇을 말하는가?

아가페적 사랑이란 에로스적 사랑과는 다르게 신이 아무 조건 없이 인간을 사랑하는 것처럼 어떤 요구도 하지 않고 조건도 따지지 않으며 희생하는 절대적 사랑을 말합니다. 이것을 참된 사랑이라 하는데 아무 조건이 없이 자신을 희생하는 부모와 자식 간의 사랑, 이웃 등에 대한 사랑도 여기에 포함된다고 할 수 있습니다.

● 이카로스의 날개

이카로스의 날개는 젊은 시절의 뜨거운 야망이나 열정을 뜻하기도 하지만, 어리석은 인간들의 헛된 욕심을 상징하는 의미로도 사용됩니다. 이카로스의 추락은 흔히 인간의 무모한 욕망을 경계하는 것에 비유되어 사람들이 작은 재주나 능력을 믿고 오만하게 굴거나 자만심 때문에 올바르게 판단하지 못할 때 인용되곤 합니다. 그의 추락은 날개 때문이 아니라 통제되지 않은 인간의 과욕 때문이므로 기술적인 결함이라기보다 그것을 사용하는 인간이 문제라는 것입니다.

하지만 이카로스는 인간이 이룰 수 없다고 포기한 비상의 꿈을 적극적으로 수행한 인물로도 상징됩니다. 따라서 이카로스의 날개는 마음속에 간직하고 있는 인간들의 꿈과 이상을 펼친 모습이라고 할 수 있습니다. 인간이라면 누구나 한두 개씩 품고 있는 비상에의 갈망, 새로운 세계에 대한 동경, 현재와는 다른 경지에 도달하고 싶은 열정, 이런 것들이 이카로스의 날개로 대변되는 것입니다.

18세기 화가 루벤스의 〈이카로스의 추락〉

1 에로스적 사랑이라는 말의 뿌리는 어디에서 온 건가요?

....

....

....

....

....

....

2 그리스 로마 신화에 나오는 인물로서 인간이 이룰 수 없다고 포기한 비상의 꿈을 이룬 사람은 누구인가요?

....

....

....

....

....

한 번 더 생각하기

1. 참된 사랑이란 무엇이라고 생각하나요?

....

....

....

....

2. 사랑했던 사람들이 서로 미워하고 싸우고 헤어지는 이유는 무엇이라고 생각하나요?

....

....

....

....

3. 이카로스의 날개가 뜻하는 것은 무엇인가요?

....

....

....

7장
소설 속에 나타난
문화 우월주의

개척정신과 모험심 뒤에 자리한 인종적 우월주의

로빈슨 크루소

줄거리 로빈슨 크루소는 1632년 영국의 요크시에서 장사로 재산을 모은 중산층 가정의 셋째 아들로 태어난다. 부모는 로빈슨이 법관이 되기를 바랐지만, 그는 부모의 반대에도 불구하고 선원이 되어 모험에 나선다. 하지만 폭풍우를 만나 조난을 당하고 간신히 살아남아 집으로 돌아오던 길에 다시 런던으로 향한다.

그는 그곳에서 기니의 무역상 자격을 얻고 다시 뱃길에 나서 많은 돈을 번다. 그러던 중에 해적의 공격을 받아 2년 가까이 노예 생활을 하고, 해적 선장의 심부름을 나갔다가 원주민 노예 한 명과 보트를 타고 탈출해 망망대해를 떠다니다 포르투갈 선장에게 구조되어 브라질에 도착한다. 브라질에서 4년 동안 사탕수수 농장을 운영하면서 많은 돈을 벌지만 사탕수수 농장에서 일을 시킬 노예를 데려오기 위해 1659년 9월 1일 또다시 배를 탄다.

하지만 이번에는 서인도 주변에서 사고를 당해 선원 모두 행방불명되고 로빈슨 혼자 무인도로 떠밀려 온다. 그는 무인도에서 살아가기 위한 만반의 준비를 한다. 먼저 난파된 배에 남아 있던 먹을 것과 옷, 총

다니엘 디포는 영국의 소설가이자 정치 · 사회 평론가이며 저널리스트이기도 합니다. 런던에서 상인의 아들로 태어나 목사가 되기를 바라는 아버지의 뜻을 거역하고 상인이 되어 메리야스 상점을 경영하다가 파산하기도 했습니다.

소설가이기 전에 왕성한 저널리스트였던 다니엘 디포는 1704년부터 1713년까지 주간지 《리뷰》를 간행하면서 저널리스트와 정치 · 사회 평론가로 활동했습니다. 네덜란드계 국왕에 대한 국민의 편견을 공격한 풍자시 《순수한 영국인》을 발표했고, 시사적인 문제를 작품으로 발표해 감옥에 가기도 했습니다.

《빌 부인의 유령 이야기》라는 소설을 시작으로 소설가로 발걸음을 내디뎠지만, 사실상 그의 나이 쉰아홉 살 때 발표한 《로빈슨 크루소》가 진정한 첫 작품으로 평가받고 있습니다. 그가 소설가로서 널리 이름을 알린 작품이 바로 《로빈슨 크루소》기 때문입니다. 《로빈슨 크루소》의 성공으로 다니엘 디포는 19세기 가장 위대한 작가 중 한 사람이 되었습니다.

이 밖에도 《해적 싱글턴》 《몰 플랜더스》 《록사나》 등 많은 작품을 남겼습니다. 디포의 소설은 악당의 일대기 형식으로 된 이른바 악당소설이 많고, 그 사실적 기법 때문에 영국 최초의 근대적인 소설로 간주되고 있습니다.

과 탄환, 망치와 못 등을 섬으로 옮겨 놓는다. 그리고 돛으로 사용되었던 천과 기둥, 조각들을 가져다 바다가 보이는 샘 근처에 집을 짓는다. 또한 기둥에 칼로 매일 날짜를 표시해 가며 사냥을 하고, 씨앗을 뿌려 농사를 짓고, 가축을 키우면서 무인도에서 혼자 20여 년을 살아간다.

그러던 어느 날 해변에서 사람의 자취를 발견하지만 그것이 식인종이 해변에 상륙하여 사람을 잡아먹고 남긴 흔적임을 알게 된다. 며칠 후 10여 명의 식인종이 포로로 잡아 온 원주민을 죽이려 할 때 총을 쏘아 쫓아 버리고 원주민을 구출한다. 원주민은 목숨을 구해 준 대가로 로빈슨의 노예가 되겠다고 맹세한다. 로빈슨은 그날이 마침 금요일이라는 것을 알고 그의 이름을 '프라이데이'라 짓고 그에게 서양인들의 언어와 생활, 종교를 가르치면서 함께 생활한다. 그 후 섬에 식인종들이 또 한 차례 선교사와 또 다른 원주민을 잡아 온다. 로빈슨은 그들도 구해 준다. 프라이데이는 로빈슨이 구해 준 원주민이 자신의 아버지라는 것을 알고 기뻐한다.

어느 날 섬에 영국 배 한 척이 다가온다. 알고 봤더니 선원들이 반란을 일으켜 선장과 다른 두 사람을 버리고 가려 한 것이다. 로빈슨은 선장을 구해 주고, 반란을 일으킨 선원들과 싸워 그들을 물리치고 배를 차지한다. 그리고 선장과 함께 그 배를 타고 무인도에 도착한 지 26년째인 1686년 그곳을 빠져나온다. 그리고 다음 해인 6월 11일 고국에 도착하여 35년 만에 집으로 돌아온다.

프라이데이와 함께 무사히 고향에 돌아온 로빈슨은 다시 브라질로 가서 자신이 살았던 무인도에 살고 싶어 하는 사람들을 데려다준다. 그 섬에 열흘 동안 머물다가 가져갔던 물건들은 남아 있는 이들에게 모두 주고 다시 영국으로 돌아온다.

✏ 작품 이해

식민지 개척자의 모습을 그린 소설

18세기 초 유럽에는 세상을 크게 서양과 비서양으로 나누고, 서양인은 우수하고 비서양인은 열등하다는 서구 중심의 사고방식이 널리 퍼져 있었습니다. 당시 유럽인들은 동양인들은 모두 게으르고 수동적이고 미개해서 자신들의 지배를 받아 마땅하다는 식민지 개척자 논리를 당연한 듯 여겼습니다.

다니엘 디포는 작품 속에 자신의 경험과 시대정신을 반영하였는데, 특히 신세계와 새로운 사상에 대한 관심을 드러냈습니다. 로빈슨 크루소는 섬에 새로운 왕국을 세워 부강한 나라로 성장시켰다는 점에서 백인 유럽 사회의 신흥 자본가를 상징합니다. 우리는 《로빈슨 크루소》를 통해 당시 식민지 개척에 앞장섰던 유럽인들의 생각을 엿볼 수 있습니다.

불굴의 도전 정신

《로빈슨 크루소》는 식민지 개척이 한창이었던 1719년 다니엘 디포에 의해 《요크 선원 로빈슨 크루소의 생애와 이상하고도 놀라운 모험》이라는 제목으로 발표된 소설입니다. 당시 정치·사회 평론가였던 작가의 작품이어서 소설이라기보다는 실제로 겪었던 일을 써 놓은 수기 같은 느낌이었습니다.

무인도에서 28년 2개월이라는 긴 세월을 이겨내고 살아남아 마침내 무사히 귀국한 주인공인 로빈슨 크

《로빈슨 크루소》 초판 첫 페이지

15. 개척정신과 모험심 뒤에 자리한 인종적 우월주의 《로빈슨 크루소》

루소는 절망적인 상황에서도 끊임없이 도전해 승리하는 강인한 인간의 전형으로 그려집니다. 식민지 개척에 열을 올리던 당시 유럽의 젊은이들에게는 불굴의 도전 정신을 가진 위인으로 추앙받기에 부족함이 없었지요.

 작품을 이해하기 위한 배경 지식

인종 편견

《로빈슨 크루소》에는 인종에 대한 심한 편견이 드러나 있습니다. 사람을 잡아먹는 식인종으로 그려지고 있는 원주민들에 대한 편견뿐 아니라 유색 인종에 대한 편견이 노골적으로 드러나 있습니다.

무인도를 개척해 자신의 땅으로 만드는 부분이라든지, 원주민을 사람을 잡아먹는 잔인한 식인종 미개인으로 묘사한 부분에서 그런 점을 확인할 수 있습니다. 또한 위험에 처한 원주민을 구해 주면서 자연스럽게 노예로 삼는 모습, 그리고 그에게 기독교 교리를 가르치면서 자연스럽게 서구 문명의 우월성을 강조하는 모습 등은 당시 유럽인들이 아프리카나 남미에서 식민지를 개척해 나갈 때 사용했던 전형적인 방법이었습니다.

알렉산더 셀커크

《로빈슨 크루소》는 스코틀랜드 출신 선원인 알렉산더 셀커크(Alexander Selkirk)의 실제 이야기를 바탕으로 쓴 소설입니다. 셀커크는 1703년 일확천금을 꿈꾸며 스페인과 프랑스의 보물선을 약탈하기 위해 남미로 원정을 떠났던 일등 항해사입니다. 그러나 배 안에 전염병이 돌기 시작했고, 나무를 갉아 먹는 벌레 때문에 물이 샜으며, 선원들은 밀폐된 공간에서 갈등을 빚게 됩

스코틀랜드에 있는 셀커크의 동상

니다. 그 바람에 셀커크는 당시 칠레 해안에서 576킬로미터 떨어진 무인도 후안페르난데스섬에 버려지게 됩니다.

셀커크는 아무도 없는 섬에서 생존하기 위해 온갖 짓을 다 해야 했습니다. 그렇게 4년 4개월이라는 긴 시간을 무인도에서 보내다가 마침내 섬에 정박한 두 척의 배에 의해 구조되어 영국으로 돌아옵니다.

영국 근대소설의 선구자

다니엘 디포는 다재다능한 작가로서 영국 근대소설과 현대 저널리즘의 아버지라 불립니다. 1701년에 발표한 그의 정치 풍자시 〈순수한 영국인〉은 1700년대에 나온 영국의 시 가운데 가장 많이 팔린 것으로 알려져 있습니다.

디포는 정치적으로 미묘한 위치에 서 있었는데, 당시 영국에는 왕의 권력을 옹호하는 보수 정당인 토리당과 자유와 진보를 선호하는 휘그당이 있었습니다. 그는 처음에는 토리당을 지지하며 첩보원으로 활동하다가 나중에는 태도를 바꾸어 휘그당을 지지했습니다. 이로 인해 정치적으로 반대파를 많이 갖게 되었지만, 그는 목적이 수단을 정당화한다고 믿고 이러한 비난을 이겨 냈습니다. 그는 정치적으로 변절했다기보다는 격렬한 정치 파벌이 존재하던 시절에 글과 행동으로 당파와 종교적 분쟁을 완화시키고자 노력했던 인물이었습니다.

디포는 《로빈슨 크루소》와 같이 현실을 사실적으로 묘사한 작품들을 많이 남겨 영국 근대소설의 선구자로 평가받고 있습니다.

● **식인 문화를 어떻게 볼 것인가?**

어린 시절 문학 작품을 통해 접하는 인상은 한 사람의 인생에 많은 영향을 끼칠 수 있습니다. 우리는 스스로 의식하지 못하는 사이에 아프리카나 남미 원주민들을 야만인이라고 깔보거나 거리감을 느끼기도 하는데, 그 이유도 식인종이라 불리던 원주민에 대한 선입견 때문입니다.

그들은 정말로 사람 고기를 음식처럼 먹었을까요? 우리가 개고기, 돼지고기를 불에 구워 먹는 것처럼 사람 고기를 구워 먹었을까요? 많은 역사학자들이 당시 원주민들이 전쟁에서 이겼을 때 용맹함을 과시하기 위해 패자의 신체 일부를 먹는 풍습을 따르고 있었어도 실제로 사람을 음식처럼 먹는 일은 없었다고 합니다. 그런데도 그들에게 식인 풍습이 있었던 것처럼 알려진 것은 바로 식민지를 개척하기 위한 명분을 마련하고자 했던 유럽인들의 정책 수단 때문이었던 것입니다.

문화를 바라보는 관점에는 문화 상대주의와 문화 절대주의가 있습니다. 문화 상대주의는 서로 다른 문화 간의 차이와 가치를 인정하는 사고방식입니다. 이와 반대로 문화 절대주의는 특정 문화의 가치만 옳다고 주장하는 사고방식입니다. 식민지 개척 시대에 아시아나 아프리카, 남미 사람들을 미개인으로 간주한 유럽인들의 사고방식은 바로 이러한 문화 절대주의에 지나지 않습니다. 유럽인들은 이러한 관점으로 자신들의 식민지 정책을 정당화했습니다. 식인종이니 야만인이니 하는 호칭은 바로 이러한 문화 절대주의적 사고방식에서 나온 것입니다.

❶ 문화 상대주의와 문화 절대주의 개념이 무엇인지 찾아보고 그 뜻을 아는 대로 써 보세요.

....

....

....

....

....

....

❷ 유럽인들은 왜 원주민들을 식인종으로 표현했을까요? 시대 상황과 결부시켜 그 이유가 무엇인지 생각해 보고 글로 써 보세요.

....

....

....

....

....

....

한 번 더 생각하기

1. 로빈슨 크루소는 무슨 일을 하다가 무인도에 표류하게 됐나요?

....

....

....

2. 로빈슨 크루소처럼 무인도에 표류하게 된다면 제일 먼저 무엇부터 해야 할까요? 무인도에서 살아남을 방법을 생각해 보고 글로 써 보세요.

....

....

....

3. 백인인 로빈슨은 주인이고, 원주민인 프라이데이는 당연히 노예인 식으로 이야기가 설정된 이유는 무엇 때문일까요?

....

....

....

1b

베니스의 상인

🐚줄거리 막대한 유산을 물려받게 된 벨몬트 명문 귀족 가문의 딸 포셔
는 아버지의 유언에 따라 여러 나라에서 온 지원자들을 상대로 남편감
을 뽑는 절차를 진행한다. 포셔의 아버지는 지원자들에게 금, 은, 납으
로 된 세 개의 상자를 고르게 해 포셔의 초상화가 들어 있는 상자를 선
택한 사람을 남편으로 정하라고 유언했던 것이다.

　이때 베니스의 무역상인 안토니오는 포셔에게 구혼하고 싶지만 돈이
없어 고민하는 친구 바사니오의 사정을 듣게 된다. 당장 현금이 없는 안
토니오는 무역선에 실린 자신의 상품을 담보로 고리대금업자 샤일록에
게 바사니오가 돈을 빌릴 수 있도록 보증을 선다. 돈을 빌리러 온 바사
니오에게 악명 높은 유대인 샤일록은 이자 없이 단 한 가지 계약 조건
을 제시하고 3천 다가트라는 거금을 흔쾌히 빌려준다. 그 조건은 약속
기간 내에 돈을 갚지 못할 경우 안토니오의 살 1파운드를 베어 내겠다
는 것이다.

　한편 포셔는 여러 나라에서 찾아온 부와 권력을 가진 지원자들의 방
문을 받고 상자를 선택하도록 하지만 그들은 하나같이 그녀의 마음에

들지 않는다. 그들이 금, 은 상자를 선택하여 실패하자 오히려 다행스럽게 생각한다. 정작 포셔는 한 번도 본 적 없는 바사니오를 마음에 두고 있으나 제 의지대로 선택할 수 없어 자신의 처지를 한탄한다.

한편 샤일록의 딸 제시카는 아버지의 비인간적인 모습에 실망하여 값비싼 보석과 돈을 훔쳐 연인 로렌조에게로 가 버린다. 그리고 어렵게 구혼 자금을 마련한 바사니오는 포셔가 사는 벨몬트로 가는 배에 오른다. 이 배에는 바사니오의 친구 그라쉬아노가 동행하며, 제시카와 로렌조도 몰래 승선한다. 이때 안토니오의 무역선이 난파되었다는 소문을 들은 샤일록은 돈을 받을 수 없게 되었으니 계약대로 안토니오의 살을 베겠다고 다짐한다.

이러한 내막을 모르는 바사니오 일행은 무사히 포셔의 집에 도착한다. 바사니오는 포셔에게 자신의 마음을 고백하고, 그녀도 바사니오가 상자를 잘 선택해 성공하기를 간절히 소망한다. 마침내 바사니오는 포셔의 초상화가 들어 있는 납 상자를 선택하여 남편감으로 선정된다. 그러나 바사니오는 무역선이 폭풍우로 난파되었고, 샤일록이 계약 조건을 이행할 것이라는 안토니오의 편지를 받는다. 이에 포셔는 빚의 두세 배에 해당하는 돈을 바사니오에게 주고 안토니오를 구하라며 즉시 베니스로 보낸 후, 자신도 남장을 하고 몰래 그곳으로 향한다.

재판이 벌어지고 있는 법정에서 재판관은 살을 베어 내는 행위는 너무 잔인하므로 샤일록에게 자비를 베풀라고 설득하지만 샤일록은 집요하게 계약을 지킬 수 있게 해 달라며 요구한다. 그 이유를 묻는 말에 샤일록은 그것이 이 사회가 존중하는 법질서에 따르는 일이며, 무엇보다 유대인 대부업자라는 이유로 그동안 자신이 개와 같은 취급을 당하며 받은 멸시와 모욕에 대한 복수라고 답변한다.

이때 법정에 법학 박사로 변장한 포셔가 등장한다. 그녀는 재판관이 자문을 위해 기다리고 있던 한 법학 박사의 대리인으로 왔다고 둘러대고 재판에 개입한다. 포셔는 계약서대로 시행하는 것이 옳다는 샤일록의 주장을 일단 인정한다. 하지만 계약서대로 살만 베어 내야 하며, 단 한 방울의 피라도 흘리면 베니스의 법에 따라 생명을 위협한 죄로 전 재산을 국가에서 몰수하겠다는 판결을 내린다. 이에 재판이 불리해졌음을 느낀 샤일록은 소송을 포기하려고 하지만 이미 차용증서에 샤일록의 살인 의도가 드러나 있으므로 처벌을 받아야 한다고 포셔는 말한다. 그러나 안토니오의 요청이 받아들여져 샤일록이 기독교로 개종하고 죽을 때 딸에게 전 재산을 물려준다면 처벌을 면해 주며 재산 몰수도 감해 주는 것으로 최종 판결이 난다.

재판을 끝내고 포셔의 집에 도착한 바사니오 일행은 그제야 포셔가 변장을 하고 안토니오를 구해 준 사실을 알게 된다. 바사니오와 동행했던 친구 그라쉬아노는 포셔의 하인 니라서와 연인이 되고, 로렌조와 제시카, 바사니오와 포셔도 결혼하게 된다. 그리고 난파당했다던 안토니오의 무역선도 무사히 돌아온다.

작품 이해

낭만적 사랑과 우정의 드라마이자 인간의 감춰진 위선에 대한 폭로

《베니스의 상인》은 셰익스피어의 대표 희곡 중 하나입니다. 이 작품은 두 개의 흥미로운 이야기로 구성되어 재미를 더해 줍니다. 빚을 갚지 못할 때는 빌린 사람의 살을 베어 간다는 것과 상자 뽑기를 통해 남편감을 선택한다는 것 등 오래전부터 유럽에서 전해져 오는 이야기를 활용해 작가는 여러 주제와 교훈을 전합니다.

현실적 장애 요소를 극복한 후 성취하는 사랑과 우정의 아름다움을 보여 주고 있는가 하면, 한편으로는 비정하고 탐욕적인 인간의 모습과 그들의 감춰진 위선을 폭로하고 있습니다. 특히 이 작품은 극의 성격상 일반적으로 희극으로 분류되지만 비극적 성격을 띠고 있다는 점에서 다른 작품과 차이가 있습니다.

희극으로서의 《베니스의 상인》

이 작품의 주인공을 바사니오와 포셔로 보면 희극입니다. 희극이란 웃음을 통해 인간의 부정적인 면이나 사회의 모순을 꼬집어 풍자하고, 주인공이 행복한 결말에 이르는 구조를 가진 문학 갈래를 말합니다.

이 작품은 유대인 고리대금업자 샤일록이 악역을 맡고 있습니다. 그는 잔인한 복수심과 탐욕으로 독자의 비웃음을 사며, 결국 그것으로 인해 몰락합니다. 반면 샤일록의 이러한 악행에도 불구하고 바사니오와 포셔는 지혜와 용기를 통해 위기를 극복하고 사랑을 성취합니다. 또한 바사니오에 대한 안토니오의 우정은 샤일록의 비정함을 통해 더욱 빛나게 됩니다.

비극으로서의 《베니스의 상인》

그러나 유대인 샤일록을 주인공으로 해서 읽으면 이 작품은 비극이 됩니다. 비극이란 한 개인이 거대한 힘을 가진 사회나 자연 또는 바꿀 수 없는 운명과 싸우다 패배하는 구조를 가진 문학 갈래입니다.

표면적으로 보면 샤일록은 잔인한 인물로 묘사되어 있습니다. 그러나 유대인인 샤일록은 그가 사는 이탈리아라는 유럽 국가에서 유대교를 믿는 이방인에 불과합니다. 유대인은 오래전부터 유럽에서 이단자로 취급되고 멸시와 차별을 받아 왔습니다. 다시 말해 샤일록이 돈만 아는 악덕 고리대금업자라는 부정적 인물로 설정된 것은 이러한 문화적 요인이 작용한 것입니다.

샤일록 입장에서 보면 계약대로 1파운드의 살을 베겠다는 건 유대인의 잔인하고 비정한 인간성 문제라기보다는 그동안 기독교 사회 내에서 받은 모욕에 대한 복수며 저항으로 볼 수 있습니다. 그러나 약자인 샤일록이 자신의 법적 권리를 보장받기에는 기독교 사회의 힘이 너무나 크기 때문에 그는 결국 죄인으로 취급받고 몰락함으로써 비극의 주인공이 되고 맙니다.

이처럼 비극으로 볼 때《베니스의 상인》은 유대인에 대한 당시 유럽인들의 문화적 우월주의 또는 인종적 차별의식이 두드러지게 나타난 작품이라 할 수 있습니다.

작품을 이해하기 위한 배경 지식

유대인과 유대교

유대인은 아주 오랜 역사를 가진 민족입니다. 유대인의 직접적인 조상은 기원전 2천 년경 메소포타미아 지역에서 가나안(고대 이스라엘의 지명)으로 이

주한 히브리족 사람입니다. 히브리족은 당시 주변 문명의 강력한 세력으로부터 수많은 침략과 지배를 받으면서 기원전 9세기경 이스라엘 왕국을 세웁니다. 그러나 곧 왕권 다툼으로 북이스라엘과 남유다로 나뉘게 되고, 얼마 후 바빌로니아 왕국의 침략을 받아 멸망하고 맙니다. 바빌로니아는 남유다인들을 데려가 노예로 삼았는데 이때부터 유다 사람들을 유대인이라 부르기 시작했습니다.

유다 사람, 즉 유대인은 그 후 오랜 세월 이슬람과 유럽 기독교 국가로부터 통치와 핍박을 받으며 나라 없이 전 세계에 흩어져 살아야 했습니다. 기원전에는 이집트에 의해, 기원후 고대에는 로마, 그리고 16세기에는 이슬람 왕조인 오스만 제국에 의해 통치를 받았습니다. 이들에 대한 박해는 20세기 초반에도 계속되었으며, 특히 제2차 세계대전 당시에는 나치에 의한 핍박이 극에 달했습니다. 이스라엘이 주권 국가로 독립하여 영토를 보장받게 된 것은 1948년이 되어서야 가능했습니다.

이렇게 유대인이 핍박을 받게 된 가장 큰 요인은 그들의 종교인 유대교 때문입니다. 유대교는 천지 창조자인 유일신(하나님, 야훼)을 신봉하며 스스로 하나님의 선택된 자손이라 주장하는 유대인의 민족종교입니다. 유대교는 모세의 율법을 바탕으로 형성되었으며 그들의 경전은 구약성서와 탈무드입니다. 기독교와 이슬람교도 이 유대교에서 파생된 것입니다.

유대교는 기독교보다 지켜야 할 계율이 많은 것이 특징인데 가장 기본적인 십계명 외에도

유대교 예배당에서 기도하는 유대인

　16. 관점에 따라 달라지는 사랑과 자비, 탐욕과 물질주의 《베니스의 상인》

600여 개나 더 있습니다. 그중에는 음식에 관한 계율도 포함되어 있어 가령, 짐승 중에서 굽은 갈라져 있으나 새김질을 못 하는 돼지와 말고기는 식용을 금지하고 있습니다.

반유대주의와 인종편견

유대인들을 배척하는 반유대주의는 유대교의 교리와 그에 따른 독특한 문화적 관습에서 비롯되었습니다. 특히 중세 유럽에서 유대인에 대한 박해가 심했는데, 유대교를 이단으로 간주하고 유대인을 악마로 규정하기까지 했습니다. 당시에는 유대인이 토지를 소유하지 못하게 했으며, 공직에 임명되는 것을 금지하였습니다.

이러한 사정으로 경제 활동이 어려워진 유대인은 기독교도에게는 금기시되었던 금융업이나 대부업에 종사하게 됐는데 이 또한 비난의 대상이 되었습니다. 이 작품에서 유대인 샤일록이 고리대금업자로 등장하는 부분은 이러한 유대인의 사정이 반영된 것입니다.

현대에 들어서도 반유대주의는 계속되었습니다. 19세기에는 생존 경쟁에서 적응 능력 없는 생물은 도태되고 적응 능력이 있는 생물만 살아남는 것이 자연의 법칙이라는 다윈의 진화론을 인간 사회에 적용시켜 유대인을 박해하는 이론적 근거로 활용하였습니다. 이러한 사회적 다위니즘은 게르만 민족의 우수성을 주장한 오스트리아 동물학자 콘라트 로렌츠(Konrad Zacharias Lorenz)의 인종주의와 연결돼 히틀러를 비롯한 홀로코스트(Holocaust, 대량학살) 가해자들에게 악용되기도 했습니다.

● 샤일록에 대한 판결은 정당한가?

　이 작품의 절정은 4막에서 펼쳐지는 샤일록에 대한 재판 장면입니다. 안토니오의 무역선이 예기치 못하게 폭풍으로 난파돼 빚을 갚지 못하게 되자 안토니오는 죽을 위기를 맞고 어렵게 성취한 바사니오와 포셔의 사랑도 무의미해지게 될 상황에 처합니다.

　이때 포셔가 재판관으로 변장하여 패소 직전 판결을 뒤집고 승소합니다. 차용증서의 허점을 파고들어 상황을 역전시키는 포셔의 논리는 독자의 감탄을 자아내게 합니다. 그러나 꼼꼼히 따져보면 여기에는 비합리적 논리가 곳곳에 숨어 있습니다.

　샤일록은 안토니오가 기한 내에 빚을 갚지 못했으므로 1파운드의 살을 베겠다고 주장하며 두세 배의 금액으로 갚겠다는 바사니오의 요청을 거부합니다. 그는 그렇게 하는 것이 베니스의 법질서에 따르는 것이라고 주장합니다. 이에 대해 포셔는 차용증서대로 시행하되 내용 그대로 정확하게 시행해야 한다는 조건을 제시합니다. 즉 차용증서에는 살만 벤다고 되어 있으니 피를 한 방울도 흘려서는 안 되며, 이를 어길 시에는 베니스의 법에 따라 가해자의 전 재산을 국가에서 몰수하겠다는 것입니다.

　포셔의 이러한 판단이 과연 합리적인 것일까요? 차용증서의 계약이 일상생활에서 이루어진 것임을 생각해 본다면 '살을 베어 낸다'는 문구에는 자연히 뒤따르는 출혈 현상까지 포함되어 있다고 보는 게 이치에 맞는 해석입니다. 그러나 포셔는 문구 자체의 논리만 따질 뿐 몸의 생리적 현상을 무시하는 오류를 범했습니다.

　또한 샤일록이 소송을 취소하려 했으나 포셔는 살을 베어 간다는 차용증서의 조항에 이미 살인 의도가 들어 있으므로 살인혐의로 처벌하겠다고까지

합니다. 이 역시 근거 없는 과도한 추측에 불과할 뿐입니다. 특히 샤일록이 기독교로 개종한다면 처벌을 덜어 주겠다는 판결은 법정에 종교적 문제까지 끌어들인 얼토당토않은 판결이라 할 수 있습니다.

재판 후의 샤일록을 묘사한 《베니스의 상인》 삽화

　이처럼 허점이 많은 포셔의 판결을 보고도 재판장은 이의를 제기하지 않습니다. 그것은 이 재판을 이끄는 것이 유럽 사회가 내세우는 합리성이나 기독교의 자비가 아닌 이 사회의 배타적 힘, 즉 약자인 유대인을 상대로 한 문화적 우월의식이나 인종에 대한 차별의식이기 때문입니다.

❶ 《베니스의 상인》을 문화적 갈등이라는 관점에서 볼 때, 이 작품 속에서 그려진 우월한 문화와 열등한 문화를 지적해 보세요.

....

....

....

....

....

....

❷ 안토니오가 빌린 돈을 갚지 못하게 되자 친구인 바사니오가 두세 배로 빚을 갚겠다고 해도 샤일록이 이 제안을 거절합니다. 그 이유는 무엇인가요?

....

....

....

....

....

....

한 번 더 생각하기

1. 바사니오에 대한 포셔의 사랑이 낭만적인 이유는 무엇인가요?

....

....

....

2. 유대인에 대한 박해는 19세기 이후에 와서 어떤 이론을 악용하여 더욱 심해졌습니다. 인종차별주의의 근거로 악용된 이 이론은 무엇인가요?

....

....

....

3. 한국의 대중문화가 세계적으로 영향력을 미치고 있는 분야를 제시하고 그 문화적 힘에 대해 말해 보세요.

....

....

....

제4부

사회 개혁과 역사

8장

사회 개혁 의지를 담은 작품들

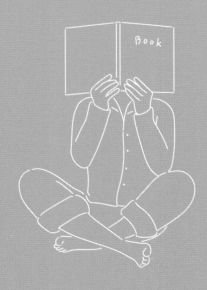

17

가난과 불행을 딛고 인간애의 위대함을 보인 장발장
레미제라블

줄거리 프랑스 대혁명 직전 라브리 마을에 살던 날품팔이 노동자 장발장이 여동생과 7명의 조카를 위해 빵을 훔치다가 체포되어 5년 형을 선고받는다. 하지만 가족들의 안부가 걱정되었던 그는 탈옥하다 붙잡혀 가중처벌을 받아 다시 19년형을 선고받는다.

장발장은 모범수로 인정받아 13년 만에 가석방으로 나오지만 전과자라는 이력 때문에 어디에서도 받아 주질 않는다. 그는 성당에 가면 도움을 받을 수 있을 거라는 말을 듣고 성당을 찾아간다. 성당에서 미리엘 신부는 맛있는 음식과 깨끗한 잠자리를 제공해 주며 환대한다. 하지만 장발장은 그곳에서 은 접시를 훔쳐 달아나다 경찰에게 붙잡힌다. 경찰은 현장 검증을 하기 위해 미리엘 신부 앞으로 그를 끌고 오지만 미리엘 신부는 "여기 있는 은 촛대도 주었는데 안 가져가서 그러잖아도 장발장을 찾고 있던 중"이라고 거짓말을 해 그를 보호해 준다. 이에 장발장은 눈물을 흘리며 새 인생을 살아갈 것을 다짐한다.

그로부터 얼마간의 시간이 흐른 뒤 장발장은 이름을 마들렌으로 바꾸고 공장 주인과 시장으로서 성공한 인생을 산다. 그의 공장에는 남편에게 버림받고 코제트라는 어린 딸을 혼자 키우는 팡틴이라는 직원이 있다. 팡틴은 공장 감독의 유혹을 거절한 일로 미움을 사 해고당하고 길거리에서 몸을 파는 여자가 된다. 어느 날 팡틴은 손님과 다투게 되는데, 손님은 경찰을 불러 그녀를 체포하라고 한다. 그때 그곳을 지나가던 마들렌 시장이 이를 목격하고 팡틴을 병원으로 보낸다. 그런데 공교롭게도 그 자리에 출두한 경찰은 장발장을 끈질기게 추적하던 자베르 형사였다.

자베르 형사는 마들렌 시장을 보고 오래전에 목격한 한 장면을 떠올린다. 전에 달려오던 수레에 깔린 한 노인을 마들렌 시장이 구해 주었는데 그 모습에서 장발장을 떠올렸고 그 후 마들렌 시장을 장발장으로 의심해 온 것이다. 자베르 형사는 마들렌 시장을 신고하지만, 그사이 엉뚱한 사람이 장발장으로 체포되어 마들렌 시장은 무혐의로 판정된다. 하지만 마들렌 시장은 자기 때문에 선량한 사람이 감옥에 가게 된 것에 양심의 가책을 느끼고 자수한다. 그는 체포 직전 병원에 입원해 있는 팡틴을 찾아가는데, 그녀가 죽어 간다는 사실을 알고 그녀의 딸 코제트를 맡아 친딸처럼 돌보겠다고 약속한다. 그리고 자베르 형사가 병원으로 체포하러 오자 급히 도망친다.

장발장이 코제트를 찾아갔을 때 그녀는 여관에서 하인처럼 학대받으며 살고 있었다. 장발장은 여관 주인에게 돈을 지불하고 코제트를 데려가 딸처럼 보살핀다. 세월이 흘러 코제트는 숙녀가 되고 시민혁명군 마리우스를 만나 첫눈에 반해 사랑에 빠진다. 그 무렵 장발장과 코제트는 마을의 부랑자 집단의 공격을 받게 되고, 장발장을 알아보지 못한 자베르 경감이 그들을 구해 준다. 자베르를 알아본 장발장은 급히 자리를 피하고, 뒤늦게 그가 장발장임을 알게 된 자베르 경감은 그를 체포하기 위해 집요하게 추적한다.

그 무렵 가난한 사람을 대변해 오던 라마르크 장군이 죽었다는 소식을 듣고 젊은이들은 시민혁명 대열에 나서고 마리우스도 그에 합류한다. 한편 신분이 노출된 장발장은 코제트를 데리고 안전한 나라로 떠나려 하지만 이미 마리우스와 사랑에 빠진 코제트를 설득하기란 쉽지 않다. 이때 신분을 숨긴 채 혁명군에 잠입했다가 정체가 드러난 자베르 경감은 혁명군의 포로가 된다. 때마침 마리우스를 만나러 왔다가 체포된 자베르 경감을 본 장발장은 그를 죽이면 더는 도망자의 삶을 살지 않아도 될 거라 생각하지만 용서하고 살려준다.

정부군의 공격을 받은 마리우스가 부상을 입자 장발장은 의식을 잃은 그를 업고 하수구에 들어가 눕혀 두고 자리를 옮긴다. 이 모습을 본 사기꾼 테나르디에는 장발장이 마리우스를 죽였다고 생각하고, 마리우스의 몸을 뒤지다가 나온 반지를 훔쳐 달아난다. 한편 마리우스에게로 가던 장발장은 공교롭게도 그곳에서 다시 한번 자베르 경감과 마주친다. 그때 자베르 경감은 마리우스를 살리기 위해 자신을 보내 달라는 장발장의 간청을 들어주고는 심한 자책감에 빠진다. 그동안 자신이 지키고자 했던 정의에 대한 원칙이 자비와 사랑으로 가득한 장발장의 인간적인 모습에 의해 무너졌던 것이다. 자베르 경감은 한 치의 의심 없이 믿었던 자신의 정의에 대해 심한 회의를 느끼고 결국 센강에 투신하여 삶을 마감한다.

빅토르 위고
(Victor-Marie Hugo, 1802~1885)

빅토르 위고는 프랑스의 낭만파 시인이자 극작가, 소설가로 프랑스 브장송에서 나폴레옹 휘하의 장군인 아버지와 왕당파 집안 출신 어머니 사이에서 셋째 아들로 태어났습니다. 그의 아버지는 그가 군인이 되기를 바랐지만 그는 문학에 흥미를 갖고 1817년 아카데미 프랑세즈의 콩쿠르에서, 1819년에는 투르즈의 아카데미 콩쿠르에서 시로 입상하며 본격적인 문인으로서의 삶을 살기 시작합니다.

위고가 소설가로서 명성을 얻기 시작한 것은 우리에게 《노트르담의 꼽추》로 더 익숙한 《노트르담 드 파리》를 발표하면서부터입니다. 그러다가 1843년 딸 레오포르딘이 남편과 함께 센강에서 익사하자 슬픔에 빠져 작품 활동을 중단하고 거의 10년간 정치에만 전념했습니다.

1851년에 나폴레옹 3세가 쿠데타로 제정을 수립하려 하자 이를 반대하다가 결국 추방당해 망명길에 오릅니다. 1870년 나폴레옹 3세의 몰락 이후 19년간의 망명 생활을 마치고 1872년 파리에 정착한 위고는 망명 시절에 쓴 작품들을 발표하는 한편 급진파 상원 의원에 선출되면서 정치가로 활동을 재개합니다. 1885년 그가 세상을 떠났을 때 프랑스 국민은 성대한 장례 의식을 치렀으며 수많은 애도 인파가 그를 추모했습니다.

그가 남긴 작품으로는 불후의 명작인 《노트르담 드 파리》 《레미제라블》 《바다의 노동자》 《웃는 사나이》 등이 있습니다.

한편 자신을 구한 사람이 누구인지 모른 채 마리우스는 코제트의 간호 속에 서서히 회복해 간다. 장발장은 마리우스와 코제트가 결혼하기 전 마리우스에게 자신의 과거를 고백하며 결혼식이 끝나면 곧바로 두 사람 곁을 떠나겠다고 말한다. 그리고 마침내 결혼식 날 장발장은 그들의 안전을 위해 떠난다. 결혼식에 참석한 사기꾼 테나르디에는 마리우스에게 장발장이 살인자라고 말하며 그 증거로 그날 밤 시체에서 훔친 반지를 보여준다. 하지만 그 반지가 마리우스 본인의 반지임이 밝혀지고, 그때 자신을 구한 사람이 장발장임을 뒤늦게 알아차린다. 마리우스는 코제트와 함께 장발장을 찾아 나선다. 장발장은 그들에게 코제트의 어머니와 자신이 살아온 삶에 대해 이야기하고는 숨을 거둔다.

17. 가난과 불행을 딛고 인간애의 위대함을 보인 장발장 《레미제라블》

☼ 작품 이해

프랑스 민중들의 비참한 삶과 사회 혁명 의식을 담은 소설

빅토르 위고가 살았던 19세기 프랑스는 혁명을 통해 왕정이 무너지고 공화정이 성립되던 파란만장한 시기였습니다. 이런 시기에 작가는 젊은 시절 취했던 보수주의적 입장을 버리고 점차 사회 개혁을 추진하는 진보적 지식인으로 바뀌어 갑니다. 그는 정치인으로서 유럽 연합 설립과 공화주의를 위해 힘썼습니다.

그의 작품은 초기에는 낭만파적인 분위기를 물씬 풍겼지만, 말년으로 갈수록 인류의 무한한 진보와 이상 사회 건설을 위한 신념을 드러냈습니다. 이러한 작가의 신념은《레미제라블》서문에서도 확인할 수 있습니다.

"법과 제도에 의해 인간의 사회적 자유가 규정되고, 인간을 고통스럽게 하는 가난과 배고픔이 해결되지 않고, 사회가 권리를 되찾기 위한 인간들의 노력을 계속해서 통제하는 한 난 계속해서 글을 쓸 수밖에 없다."

이처럼《레미제라블》은 인류 진보의 가능성과 이상에 대한 믿음을 바탕으로 하고 있습니다. 인간에 대한 억압에 저항하며 인간의 자유와 권리를 강력하게 추구했다는 점에서 낭만주의적, 인도주의적 세계관을 드러낸 대작이라 할 수 있을 것입니다.

낭만주의

18세기 말부터 19세기 중엽까지 서구 문명의 특징을 보여 주는 문학 운동입니다. 질서, 냉정, 조화를 내세우는 기존의 고전주의와 계몽주의, 합리주의 및 물질적 유물론에 반발하는 움직임이었지요. 이 문예사조는 개성과 주관, 비합리성, 상상력, 자연스러움, 환상 등을 추구했습니다.

인도주의

인간의 존엄성을 제일 중요하게 여기며 인간애를 바탕으로 인종, 민족, 국적, 종교 등의 차이를 초월한 인류 전체의 복지를 추구하는 사상입니다. 극빈자 구조, 빈민가 개선, 정신질환자, 투옥자, 다른 원인으로 고통받는 소수인들의 고통 경감을 위한 많은 계획과 제안은 모두 인도주의 정신에 따른 조치라고 할 수 있습니다.

✎ 작품을 이해하기 위한 배경 지식

프랑스 혁명

역사적으로 프랑스에서는 1789년 7월 혁명과 1830년 7월 혁명, 그리고 1848년 2월 혁명 등 여러 번의 혁명이 일어났습니다. 그러나 프랑스 대혁명 또는 프랑스 혁명이라고 하면 보통 1789년 7월에 일어난 혁명과 그 후 1794년 7월까지 뒤따른 일련의 정치적 사건을 포괄하여 일컫습니다.

바스티유 감옥을 습격하는 민중을 그린 그림

절대 왕정이 지배하던 프랑스의 구제도는 인구 대다수를 차지하고 있던 평민들의 불만을 가중시켜 마침내 1789년 시민들이 봉기를 일으키게 합니다. 그러나 혁명 이후 수립된 공화정은 1804년 나폴레옹 1세의 쿠데타로 무너져 75년 동안 공화정, 제국, 군주제 등으로 국가 체제가 바뀌면서 프랑스는 극도의 혼란 상태에 빠지고 맙니다.

1848년 2월 혁명으로 루이 필립을 몰아내고 수립된 새로운 공화국에서 대통령으로 선출된 나폴레옹 3세는 1852년 재차 쿠데타를 일으켜 제2 제국을 선포하면서 황제로 군림하려 했습니다. 빅토르 위고는 이에 반대하다 19년간이나 망명 생활을 해야 했습니다. 그리고 《레미제라블》은 바로 이런 격동의 시대에 쓰인 작품입니다. 작품 속의 배경이 되는 시민혁명은 1832년 6월에 파리에서 일어난 봉기로 군주제 폐지를 주장했지만 실패하였습니다.

'장발장'으로 더 친숙한 작품

《레미제라블》은 작가가 제정 국가를 꿈꾸는 나폴레옹 3세를 반대하다 국외로 추방당해 망명 생활을 하면서 쓴 원고지 8천 장에 이르는 대하소설로 총 5부작으로 이루어진 대작입니다.

불쌍한 사람들이라는 뜻의 '레미제라블(Les Miserables)'에는 경제적 상황에 따라 계급이 생겨날 수밖에 없는 부조리와 비합리성에 대한 작가의 고발 정신이 담겨 있습니다. 우리에게는 '장발장'으로 더 친숙한 작품으로, 사람은 주어진 환경 속에서 고통받기도 하지만 의지가 있는 한 그러한 환경을 긍정적으로 바꿀 수 있는 능력 또한 지니고 있음을 보여 주고 있습니다.

● 우리 주변의 수많은 '장발장'을 어떻게 볼 것인가?

　요즘 우리는 매스컴에서 '장발장형 범죄'라는 말을 자주 접하곤 합니다. 신문이나 텔레비전에서 이런 소식을 접할 때마다 사람들은 안타까운 마음에 눈시울을 붉히기도 합니다. 장발장형 범죄란 말 그대로 《레미제라블》의 주인공 장발장이 굶주림에서 벗어나기 위해 빵을 훔친 죄로 감옥에 간 것과 마찬가지로, 경제적 어려움 때문에 어쩔 수 없이 죄를 짓는 경우를 말합니다. 분명히 남의 것을 훔치는 일은 벌을 받아 마땅하지만, 그렇게라도 하지 않으면 굶어 죽을 수밖에 없는 아주 딱한 상황인 것입니다.

　장발장형 범죄가 많은 사회는 결코 좋은 사회라 할 수 없습니다. 물론 범죄는 개인과 공동체에 혼란과 불안을 가져오지만, 그렇게밖에 할 수 없도록 내버려 둔 사회에 구조적인 문제점이 있기 때문입니다.

　빅토르 위고는 150여 년 전 프랑스 사회를 배경으로 한 소설을 통해 이와 같은 문제는 결코 개인 혼자서 해결할 수 있는 것이 아니며 사회 구성원 전체가 나서 해결책을 찾아야 한다는 점을 보여 주었습니다.

마들렌 시장일 때의 장발장을 묘사한 《레미제라블》 삽화

① 장발장형 범죄란 무엇을 뜻하는 것인가요?

....

....

....

....

....

....

....

② 장발장형 범죄는 왜 생기는 것일까요?

....

....

....

....

....

....

....

한 번 더 생각하기

1. 가난한 엄마가 아기 분유를 훔쳤다면 우리는 이 사람에게 어떻게 해야 할까요?

....
....
....

2. 가난한 사람이 먹고살기 위해서 어쩔 수 없이 물건을 훔친 것에 대해 엄격하게 법을 적용해 벌을 준다면 사회는 더 혼란스러워질 수도 있어요. 왜 그럴까요?

....
....
....

3. 부유한 사람들이 가난한 사람들을 돕는 것은 가난한 사람만을 위한 일이 아니라 자기 자신을 위해서도 반드시 필요한 일이라고 합니다. 그 이유는 무엇일까요?

....
....
....

18 고아 소년을 통해 본 산업화와 계층 간의 격차 문제
올리버 트위스트

🐚줄거리 영국 시골에서 퇴역 선장인 홀아버지와 여동생 로즈와 함께 살고 있는 열아홉 살 아그네스는 아버지의 친구 리포드와 사귀면서 아이를 갖게 된다. 리포드는 오랫동안 별거 중인 아내 엘리자베스와 먼크스라는 아들이 있어 아그네스와 결혼할 수 없다. 아그네스와의 사랑도 잠시, 리포드는 로마에 있는 삼촌에게서 재산을 상속받기 위해 이탈리아로 떠나면서 친구이자 변호사인 브라운로에게 혹시 자신에게 일이 생기면 아그네스와 아이를 보살펴 달라고 부탁한다.

로마로 가서 삼촌의 재산을 물려받은 리포드는 곧 태어날 아그네스의 아이에게 재산을 물려주겠다는 유언장을 남긴다. 이 사실을 안 부인이 유언장을 태워 버리지만, 리포드는 친구인 브라운로에게 복사본이 있다며 숨을 거둔다. 부인은 브라운로가 아그네스와 아이를 찾기 전에 먼저 찾아 해치려 한다.

그러나 아그네스는 몰래 도망을 쳐 바닷가 마을 빈민원에서 아이를 낳다가 숨을 거둔다. 아이의 신분을 알 수 없었던 빈민원 직원들은 아이에게 올리버 트위스트라는 이름을 지어 주고 아이를 빈민 고아원으로 보낸다.

한편 브라운로는 리포드 부인과 먼크스에게 친구의 유언에 따라 매년 600파운드의 생활비를 주고, 나머지 재산은 특별히 범죄자가 아니라면 아그네스의 아이에게 물려주겠다고 한다. 아그네스와 아이를 돌봐 주겠다는 친구와의 약속을 지키기 위해 아이가 성인이 될 때까지 찾아보고, 그때도 찾지 못하면 먼크스에게 나머지 재산을 물려주겠다는 것이다.

어느덧 아홉 살이 된 올리버는 빈민 고아원에서 친구들을 대표해 열악한 음식 상태에 대해 불만을 표출하다 원장의 미움을 사 장의사 집으로 팔려 간다. 장의사 집에서 온갖 학대를 받던 올리버는 그곳에서 도망친다. 때마침 재산 모두를 물려받기 위해 배다른 동생인 올리버를 해치려 찾아 나선 먼크스는 장의사 집에서 도망치는 올리버를 목격한다. 먼크스는 아버지의 유언장에 올리버가 범죄를 저지르거나 나쁜 짓을 하면 유산을 몰수한다는 내용이 있음을 알고 범죄 조직 두목인 페긴을 사주해 올리버를 범죄자로 만들려 한다. 올리버는 오갈 곳이 없자 페긴의 조직에 들어가고 만다. 페긴은 올리버를 범죄자로 만들기 위해 누명을 씌우고 올리버에게 죄를 뒤집어씌우기 위해 혈안이 된다. 하지만 올리버는 다행히 브라운로의 도움을 받아 누명을 벗는다.

한편 올리버의 이모인 로즈는 로스번 박사와 사랑에 빠진다. 그 무렵 올리버는 페긴의 꾐에 빠져 범죄에 가담했다가 총에 맞지만 다행히 로스번 박사와 로즈의 도움으로 간신히 살아난다.

올리버의 친구인 낸시는 먼크스와 페긴이 나누는 이야기를 엿듣고 그들의 음모를 알아차린다. 브라운로에게 올리버의 과거를 이야기해 주고, 먼크스와 페긴의 음모를 알려준 낸시는 그 사실을 눈치챈 페긴의 부하 사익스에게 살해당한다. 브라운로는 올리버가 먼크스의 배다른 동생이자 자신이 찾고 있는 상속자임을 알고 올리버를 구하기 위해 먼크스를 가두고 사익스와 페긴의 뒤를 쫓는다. 사익스는 현장에서 죽고 페긴은 재판에 넘겨져 교수형에 처해진다.

마침내 신분이 밝혀진 올리버는 아버지의 유산 상속자로 인정받고 많은 재산을 물려받아 부자가 되어 행복한 삶을 찾는다.

작품 이해

세상의 모순과 부정을 고발하는 사회소설

디킨스의 소설은 영국이 번영을 누리던 빅토리아 시대를 배경으로 소외당하는 도시 노동자들의 삶과 애환을 그렸습니다. 그는 자신의 비참했던 어린 시절을 바탕으로 소외된 사회 계층에 대한 애정을 담아 당시 사회를 신랄하게 풍자하고 비판했습니다. 그중《올리버 트위스트》는 세상의 모순과 부정을 고발하는 작가의 냉철한 사회 인식이 담겨 있는 대표적인 소설로 당시의 사회상을 적나라하게 드러내고 있습니다.

불우했던 삶을 문학으로 승화시킨 위대한 예술가

찰스 디킨스는 영국을 대표하는 작가로 불렸을 만큼 많은 사랑을 받은 작가입니다. 성서와 셰익스피어 작품 다음으로 세계적으로 가장 널리 읽힌 것이 바로 그의 작품이라고 할 정도였으니까요. 하지만 그는 자본주의가 시작된 19세기 전반 경제 발전의 그늘 밑에서 빈곤과 비인도적인 사회 현실에 방치된 채 비참한 어린 시절을 보냈습니다. 성인이 된 후에도 소설로 많은 인기를 얻고 많은 돈을 벌었지만 개인적으로는 별로 행복하지 못했던 디킨스는 10명의 아이를 낳은 부인 캐서린과 별거하는 등 정신적인 고통까지 겪어야 했습니다. 그렇지만 그는 끝까지 꿈과 희망을 잃지 않고 비참했던 자신의 삶을 문학으로 승화시켜 아름다운 세상을 만들고자 노력하여 영미 문학사에서 가장 위대한 작가 중 한 사람이 되었습니다.

감상적이고 저속하다는 비난을 받은 작품

19세기 초 영국은 산업혁명이 이뤄지던 시기였습니다. 물론 산업혁명으로 인간 생활이 더 편리해지고 안전하고 풍요로워진 것은 사실이지만, 그 이면에는 빈민 계층을 형성했던 수많은 노동자와 그들의 비참한 삶이 있었습니다. 여성과 아동이 값싼 노동력으로 착취당했을 뿐 아니라 최대 20시간에 이르는 살인적인 노동에 시달려야 했습니다. 디킨스는 어려서부터 이러한 것들을 몸소 체험했기 때문에 어떻게든지 잘못된 사회 현실을 고쳐 나가야 한다고 생각했습니다.

디킨스는 수많은 인물을 등장시켜 사회 여러 계층의 삶을 다각도로 바라보는 파노라마식 사회소설을 썼습니다. 그러나 개인의 힘만으로는 사회 문제를 극복할 수 없다는 벽에 부딪히자 무력감과 좌절감에 현실에 안주하려는 모습을 보이기도 했습니다. 그의 소설이 독자의 취향에 영합하며 지나치게 감상적이고 저속하다는 비난을 들은 이유는 이러한 이유에서입니다.

✎ 작품을 이해하기 위한 배경 지식

산업혁명

1760~1830년경 약 1세기 동안의 산업의 일대 변혁을 뜻하는 말입니다. 이때 과거 수공업 위주의 소규모 생산 방식이 기계를 통한 대량 생산 방식으로 전환되었습니다. 산업혁명은 방직기계의 등장으로 영국에서 제일 먼저 일어나 점차 세계 각국으로 퍼져 나갔습니다. 산업혁명 때문에 농경 사회가 해체되고 공장에서 일하는 노동자들이 양산됨으로써 도시화가

산업혁명 당시 영국의 방직공장

급속하게 진행되었습니다. 이러한 과정에서 도시 빈민들이 생기면서 예상치 못했던 여러 사회문제도 발생하였습니다.

산업혁명이 진행되던 시기에는 농경 사회가 붕괴하면서 많은 농촌 사람들이 도시로 모여들었습니다. 그러나 그들은 특별한 기술과 지식이 없었기 때문에 공장 노동자가 되어 값싼 임금을 받아야 했습니다. 따라서 그러한 가정의 어린아이들도 생활비를 벌기 위해 학교 대신 공장에서 가혹한 노동을 해야 했습니다. 공장주들은 조금이라도 더 이익을 내기 위해 노동자들에게 많은 일을 시켜 생산량을 늘리려 했기 때문에 노동자들을 가혹하게 부렸습니다. 그러다 보니 공장에서 일하는 사람들은 오로지 일만 하는 기계로 전락했고, 인간 대접을 받기가 점점 힘들어졌습니다. 인간의 행복을 위해 진행된 산업혁명이 오히려 인간을 기계의 부속품이나 노예로 만들어 버렸던 것입니다.

근로기준법

근로자의 기본적인 생활을 보장하기 위해 헌법에 따라 근로 조건의 최저 기준을 정해 놓은 법률입니다. 경제적 · 사회적으로 약자인 근로자들의 실질적 지위를 보호하고 개선하기 위해 만들어진 법으로 근로기준법상의 근로 조건은 모든 기업체나 사업장에서 절대적으로 적용되어야 합니다.

《올리버 트위스트》에서 올리버는 보육원장에게 먹을 것을 더 달라고 했다가 미움을 받고 쫓겨납니다. 당시에는 이런 일이 빈번했습니다. 지금은 이런 부작용을 방지하기 위해 근로기준법을 만들어 노동자들의 권리를 보호하고 있습니다. 이런 법은 그냥 생긴 것이 아니라 당시 디킨스와 같은 이들이 자본주의 사회의 어두운 현실을 고발하고 올바른 쪽으로 이끌려고 했던 노력이 반영된 것이라 할 수 있습니다.

● 왜 소외당하는 이웃에 사랑과 관심을 가져야 하는가?

올리버는 태어나자마자 고아가 되어 보육원에서 인간 이하의 취급을 받으며 혹사당합니다. 배가 고파서 밥을 더 달라고 했다가 미움을 받아 장의사 집으로 쫓겨납니다. 결국 그곳에서도 힘든 일과 학대를 견디지 못하고 도망쳤다가 급기야 소매치기 소굴로 들어가게 됩니다.

19세기 초 영국에서 있었던 이런 이야기는 우리에게도 전혀 낯설지 않습니다. 올리버와 같은 아이들의 이야기는 지금도 우리 주변에서 많이 일어나고 있기 때문입니다. 이 작품에서 '소외당하는 이웃'이란 당시 산업혁명으로 인해 비참한 현실을 견뎌야 했던 빈민 노동자 계층을 말합니다. 그들은 자본가들이 누렸던 부유한 생활은 전혀 할 수 없었고 가난과 가혹한 노동으로 비참한 생활을 해야 했습니다.

우리 사회에서도 경제적으로 어려운 사람들과 노인 그리고 가난한 나라에서 온 외국인 노동자들은 지금도 힘들게 살아가며 소외당하고 있습니다. 우리가 소외당하는 이웃에 관심을 가지지 않는다면 그들이 범죄에 빠질 수도 있고 그 피해는 고스란히 우리에게로 돌아올 것입니다. 그래서 소외된 이웃을 돌보는 일은 우리 모두가 노력해야 할 사회적인 문제입니다.

인간이 사회적 동물임을 생각할 때 그러한 소외된 이웃들을 돕는 행위는 결코 이들만을 위한 것이 아닙니다. 만약에 사회로부터 소외당하는 이들을 그대로 내버려 두면 소매치기, 도둑, 강도, 살인 등이 만연한 사회가

보육원 급식 장면을 그린 《올리버 트위스트》의 삽화

될 수도 있기 때문입니다.

　디킨스는 벌써 오래전에 이런 사실을 알고 있었던 것입니다. 모든 사람이 행복하게 잘사는 사회를 만들기 위해서는 먼저 소외당하는 이웃에 대해 사랑과 관심을 가져야 합니다. 오늘날에도 디킨스의 작품이 널리 사랑을 받는 이유는 그가 작품을 통해 이런 메시지를 전하고 있기 때문입니다.

18. 고아 소년을 통해 본 산업화와 계층 간의 격차 문제 《올리버 트위스트》

1 소외당하는 이웃이란 무슨 뜻인지 찾아보고 소외당하는 이웃에는 누가 있는지 써 보세요.

2 소외당하는 이웃에 관심을 갖지 않으면 왜 우리가 불행해진다고 하는 걸까요? 우리는 왜 소외당하는 이웃에게 관심을 가져야 할까요?

한 번 더 생각하기

1. 산업 혁명 당시에는 어린아이들이 공장에서 일하는 경우가 많았어요. 이 아이들은 왜 이렇게 힘든 일을 해야 했을까요?

....

....

....

....

....

....

2. 공장의 기계 앞에서 일하고 있는 아이들의 모습을 상상해 보세요. 그리고 떠오르는 생각을 글로 표현해 보세요.

....

....

....

....

....

....

19 속죄로써 되찾는 잃어버린 인간성
죄와 벌

🐣줄거리 1860년대 러시아에는 경제 공황이 불어 닥친다. 주인공 라스
콜니코프에게는 고향에 늙은 어머니와 부유한 집에 가정교사로 들어갔
다가 집주인이 흑심을 품자 그만두고 힘들게 사는 여동생이 있다. 가난
때문에 학교를 그만둘 수밖에 없었던 그는 사회 현실에 불만을 품는다.
그는 어느 날 돈이 떨어지자 고리대금업자인 전당포 노파 알료나에게
시계를 맡기고 돈을 빌린다. 하지만 술집에서 만난 말메라도프를 집에
데려다주면서 그의 딸 소냐가 매춘부 생활을 하며 가족을 부양하고 있
다는 사실을 알고는 불쌍히 여겨 돈을 두고 나온다.

라스콜니코프는 인정도 없이 돈만 밝히는 알료나 같은 사람은 세상
에서 없어져도 좋다는 신념을 갖게 된다. 그녀가 가지고 있는 돈을 더
많은 사람을 위해 쓰는 것이 더 낫다고 생각한 것이다. 마침내 그는 신
념을 실행에 옮기기 위해 그녀를 잔인하게 죽이다가 현장을 목격한 그
녀의 착한 동생 리자베타마저 죽이고 만다.

그는 자신의 여동생이 돈 때문에 나이 많은 루진과 결혼하려 하는
것을 반대하고 동생을 사랑하는 친구 라주미힌과 맺어 주려 한다. 또

표도르 미하일로비치 도스토옙스키

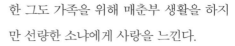

(Fyodor Mikhailovich Dostoevsky, 1821~1881)

도스토옙스키는 소설가이자 언론인으로 러시아 모스크바에서 태어났습니다. 톨스토이와 함께 19세기 러시아 문학을 대표하는 세계적인 문호입니다. 스물네 살 때 사실주의적 휴머니즘을 기치로 내세운 처녀작 《가난한 사람들》로 문단에서 인정받습니다. 이후 그는 《분신》《주부》《백야》《네트치카 네즈바노바》 등의 작품을 발표하면서 정열적인 인간의 모습을 작품에 투영합니다.

그는 공상적 사회주의를 신봉하는 페트라셰프스키라는 동아리에 가담하여 혁명가들과 교류를 쌓다가 1849년에 페트라셰프스키 사건에 연루되어 사형 선고를 받고 총살 직전까지 갔지만 감형을 받아 시베리아로 유형을 가게 됩니다. 그는 감옥에서 지내며 인도주의와 공상적 혁명 사상에서 탈피합니다.

수감생활을 마친 후 1864년 《지하 생활자의 수기》를 발표하지만 사업이 실패하는 바람에 거액의 빚을 짊어집니다. 그 후 빚쟁이를 피해 4년이나 해외로 도피 생활을 하기도 합니다. 그러나 그는 궁핍한 생활 속에서도 《죄와 벌》《백치》《악령》 그리고 중편 《영원한 남편》 등을 발표하면서 문학가로서 확실한 입지를 다집니다. 그리고 1874년 《미성년》을 발표해 큰돈을 벌어 빈곤한 생활에서 벗어날 수 있었습니다. 1880년 최후의 걸작인 장편 《카라마조프의 형제들》을 발표한 후 1881년 폐동맥 파열로 예순에 사망합니다.

한 그도 가족을 위해 매춘부 생활을 하지만 선량한 소냐에게 사랑을 느낀다.

포르피리 판사는 노파의 살인 사건을 조사하다 라스콜니코프가 범인이라는 심증을 굳힌다. 라스콜니코프가 예전에 이 사건과 비슷한 사례를 옹호하는 견해를 밝힌 신문 기사를 보았기 때문이다. 하지만 포르피리는 증거를 찾지 못해 쉽게 판결을 내리지 못하고 오로지 라스콜니코프의 양심에 기대 슬슬 압박해 온다. 하지만 라스콜니코프는 매번 그럴듯한 변명과 알리바이를 제시하며 교묘하게 빠져나간다.

한편 독실한 신앙심을 가진 소냐와 사랑에 빠진 라스콜니코프는 시간이 지날수록 자신이 저지른 살인에 죄책감에 느끼기 시작한다. 한때는 인류의 구원을 위해 사회에 해를 끼치는 사람은 죽여도 괜찮다고 생각했는데, 힘들게 살면서도 순수한 영혼을 지키고 있는 소냐를 보면서 자신의 믿음에 대해 회의를 느낀다. 죄책감에 견딜 수 없었던 그는 마침내 소냐 앞에서 자신의 죄를 고백하고 방바닥에 엎드

19. 속죄로써 되찾는 잃어버린 인간성 《죄와 벌》

려 그녀의 발에 입을 맞춘다. 소냐는 그런 그에게 정말 잘못을 빌고 싶으면 광장에 나가 수많은 사람 앞에서 큰 소리로 고백하고 잘못을 용서받으라고 한다.

다음 날 어머니와 여동생에게 작별 인사를 한 라스콜니코프는 소냐와 함께 자수하러 간다. 소냐는 그의 가슴에 십자가를 달아 주고, 라스콜니코프는 경찰서에 가기 전에 광장에서 죄를 고백하려 한다. 그러자 갑자기 가슴속이 뭉클해지면서 환희가 밀려온다. 그는 광장에 무릎을 꿇고 땅에 입을 맞추며 자신의 잘못에 대해 용서를 구한다. 그의 모습을 지켜보던 소냐도 뜨거운 눈물을 흘리며 언제나 그와 함께할 것을 다짐한다.

포르피리 판사는 라스콜니코프가 자수한 것을 고려해 비교적 가벼운 형량인 8년 형을 내린다. 형기를 채우기 위해 시베리아 감옥으로 끌려가는 그의 뒤를 소냐가 따른다. 그녀는 그의 형기가 끝날 날을 기다리며 행복한 삶을 고대한다. 라스콜니코프 역시 비록 몸은 감옥에 갇혀 있지만 영혼은 구원을 얻었다는 기쁨을 맛본다. 그는 소냐의 변함없는 사랑을 믿으며 희망을 품고 감옥 생활에 임한다. 그의 여동생 역시 변함없이 사랑을 지켜 준 오빠의 친구 라주미힌과 결혼해 행복한 삶을 꾸려 나간다.

작품 이해

허무주의적인 초인사상

도스토옙스키가 《죄와 벌》을 쓸 당시 러시아에는 '사회의 부정을 바로잡기 위해서는 어떠한 수단도 허용된다'는 허무주의적인 초인사상이 유행했습니다. 그 당시 종교는 부패한 정권과 한통속이 되어 있었기 때문에 종교를 부정하는 급진적인 사회주의자들이 출현하기 시작했습니다. 그들은 종교는 더 이상 인류의 희망이 될 수 없고, 오로지 나폴레옹 같은 절대적인 힘을 가진 초인만이 인류를 구원할 수 있다는 주장을 내세워 많은 젊은이들을 사로잡았습니다.

작가 도스토옙스키도 젊었을 때는 이 사상에 사로잡혀 사회를 개혁하기 위해 적극적으로 활동했습니다. 그 당시 많은 혁명가가 꿈꾸었던, 모든 사람이 행복하게 살 수 있는 이상 사회를 이루기 위해서는 그 어떤 희생도 감수해야 한다고 생각했던 것입니다. 그러던 중에 1849년 4월 정치적 사건에 연루되어 체포당한 218명의 정치범 가운데 총살형을 선고받은 21명에 포함되고 맙니다. 그리고 형장으로 끌려갔다 총살을 눈앞에 두고 황제의 특명으로 감형받아 시베리아로 유형을 가게 됩니다.

죽음 직전에 살아난 작가의 사상적 변화

"12월 22일, 우리는 모두 세묘노프 광장으로 끌려갔습니다. 거기서 우리는 십자가에 입을 맞추고 사형수 옷으로 갈아입었죠. 그런 다음 일행 중 3명이 처형장으로 끌려가 기둥에 묶였습니다. 저는 앞에서 6번째였고, 우리는 3명씩 끌려갔으므로 저는 2번째 그룹에 속해 있었습니다. 이제는 정말이지 1분의 여유도 없었습니다. 그런데 갑자기 나팔 소리가 울려 퍼지더니 모든 것이

19. 속죄로써 되찾는 잃어버린 인간성 《죄와 벌》

멈췄습니다. 기둥에 묶여 있던 사람들이 풀려나고 황제 폐하의 사면을 알리는 칙령이 낭독되었던 것입니다."

도스토옙스키가 형에게 보냈던 편지를 통해 우리는 그 당시 절박했던 작가의 마음을 엿볼 수 있습니다. 그는 죽음의 문턱에서 간신히 살아남았던 것입니다. 대신 그는 4년 동안 시베리아 형무소에서 지내게 됩니다. 도스토옙스키는 이후 오로지 성경책만 읽을 수 있었던 수감 생활을 통해 사상의 변화를 겪습니다. 아무리 인류를 구원한다는 명분을 내세운다 해도 인간이 과연 다른 인간의 목숨까지 함부로 할 수 있느냐는 문제에 깊은 의문을 갖게 된 것입니다. 그는 어떤 목적을 위해 황제가 자신을 죽이려 한 것이나, 자신이 다른 사람을 죽이려 한 것이나 결국은 똑같음을 깨닫습니다. 그리고 인류의 문제는 인간들이 이상이나 어떤 이데올로기로 해결될 수 없으며 하느님의 가르침에 따라 서로 사랑하며 자신의 영혼을 깨끗하게 지키는 사람들에 의해서만 해결될 수 있다는 결론에 이르게 됩니다.

 작품을 이해하기 위한 배경 지식

초인주의

라스콜니코프는 다수의 행복을 위해서 악한 사람을 마음대로 해치는 것쯤은 괜찮다고 생각합니다. 이는 19세기 독일 철학자 니체가 신은 죽었기 때문에 인간의 문제는 인간 스스로 해결해야 한다며 내세운 초인사상의 뿌리를 이룹니다. 니체는 당시 부패한 기독교는 인류를 구원할 수 없다고 보고, 기독교를 대신할 초인이 인류를 지배해야 하고 백성들은 거기에 복종해야 한다고 했습니다. 그래서 초인주의를 니체이즘, 니체주의라고도 합니다. 이 사상은

최대 다수의 최대 행복을 주창하는 공리주의 사상과도 깊은 연관이 있습니다.

초인주의 사상은 이를 실현하기 위해서는 먼저 강력한 정권이 필요하다는 인식을 만들어 독일 히틀러의 나치즘이나 러시아 레닌의 사회주의를 표방한 전제 정권을 출연시키기는 데 영향을 주기도 했습니다.

라스콜니코프와 말메라도프를 그린 《죄와 벌》의 삽화

기독교주의

소냐는 가족을 먹여 살리기 위해 몸을 파는 창녀지만 하느님을 믿으며 영혼의 순결을 지키는 여인입니다. 하느님의 가르침대로 조건 없는 사랑을 베풀면 영혼이 구원을 얻을 수 있다고 생각하지요. 라스콜니코프는 아무리 자신의 살인 행위를 정당화하려 해도 괴로움에 빠져 영혼이 파멸되어 가는 것을 느낍니다. 그러다가 소냐를 통해 성경을 읽으면서 비로소 참사랑의 의미를 깨닫고 참회의 눈물을 흘리며 영혼의 구원을 얻습니다. 작가는 이렇듯 기독교의 인도주의적 사랑의 중요성을 강조하고 있습니다.

도스토옙스키 자신도 한때 부패한 정권과 기독교에 환멸을 느껴 초인주의적 입장에 서서 사회변혁을 추구했지만, 나중에 성경을 읽으면서 기독교 사상으로 변화를 일으킨 것처럼 라스콜니코프 역시 사상의 변화를 겪습니다. 그래서 《죄와 벌》에 나타난 사상을 당시 부패한 기독교와 구분하기 위해 성서에서 밝히고 있는 하느님의 가르침, 즉 복음을 중시하는 복음주의라 부르기도 합니다.

● 러시아의 반동 작가

도스토옙스키는《죄와 벌》을 쓰던 시기에 상당히 궁핍한 생활을 해야 했습니다. 아내와 형의 죽음, 자신이 운영하던 잡지사의 부도 등 불행의 연속이었습니다. 그래서 한때 빚쟁이들을 피해 외국으로 도망치기도 했고, 노름과 술에 빠져 폐인처럼 지내기도 했습니다. 평생 간질병으로 고생했고, 빚을 갚기 위해 글을 써야만 하는 절박한 상황이었던 거죠. 그러나 그는 끝까지 희망의 끈을 놓지 않고 노력한 덕분에 이 모든 시련을 이겨내고 오늘날 전 세계인이 사랑하는 불후의 명작들을 남길 수 있었습니다.

러시아의 사회주의 혁명을 주도했던 레닌은 도스토옙스키의 소설에 대해 "나는 그런 쓰레기 같은 소설을 읽을 시간이 없다"라는 극단적인 비판을 하기도 했습니다. 사회주의 혁명을 수행하기 위해서는 기존 질서에 순응하는 기독교 사상을 부정해야 하는데, 도스토옙스키의 소설은 혁명 사상을 부정하고 기독교 사상을 옹호했기 때문입니다. 그래서 한때 러시아에서는 도스토옙스키를 반동 작가로 규정했던 적이 있습니다.

● 정의로운 행위를 위한 목적과 과정

아무리 인류를 위해 큰 뜻을 세웠다 하더라도 그것을 실현시키는 과정에서 다른 사람을 해치는 것은 잘못된 행위임을《죄와 벌》은 잘 보여 줍니다. 라스콜니코프는 그러한 행위로 영혼의 파멸을 경험합니다. 정의로운 행위는 목적도 정의로워야 하지만 그 과정도 정의롭게 이루어져야 하기 때문입니다.

한편 라스콜니코프는 부패한 세력에 저항해 많은 사람을 행복하게 하겠다며 극단적인 행동을 하는 인물입니다. 이러한 인물을 창조했다고 해서 비판받을 수 있느냐는 문제는 지금도 많은 논쟁을 불러일으키고 있습니다.

● 현대철학에 절대적인 영향을 미친 작가

오늘날 도스토옙스키는 현대 철학에 가장 많은 영향을 미친 소설가로 손꼽힙니다. 독일의 철학자이자 시인인 프리드리히 니체(Friedrich Nietzsche) 역시 도스토옙스키의 사상에 영향을 받았다고 여겨집니다. 또한 프랑스의 소설가 앙드레 말로(Andre-Georges Malraux)도 도스토옙스키가 자기 세대의 지성인들에게 큰 영향을 미쳤다고 밝혔고, 실존철학의 선구자인 장 폴 사르트르(Jean Paul Sartre)는 자신의 실존은 이성의 횡포에 대한 도스토옙스키의 비난에서 영감을 얻었노라고 말한 바 있습니다. 그뿐만 아니라 도스토옙스키는 20세기 미국 소설에도 상당한 영향을 미쳤습니다.

① 큰 뜻을 세웠다고 그것을 이루기 위해 다른 사람을 해쳐도 될까요? 이런 행동이 바른지 그른지 토론해 보세요.

② 내가 믿는 종교, 또는 내가 가진 사상이 어떻게 나와 사회 발전에 이바지할 수 있는지 써 보세요.

한 번 더 생각하기

1. 인간은 잘못하면 제도적으로 벌을 받거나 스스로 양심의 가책이라는 벌을 받습니다. 여러분은 어떤 벌이 더 무섭다고 생각하나요?

....

....

....

....

....

....

2. 양심의 가책이라는 주제로 짧은 글을 써 보세요. 양심의 가책에서 벗어나기 위해 취했던 행동 등 구체적인 사례를 들어 써 보세요.

....

....

....

....

....

....

이상과 현실, 용기와 무모함의 차이
돈키호테

🐚줄거리 돈키호테는 에스파냐 라만차 시골 마을의 늙은 하급 귀족이다. 그는 당시 유럽에서 유행하는 기사소설에 푹 빠져 산다. 얼마나 소설을 열심히 읽었는지 소설과 현실을 구분하지 못할 지경에 이르렀고, 마침내 자신이 진짜 기사라는 환상에 빠진다. 그래서 자기 환상 속에서 돈키호테 데 라만차라는 기사가 되어 남들이 보기에는 전혀 이해할 수 없는 기이한 행동들을 한다.

돈키호테는 볼품없는 말에게 로시난테라는 이름을 지어 주며 명마라 여기고, 이웃에 사는 농부의 딸 알돈사 로렌소를 목숨을 바쳐 지켜야 하는 공주라 생각한다. 그는 길을 가다가 들른 여관 주인을 성주로 생각하는데, 그의 행동을 우습게 여긴 여관 주인이 기사 서임식을 해 주자 자신이 진짜 기사가 되었다고 믿고 길을 떠난다. 그는 길을 가다가 만난 상인들에게 상상 속의 인물인 둘시네아 공주가 이 세상에서 가장 아름다운 여인이라고 말하라고 강요하다 몰매를 맞는다. 그 뒤 그는 길가에 버려지지만 다행히 지나가던 농부의 도움을 받아 집으로 돌아온다.

마을 사람들은 돈키호테가 이렇게 된 것은 모두 기사소설 때문이라

미겔 데 세르반테스
(Miguel de Cervantes, 1547~1616)

세르반테스는 스페인의 소설가이자 극작가, 시인으로 가난한 외과 의사의 넷째 아들로 태어났습니다. 그는 이사를 너무 많이 다니는 바람에 정규교육을 거의 받지 못한 것으로 알려져 있습니다. 1566년 시인으로서 첫발을 내디뎠으며, 1571년에는 군인으로 레판토 해전에 참가하였다가 가슴과 팔에 상처를 입기도 했습니다. 이때 입은 부상으로 세르반테스는 왼손을 영영 쓸 수 없게 됩니다. 그는 군인으로 복무하다가 1575년 고향으로 돌아가던 길에 투르크 해적선의 공격을 받아 알제리로 끌려가 5년 동안 노예 생활을 하게 되는데 그때 감옥에서 구상한 것이 바로 《돈키호테》라고 합니다.

간신히 살아서 고향에 돌아온 그는 1584년 열여덟 살 연하인 카타리나와 결혼하고, 이듬해 처음으로 소설 《라 갈라테아》를 씁니다. 1587년까지 20~30편의 희곡을 쓴 것으로 전해지나 《알제리의 생활》과 《라 누만시아》 등 2편만이 전해지고 있을 뿐입니다. 그 후 세금 수금원 등으로 생계를 유지하다가 1605년 명작 《돈키호테》 제1부를 썼습니다. 이 책은 많이 팔렸지만 출판사와 계약을 잘못하는 바람에 여전히 가난에서 벗어날 수는 없었습니다.

그는 그 뒤 12편의 중편을 모은 《모범소설집》, 동시대의 시인을 평한 장시 《파르나소에의 여행》, 신작 희곡 8편 및 막간 희곡 8편 등을 썼습니다. 그러다가 죽기 1년 전인 1615년 《돈키호테》 제2부를 완성했습니다.

생각해 책을 모두 태워 버린다. 하지만 돈키호테는 환상 속에서 깨어나지 못하고, 이번에는 마을의 순진한 농부 산초 판사를 꾀어 하인으로 삼은 후 아무도 모르게 두 번째 모험을 떠난다.

이번엔 풍차를 보고는 거인이 둔갑한 것이라 생각해 달려들었다 크게 다치지만 간신히 목숨만은 건진다. 다음에는 수도사들을 보고 공주를 납치해 가는 마법사들이라고 착각해 싸움을 벌이기도 한다. 여관을 성이라고 생각해 소란을 피우는가 하면, 양떼를 적군이라고 착각해 싸우다가 이가 부러지기도 한다. 어느 날 돈키호테는 둘시네아 공주를 위해 고행을 시작하겠다며 산초를 시켜 공주에게 편지를 전하게 한다. 편지를 갖고 가던 산초가 고향의 이발사와 신부를 만나게 되고 그들과 함께 돈키호테를 다시 고향 집으로 데리고 온다.

하지만 고향에 돌아온 지 얼마 안 돼서 돈키호테는 산초를 데리고 또다시 집을 나선다. 기사로서 사명감을 지키기 위해서는 한곳에 머물 수 없다는 것이 이유였다. 집을 나선 그는 또 각종 기이한 일들을 벌인다. 물레방아를 성으로 착각하기도 하고, 사자를 적으로 생각해 싸우기도 한다. 그 과정에서 어떤 성주의 계획으로 돈키호테와 산초는 한때 진짜 성을 갖게 된다. 하지만 성주의 부하들이 도적으로 변장하고 덤비자 산초는 성주의 자리가 얼마나 위험한 것인지 깨닫고 그 자리를 넘겨준다.

이러한 돈키호테의 무모한 행동을 중단시키기 위해 친구 카라스코는 기사로 변장해 돈키호테에게 자신이 이기면 집으로 돌아가서 1년 동안 다시는 나오지 말라 하고 결투를 신청한다. 그의 신청을 받아들인 돈키호테는 결투에 임하지만 크게 패하고 만다. 그러자 돈키호테는 기사는 어떻게든 약속은 꼭 지킨다면서 다시 집으로 돌아온다.

모험을 하지 못해 우울해진 돈키호테는 병석에 눕게 되고 죽기 직전 제정신을 찾은 그는 과거 자신의 행동을 부끄러워하며 모든 사람에게 용서를 빈다. 그리고 자신의 재산을 친구들에게 나눠 준 뒤 비석에는 이름을 남기지 말라는 유언을 남기고 파란만장한 삶을 마감한다.

작품 이해

작가의 시련과 고통이 낳은 세계의 명작

세르반테스는 가정 형편으로 인해 학교 교육을 거의 받지 못했고 1571년에는 역사상 유명한 레판토 해전에 참가하여 가슴 두 군데에 상처를 입고, 왼손은 평생 쓸 수 없게 되었습니다. 더군다나 귀국하던 도중 지중해에 횡행하던 해적들에게 습격을 당하여 5년간 알제리에서 노예 생활을 하는 등 온갖 고난과 시련을 겪습니다. 그러나 끝까지 희망을 잃지 않고 삶에 대한 강한 의지로 《돈키호테》 같은 명작을 완성합니다.

당시 유행하던 기사 문학을 풍자한 소설

세르반테스는 《돈키호테》를 쓰게 된 이유에 대해 당시 유행하던 기사소설의 인기를 이기기 위한 것이었다고 밝힌 바 있습니다. 즉 《돈키호테》는 그 당시 널리 유행했던 기사소설의 패러디에서 출발했다고 볼 수 있습니다. 작가는 "돈키호테는 나를 위해 태어났고, 나는 돈키호테를 위해 태어났다"라고 말할 정도로 이 작품에 애정을 보였습니다.

이 작품에서 돈키호테가 싸우는 대상은 모두 그의 망상이 만들어 낸 것들입니다. 물론 지금이야 그런 행위가 미치광이 같은 행동이라 할 수 있지만, 당시 스페인에서는 실제로 그런 기사들의 무용담이 유행했습니다. 따라서 《돈키호테》는 당시 잘못된 사회상을 고발하는 풍자 문학이었던 거죠.

✎ 작품을 이해하기 위한 배경 지식

기사 문학

기사란 중세 유럽에서 봉건 영주에게 땅을 받고 고용되어 무사로서 봉사했던 사람을 말합니다. 기사 제도는 12~13세기에 전성기를 누렸지만 14세기 이후 화폐 경제가 발달하고 칼에서 총으로 무기가 교체되면서 점차 사라졌습니다. 이때 기사가 갖추어야 할 용맹심과 명예심, 예의 바름 등을 기사도 정신이라고 합니다. 기사도는 십자군 전쟁으로 인해 여러 기사단이 생기면서 그 의미가 한층 더 강화되었습니다.

중세 기사의 갑옷

봉건 제도 확립과 함께 잠정적으로나마 평화가 찾아옴으로써 궁정이나 왕족의 저택에는 왕비나 제후 부인을 중심으로 부녀자들을 위한 화려한 별실이 생겼습니다. 그들을 보호하기 위해 기사는 강한 힘과 더불어 기사로서의 예절을 갖춰야 했습니다. 이것은 그리스도교의 마리아 숭배 사상의 세속화라고 볼 수 있는데, 그 바탕에는 연애 감정이 있었던 사실도 무시할 수 없습니다. 그래서 기사와 귀부인과의 사랑 이야기 역시 심심찮게 나왔습니다. 돈키호테가 둘시네아라는 상상 속 공주를 만든 데에도 다 이런 배경이 있었던 것입니다.

이런 기사들의 이야기를 바탕으로 쓰인 소설을 기사 문학이라고 합니다. 기사 문학은 기사도가 한참 유행하던 12세기에 프랑스에서 일어나 13세기에 독일에 뿌리를 내렸고, 14세기에는 이탈리아에까지 크게 영향을 미쳤습니다. 기사 문학은 15~16세기 인쇄술이 보급됨에 따라 양적으로 매우 증가

했습니다. 세르반테스가 살던 당시는 이와 같은 기사 문학이 상류계급, 귀족, 문인들에게 널리 유행하던 때였습니다.

기사 문학의 대표작 《아서 왕》

《아서 왕》은 5~6세기경 영국의 전설적인 왕의 이야기입니다. 영국의 영웅인 아서 왕의 활약과 기사도 정신, 모험 등은 서유럽 일대에 전설로 남아 있습니다. 특히 작품의 처음부터 끝까지 강조된 기사도 정신은 서구의 독특한 문화를 형성하는 데 크게 공헌했습니다. 그러한 정신은 지금도 서구 사회에서 이른바 정의감, 명예 존중 정신, 약자에 대한 배려심 등으로 이어지고 있습니다. 《아서 왕》은 이러한 정신을 잘 보여 준 작품입니다.

《아서 왕》은 명검 엑스칼리버를 소유한 왕 아서와 원탁의 기사로 알려진 부하들의 용맹함 그리고 아름다운 여인들과의 로맨스를 그리고 있습니다. 특히 아서 왕은 영웅적인 능력을 보여 주며 자신의 욕망에 집착하지 않고 다른 사람을 배려할 줄 아는 기사도 정신에 충실한 인물입니다.

가령 아서 왕이 로마군과의 전투에서 승리하는 장면을 보면 이렇습니다. 아서 왕은 부하인 랜슬럿 경에게 포로들을 호송하라고 명령합니다. 그리고 호송을 마친 랜슬럿 경으로부터 그동안 전사한 기사들이 많다는 보고를 받게 됩니다. 이에 매우 슬퍼하며 위신을 중시하는 랜슬럿 경의 반대에도 불구하고 전투를 즉각 중단하고 퇴각하라는 명령을 내립니다. 이처럼 아서 왕은 오직 승리와 체면만을 목표로 하지 않고 부하들의 생명을 중시하였기 때문에 오랜 세월 백성들로부터 존경받을 수 있었습니다.

이 작품의 등장인물은 실존 인물이 아니므로 역사적 사실성은 희박합니다. 그러나 완전히 상상 속 인물로만 구성된 것도 아니어서 등장인물의 모델로 추정되는 실존 인물들은 아직도 연구 대상으로 많이 거론되고 있습니다.

기사도와 화랑도의 차이

기사도의 내용은 시대에 따라 변화했습니다. 기사 서임식 선서에서도 알 수 있듯이 기사도 덕목에는 용맹, 성실, 명예, 예의, 경건, 겸양, 약자 보호 등이 있습니다. 기사의 존립 조건이기도 한 용맹과 성실은 봉건제 초기에 기사도의 핵심 덕목이었습니다. 그 후 십자군 전쟁 때 그리스도교 윤리를 받아들여 경건, 겸양, 약자 보호라는 덕목이 보태어졌습니다. 기사도는 나중에 신사도로 발전했다고 볼 수 있습니다. 신사도에는 상대방에 대한 자존심 존중, 관용, 봉사, 여성에 대한 남성의 엄격한 예의 등이 포함되어 있습니다.

기사도는 우리나라의 신라 화랑도와도 많은 공통점을 가지고 있습니다. 기사들도 화랑들처럼 용맹하게 싸우고 명예를 중요하게 여겼습니다. 그러나 기사들은 계약 관계를 맺고 주인을 모셨기 때문에 그들의 기사도는 충효를 바탕으로 한 화랑도와는 다릅니다. 용맹에 대한 관점에도 약간 차이가 있습니다. 화랑은 전쟁에 지는 것은 곧 죽음이라 여길 만큼 용맹을 중시했으나(임전무퇴), 기사는 전쟁에서 포로가 되는 것은 수치로 여기지 않았습니다. 심지어 전쟁 중에 포로가 되면 주인이 몸값을 지불하고 데려와야 한다는 계약 조건도 있었습니다.

● **무모함과 용기의 차이는 무엇일까?**

국어사전에 무모함은 '앞뒤를 잘 헤아려 깊이 생각하지 않는 성질이나 성품'이라고 나와 있습니다. 그리고 용기는 '씩씩하고 굳센 기운 또는 사물을 겁내지 아니하는 기개'라고 되어 있습니다. 그러나 과연 무모함과 용기를 그렇게 쉽게 나눌 수 있을까요?

돈키호테는 두려움을 모르고 정의를 위해 모든 것을 바쳐 싸울 정도로 용감했습니다. 물론 적군으로 알고 목숨을 걸고 싸운 상대가 풍차와 양떼였던 것이 문제긴 했지만 당시 기사도 어찌 보면 돈키호테와 다를 바 없었습니다. 종교의 차이를 인정하지 못하고 십자군 전쟁에 앞장서서 잔인하게 적군을 죽였던 일들이나, 자신들의 권위만 내세우는 왕이나 영주한테 고용되어 약자들을 괴롭힌 것은 돈키호테가 풍차나 양떼와 싸운 것보다 더 나쁜 짓인지도 모릅니다.

이처럼 무모함과 용기는 혼용되기 쉽고, 보는 사람의 관점에 따라 달라질 수 있는 가치기도 합니다. 똑같은 행동이라 하더라도 그것을 바라보는 사람이 그 행동에 가치를 부여한다면 용기로 평가할 것이며, 반대로 그렇지 못하다면 무모하다고 비난할 것이기 때문입니다.

● **돈키호테형과 햄릿형**

작가 세르반테스는 인간의 이러한 이중성을 잘 포착하여 《돈키호테》를 썼고, 동시에 돈키호테형이라는 인간 유형을 형상화하였습니다. 돈키호테형 인간은 돈키호테가 그렇듯 뚜렷한 이상과 그에 대한 철저한 신념을 지니고 있습니다. 또한 자신이 판단하는 정의가 무엇인지 분명히 인식하며 그것을 얻기 위해서라면 자신의 희생까지 감내합니다. 돈키호테의 과감한 행동과 용맹함은 이런 신념에서 나온 것입니다. 그러나 이러한 돈키호테형은 충분히 생각하지 않고 결심을 행동으로 옮긴다는 데 문제가 있습니다. 그래서 정의를 위한 행동이 오히려 상대방에게 피해를 주는 역효과를 초래하기도 합니다. 요컨대 돈키호테형은 생각보다 행동이 앞서 무모하게 달려드는 인간형을 말합니다.

돈키호테와 산초를 그린 《돈키호테》의 삽화

돈키호테형과 대비되는 인간 유형으로 햄릿형이 있습니다. 햄릿형은 생각이 너무 많아 행동이 결핍된 인간형입니다. 생각이 많다는 것은 자기가 한 일을 반성하며 깊이 살피고 현실 상황에 대해 많이 고려한다는 뜻입니다. 이런 점은 자아를 성찰하고 신중하게 행동하게 하므로 장점이라 할 수 있습니다. 그러나 생각이 과도하여 항상 갈등만 하고 행동으로 옮겨야 할 시기를 놓치는 것이 문제라 할 수 있습니다. 셰익스피어의 《햄릿》에서 햄릿 왕자는 숙부가 자신의 아버지를 죽이고 왕이 되었다는 사실을 알게 된 후 숙부를 바로 처단하지 못하고 고민만 합니다. 잘 알려진 대사 '죽느냐 사느냐, 그것이 문제로다'는 지나치게 생각이 많은 햄릿의 태도를 단적으로 보여 줍니다. 그리고 햄릿은 결국 원수를 갚을 시기를 놓치고 진실을 밝히지도 못한 채 자신도 죽임을 당하는 비극을 맞게 되지요.

❶ 내가 아는 돈키호테 같은 사람을 소개해 보세요.

❷ 돈키호테의 장단점은 무엇일까요?

한 번 더 생각하기

1. 참된 용기란 무엇이라고 생각하나요?

2. 진정한 명예를 위한 행동에는 어떤 것이 있을까요?

3. 돈키호테 같은 행동을 한 적이 있는지 한번 생각해 보세요.

9장

국가와 민족, 그리고 정의

역사에 남은 영웅들의 삶을 통해 교훈을 전하다
플루타르코스 영웅전

🐻 줄거리 이 작품은 고대 그리스와 로마의 역사에 발자취를 남긴 인물들의 일생을 서로 비교해 가며 소개하고 있습니다. 그리스 신화의 영웅 테세우스와 로마 건국 신화의 주인공 로물루스, 마케도니아의 알렉산드로스 대왕과 로마의 카이사르를 비교하는 식으로 이야기가 펼쳐집니다. 여기에서는 대표적 영웅 두 명만 소개하겠습니다.

알렉산드로스(Alexandros the Great, BC 356~BC 323)

알렉산드로스는 마케도니아의 왕으로 아버지인 필립포스 2세(Philippos Ⅱ)가 왕국을 그리스 세계 제일의 군사 국가로 성장시킨 시기에 스무 살의 나이로 왕위에 올랐다. 페르시아 제국을 무너뜨리고 중앙아시아와 인도 북서부에 이르는 광대한 제국을 건설하였으나 서른두 살의 젊은 나이에 병으로 죽었다. 하지만 그의 정복 활동은 그리스 문화와 오리엔트 문화가 융합하여 미술, 수학, 과학 등의 눈부신 발전을 이룬 헬레니즘 문화를 성립시켰다. 그는 갑작스럽게 죽었지만 헬레니즘 문화는 300년에 걸쳐 지속되며 찬란한 발전을 이루었다.

플루타르코스

(Plutarchos, 46(?)~120(?))

플루타르코스는 그리스의 전기 작가로 그리스의 카이로네이아에서 태어났습니다. 철학자 암모니우스(Ammonius) 문하에서 수학과 철학을 공부했고, 공적인 임무로 여러 차례 로마에 가게 되면서 로마의 많은 지식인들과 사귀었습니다. 트라야누스 황제나 하드리아누스 황제와도 교분을 나누었고 로마 시민권을 얻기도 한 것으로 알려져 있습니다.

그는 카이로네이아에 살면서 그리스 중심지와 스파르타, 코린트, 사르디스, 알렉산드리아 등지를 여행했습니다. 그는 요즈음으로 치면 행정 장관직을 지냈고, 특히 윤리학을 중심으로 한 교과 과정을 가르치며 학교 관리에도 깊이 관여했습니다. 그는 아테네에 있는 아카데미 및 델포이 신탁소와도 친밀한 관계를 유지하면서 95년경부터 죽을 때까지 델포이에서 성직자 생활을 했습니다.

그는 박학다식한 인물로 최후의 그리스인이자 그리스 문화에 통달한 지식인으로서 약 227편에 달하는 많은 종류의 책을 집필한 것으로 추정됩니다. 현존하는 대표작으로는 《전기》《플루타르코스 영웅전》《윤리론집》 등이 있습니다. 그중 그리스와 로마의 군인, 입법자, 웅변가, 정치가의 행동과 성격들을 상술한 《플루타르코스 영웅전》은 예로부터 널리 읽힌 책으로 고대와 근세를 맺어 주는 중요한 매개체 역할을 해 왔습니다.

카이사르

(Gaius Julius Caesar, BC 100~BC 44)

카이사르는 고대 로마 공화정 말기의 군인이자 정치가로 BC 60년 폼페이우스, 크라수스 등과 동맹을 맺고 제1회 삼두정치를 시작했다. 갈리아 전쟁에서 승리한 후 정치적 · 경제적 영향력을 확대해 군사 독재를 위한 바탕을 마련했다. "왔노라, 보았노라, 이겼노라(veni, vidi, vici)"라는 말로 유명하며, 자신이 가장 믿었던 브루투스 (Marcus Junius Brutus)한테 암살을 당하면서 "브루투스 너마저……"라는 말을 남기며 죽은 것으로도 유명하다. 지금도 그는 스스로 황제가 되려고 했던 공화정의 파괴자라는 평가와 로마를 황제가 다스리는 제정 국가가 될 수 있게끔 기틀을 마련한 인물이라는 평가를 모두 받고 있다.

🔦 작품 이해

수많은 영웅의 이야기

우리가 영웅 이야기에 열광하는 이유는 인간만이 주어진 환경을 스스로 개척할 수 있다는 사실을 영웅을 통해 엿볼 수 있기 때문입니다. 만약에 우리 인간이 다른 동물들처럼 그냥 주어진 환경에 맞춰 살아왔다면 오늘날 인류가 이룩한 문명은 꿈도 꾸지 못했을 것입니다. 그런 점에서 오늘날에도 찬란한 문명을 이룩한 그리스 로마의 영웅들에게 관심을 갖는 것은 당연한 일일 것입니다.

국어사전을 보면 영웅이란 '지혜와 재능이 뛰어나고 용맹하여 보통 사람이 하기 어려운 일을 해내는 사람'이라고 나와 있습니다. 영웅도 인간임에는 분명하지만 확실히 일반 사람과는 다른 점이 있습니다. 그들은 그저 자연적 · 사회적 환경에 순응하기보다는 열정적으로 그에 맞서 싸웁니다. 그것은 단지 목숨을 유지하기 위해서가 아니라 사회 개혁 실현에 최선을 다하기 위해서라 할 수 있습니다.

《플루타르코스 영웅전》은 고대 그리스의 역사가인 플루타르코스가 카이사르, 알렉산드로스 대왕, 폼페이우스 등 고대 영웅들에 대해 아름다운 문체로 서술한 전기입니다. 이 책에는 수많은 영웅들의 이야기가 흥미진진하게 펼쳐져 있습니다.

살아 있는 역사 교과서

플루타르코스는 독자들에게 사실을 있는 그대로 전달하기보다는 독자들이 그의 책을 읽고 일상생활에 어떻게 활용하면 좋은지를 중요하게 생각했습니다. 따라서 《플루타르코스 영웅전》은 일반적인 전기물처럼 딱딱하지 않습니다. 인물들의 성격적 결함이나 실수까지도 사실적으로 묘사하였고, 비난받았던 사람들의 전기도 기록하고 있습니다.

《플루타르코스 영웅전》은 서로 대비되는 23쌍의 그리스와 로마 영웅들의 이야기로 이루어져 있습니다. 단순히 역사적 사실을 배우고 암기해야 하는 이야기보다는 삶의 지혜와 교훈을 스스로 느끼고 깨닫게 하는 이야기들로 구성되어 있습니다.

✏️ 작품을 이해하기 위한 배경 지식

그리스와 로마의 영웅을 서로 비교해서 쓴 전기

《플루타르코스 영웅전》의 집필 순서는 일부분만 알려져 있습니다. 현재의 판본들은 훗날 연대순에 따라 재배열된 것입니다. 이 작품은 23쌍, 즉 46명의 이야기가 2명이 1조를 이루는 형식으로 구성되어 있고, 아르타크세르크세스, 아라투스, 갈바, 오토 4명만 따로 소개되어 있습니다. 그렇게 총 50명의 영웅 이야기가 나옵니다.

《플루타르코스 영웅전》의 원래 제목은 '비오이 파랄렐로이(Bíoi Parálleloi)'로 우리말로 직역하면 '서로 비교해서 쓴 전기'라는 뜻입니다. 이러한 제목은 이 책의 의도가 테세우스와 로물루스, 알렉산드로스와 카이사르, 데모스테네스와 키케로같이 그리스와 로마의 인물 중 서로 유사한 점이 있는 사람들을 비교해 역사가 인물과 사건만 바뀌면서 계속 반복되고 있다는 것을 부각하려는 데 있음을 알 수 있습니다. 우리나라에서 처음에는《대비열전(對比列傳)》으로 번역된 이유도 이러한 이유에서였습니다. 하지만 후에 작가의 이름을 붙여《플루타르코스 영웅전》이라고 번역된 것이 더 많이 알려지면서 이 제목으로 자리를 굳히게 되었습니다.

플루타르코스의 명성과 영향

플루타르코스가 후대에 끼친 영향은 매우 큽니다. 로마의 마르쿠스 아우렐리우스 황제는 그의 작품을 몸에 지니고 전쟁터에 나갔을 정도였고, 동부의 그리스어권에서는 그의 작품들이 교과서로 쓰이기도 했습니다. 그의 작품들은 15세기 고전 연구 재부흥에 힘입어 비잔틴 학자들에 의해 이탈리아에 소개되면서 그 영향력을 더욱 넓혀 나갔습니다. 특히 르네상스 시대의 거의 모든 저술가는 단순히 이야기꾼으로서의 플루타르코스보다는 도덕주

140년경 로마의 금화에 새겨진 아우렐리우스

의자로서의 플루타르코스에게 매료되면서 그의 이야기에 더욱 빠져들었습니다.

역사란 단순히 과거가 아니라 현재와 미래를 이어 주는 매개체 역할을 합니다. 우리는 과거를 통해 현재를 만들 수 있고, 현재를 바로 세움으로부터 미래의 꿈과 희망을 발견할 수 있습니다. 그런 점에서 플루타르코스가 인류 문화 발전에 이바지한 공로는 실로 크다고 할 것입니다.

● 영웅들의 역사를 어떻게 볼 것인가?

《플루타르코스 영웅전》은 역사적으로 아무리 칭송받는 인물이라 해도 그 업적과 삶의 행적에 대해서는 엇갈린 평가가 나올 수 있다는 것을 보여 줍니다. 그뿐만 아니라 역사란 단순히 배워서 암기하는 지식으로 끝나는 것이 아니라 오늘날 어떻게 받아들이고 우리의 삶에 어떻게 적용하고 활용할 것인가가 더 중요한 것임을 보여 준 좋은 사례입니다.

그런 점에서 카이사르와 브루투스를 통해 우리가 배워야 할 것이 무엇인가에 대해 생각해 볼 필요가 있습니다. 절대적인 힘을 갖기 위해 카이사르는 막강한 제정 정치를 하고자 했고, 자칫하면 귀족으로서 누려 왔던 지위와 기득권을 빼앗길 우려가 있었던 브루투스는 귀족정치인 공화정의 복구를 갈망했던 것입니다. 따라서 카이사르와 브루투스의 주장을 엄밀히 따져 보면 결국 자신들의 이익과 야망을 위해 국가와 국민을 위한다는 명분을 내세웠음을 알 수 있습니다.

지금도 우리는 자신들의 이익과 야망을 감추고 국가와 국민을 위한다는 명분을 내세우는 사람들을 수없이 봅니다. 《플루타르코스 영웅전》은 이러한 문제가 결국 그들에게만 있는 것이 아니라 그들을 평가하고 선택해야 하는 다수의 국민들에게도 있음을 말하고 있습니다. 역사는 결코 소수 영웅들만을 위한 것이 아니며 그들만이 만들어 가는 것도 아니기 때문입니다.

1 브루투스와 카이사르의 가장 큰 차이점은 무엇인가요?

2 알렉산드로스 대왕과 카이사르의 공통점은 무엇인가요?

한 번 더 생각하기

1. 여러분이 가장 존경하는 영웅은 누구인가요? 왜 그렇게 생각하나요?

....

....

....

....

2. 여러분이 가장 존경하는 영웅에 대해 반대로 평가하는 견해가 있는지 조사해 보세요.

....

....

....

....

3. 똑같은 영웅인데도 평가가 서로 엇갈리게 나타나는 이유는 무엇일까요?

....

....

....

22 삼국지연의

유비, 관우, 장비의 삼국시대 통일기

🍵줄거리 한나라 말기 궁중에는 무능한 황제가 환관들에 둘러싸이고, 관료는 돈을 주고 관직을 산 사람들로 넘쳐 나 온 나라는 썩어 가고 있었다. 굶주린 백성들은 참다못해 민란을 일으켰다. 상징적으로 누런 두건을 쓰고 반란을 일으켜 이 반란을 '황건적의 난'이라 한다. 그때가 서기 184년인데 이 난을 계기로 한나라 왕실은 허울뿐인 조정으로 전락한다. 그리고 '황건적의 난'을 진압하는 데 공을 세운 지방의 3대 세력이 큰 힘을 발휘하면서 중국은 조조의 위(魏)나라, 손권의 오(吳)나라, 그리고 사실상 《삼국지연의》의 주인공으로 등장하는 유비의 촉(蜀)나라 등 삼국으로 분열된다.

유비는 한나라 초대 황제인 유방의 혈족이다. '황건적의 난'으로 나라가 혼란에 빠졌을 때 누구보다 먼저 한나라를 다시 일으켜 세우겠다는 야망을 품는다. 유비는 관우, 장비와 도원결의를 맺고 의형제가 되어 황건적을 소탕할 뿐 아니라 큰 공을 세우며 세를 확장한다. 그는 인품이 좋고 인재를 얻기 위해서는 모든 것을 내려놓을 줄 아는 사람이었다. 그가 당대 최고의 전략가인 제갈량을 부하로 둘 수 있었던 것은 삼고초려

의 정신이 있었기 때문에 가능한 일이었다. 한번 믿은 사람은 끝까지 믿었기 때문에 조자룡 같은 훌륭한 장군도 그의 곁에서 목숨을 걸고 충성을 다한다.

조조는 조정을 장악하고 막강한 군사력으로 위나라의 왕이 된다. 소설에서는 간신으로 비쳐지지만 그 역시 훌륭한 부하들을 적재적소에 활용할 줄 아는 지혜를 가진 지도자였다. 유비와 의형제를 맺은 관우를 신하로 얻기 위해 온갖 노력을 기울이지만 끝내 관우의 마음을 얻지는 못한다. 하지만 진심으로 관우에게 호의를 베푼 인연으로 결정적인 순간 관우의 도움을 받아 목숨을 건진다. 적벽대전에서 제갈량에게 크게 패해 타격을 받지만, 그는 수많은 전쟁을 통해 힘을 키웠고 삼국 통일의 기반을 다진다. 하지만 말년에 새로 짓는 건물 서까래에 다쳐 큰 상처를 입고는 시름시름 앓다가 죽는다. 아들인 조비가 한나라 황제 자리를 이어받은 뒤 정식으로 위나라를 세운다.

오나라 왕 손권은 유비의 힘이 너무 커

지자 조조와 연합한다. 전쟁에서 패한 관우가 손권에게 잡혀 죽임을 당하자 유비는 의형제인 관우의 죽음에 분개하며 원수를 갚기 위해 오나라를 치려 한다. 관우의 죽음에 상심한 장비는 술에 취해 이성을 잃고 횡포를 부리다 앙심을 품은 부하들에게 암살당하고 만다. 장비까지 잃은 유비는 슬픔에 젖어 형제들의 원수를 갚기 위해 오나라와 전쟁을 벌이지만 끝내 많은 군사를 잃고 병을 얻어 죽는다. 그의 뒤를 이은 유선은 무능한 황제로 아무것도 하지 못하고 쩔쩔매다 결국 위나라에 항복한다. 삼국 중 가장 막강해서 오래갈 것 같았던 위나라도 나중에는 결국 조조의 책사였던 사마의의 후손 사마염에 의해 망하고, 오나라도 손권이 죽자 얼마 안 가서 망한다.

작품 이해

한족을 계승하고자 하는 작가의 역사의식이 반영된 역사소설

유비, 관우, 장비가 도원결의하여 천하를 통일한다는, 우리에게 매우 익숙한 《삼국지》는 나관중이 쓴 《삼국지연의》를 말합니다. 하지만 이 책은 실제 역사를 기록한 것이 아닌 역사소설입니다. 실제 역사를 기록한 책은 진(晉)나라의 진수(陳壽)가 지은 《삼국지》입니다. 우리가 나관중의 《삼국지연의》에 너무나 익숙해 마치 그 내용을 역사적 사실로 생각하곤 하지만, 그것은 실제 역사와는 많이 다릅니다.

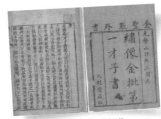

17~18세기판 《삼국지연의》

작가 나관중도 서문에서 밝히고 있듯이 《삼국지연의》는 진수의 《삼국지》를 토대로 지어진 것입니다. 이것은 이중적인 의미를 담고 있습니다. 다시 말해 진수의 《삼국지》의 영향을 많이 받았지만 동시에 작가 나관중의 개인적 관점도 많이 반영되었다고 할 수 있습니다. 구성 면에서 유비, 관우, 장비의 도원결의가 소설 가장 앞부분에 실려 있는 것이 그 단적인 사례입니다. 그러나 《삼국지연의》는 무엇보다 내용 면에서 나관중의 역사의식이 많이 반영된 역사소설입니다.

14세기 원나라에서 명나라로 교체되던 시기에 살았던 나관중은 몽골족이 세운 원나라를 못마땅하게 여겼습니다. 그래서 명나라가 원나라를 무너뜨리고 정권을 잡자 한족의 정통성을 내세워 '촉한 정통론'을 내세웠습니다. 촉한 정통론은 말 그대로 촉나라의 한족이 중국 황실의 정통성을 이어야 한다는 입장입니다. 그래서 나관중은 소설적 허구를 통해 북방 출신인 조조의 모습을 과장되게 왜곡하여 깎아내렸던 것입니다. 또한 역사적으로 뛰어난 장군이자 개혁가의 면모를 보인 동탁도 변방 출신이라는 이유로 역적으로 매도하였습니다. 그리고 오로지 한족 황실의 핏줄을 계승한 유비만을 영웅으로 크게 부각시킨 것입니다. 따라서 나관중의 《삼국지연의》는 역사가들이 역사를 기록하고자 쓴 역사서와는 달리 한족을 계승하고자 하는 작가의 역사의식에서 서술된 역사소설이라 할 수 있습니다.

✎ 작품을 이해하기 위한 배경 지식

《삼국지연의》의 시대적 배경

중국의 역사는 하(BC 2070~BC 1600), 은(BC 1600~BC 1046), 주(BC 1046~BC 256)로 시작되었습니다. 하나라가 실제로 있었던 나라인지는 명확히 알 수 없어 사실상 중국 최초의 나라는 은나라로 보고 있습니다. 은나라는 황하 문명의 발달한 청동기 문화로 이루어졌던 것으로 보입니다. 그 후 철기문화인 주나라가 오랫동안 통치하다 여러 제후가 각 지역을 다스리는 봉건국가가 되었습니다. 그러다 제후국이 난립하며 천하통일을 위해 서로 다투는 춘추 전국 시대가 되었고, 시황제에 의해 중국은 최초로 통일국가 진(秦)을 이룹니다. 시황제는 만리장성을 쌓고 엄청난 무덤을 남겼는데 이것만 봐도 그 세력이 얼마나 강했는지 추측할 수 있습니다. 그러나 진은 15년 만에 망하고 중국은 다시 혼란에 빠집니다. 그러다가 유방이 초나라를 물리치고 한나라를 세워 황제가 됩니다. 한나라는 황실 외척들이 권력을 잡으면서 8년경 망했다가 17년 후 유방의 9대 자손 유수가 황제가 되어 다시 나라를 세웁니다. 그래서 사람들은 이를 구분하기 위해서 앞의 한나라를 전한(BC 206~AD

8), 뒤의 한나라를 후한(25~220) 또는 동한이라고 불렀습니다.

《삼국지연의》는 바로 후한 말기 혼란한 시대를 배경으로 하고 있습니다. 나중에 조조는 후한을 멸망시키고 정권을 탈취해 위나라의 황제가 되고, 유비는 한나라의 황족 출신으로 촉나라의 황제가 되고, 강남 지역의 토착 세력인 손권은 오나라의 황제가 돼 삼국시대가 펼쳐집니다. 삼국시대는 위나라의 중신이었던 사마의의 손자인 사마염이 위나라를 무너뜨리고 세운 진(晉)나라가 오나라를 멸망시키면서 막을 내립니다.

나관중이 《삼국지연의》를 창작한 이유는 백성들의 삶을 위협했던 시대적 혼란 때문입니다. 그 배경이 된 한나라 말기에는 황제가 무능하고 관리들의 부정부패가 극심하여 굶주림에 시달리던 백성들이 반란을 일으켜 민란이 끊이지 않았습니다. 백성들이 바랐던 것은 사회 안정과 굶지 않아도 되는 안락한 삶이었습니다. 이러한 백성들의 요구가 이 작품이 만들어진 계기가 되었던 것입니다.

진수의 《삼국지》

진수의 《삼국지》는 나관중의 《삼국지연의》의 바탕이 된 역사서입니다. 《삼국지연의》와는 달리 위나라를 중국 정통 왕조로 보고 서술하였고, 역대 왕조의 변천을 연대순으로 서술한 기전체 방식으로 구성되어 있습니다. 진수의 《삼국지》는 위, 촉, 오, 세 나라가 천하의 패권을 둘러싸고 벌이는 힘과 지혜의 다툼을 워낙 치열하게 펼치고 있어 일찍부터 중국인들에게는 흥미 있는 역사서로 전해져 왔습니다. 서술 내용이 매우 근엄하고 간결하여 정사 중에서도 명저로 손꼽힙니다. 후한 말의 혼란스러운 사회상을 시작으로 삼국의 정립, 후한에서 위로의 정권 이양, 촉의 멸망, 위에서 진으로의 정권 이양, 오의 멸망까지를 서술하고 있습니다. 진수의 《삼국지》는 《사기》《한서》《후한서》

와 함께 중국의 고대 4대 역사서로 불립니다.

《삼국지연의》의 영향

《삼국지연의》는 중국 역사소설 중 가장 우수한 작품으로, 후한 말 황건적의 난부터 위, 촉, 오의 대립을 거쳐 진이 전국을 통일하기까지, 즉 184년부터 280년에 이르는 근 백 년의 역사를 바탕으로 한 소설입니다. 《삼국지연의》는 나관중이 쓴 이후 수차례 개정되었고, 지금 우리에게 전해지는 것은 120회본으로 모종강(毛宗崗) 부자가 1679년에 수정한 것입니다.

　《삼국지연의》가 나온 이후 중국에서는 역사소설이 크게 유행하였습니다. 《삼국지연의》에 나오는 인물들은 수많은 희곡 작품의 주인공으로 다시 태어나 무대에 올려지기도 했습니다. 이 소설 한 편이 중국 역사소설 창작에 일대 변혁을 불러왔다 할 수 있을 것입니다.

● 누구를 위한 영웅이고, 누구를 위한 정의인가?

《삼국지연의》하면 누구나 유비, 관우, 장비를 떠올립니다. 그리고 영웅과 의리, 용맹함을 떠올립니다. 《삼국지연의》는 한 시대를 이끈 영웅호걸들의 이야기입니다. 그래서 수많은 전쟁을 승리로 이끌기 위해 이해관계로 얽힌 전술과 의리, 그리고 배신 등을 그리고 있습니다. 그러나 우리는 한 번쯤 생각해 볼 필요가 있습니다. 이들은 과연 누구를 위한 영웅이었을까요? 이들이 내세운 정의와 의리란 무엇일까요?

기록에 의하면 당시의 황제는 힘이 없었고 탐관오리들은 자기 욕심을 채우기에 급급했습니다. 백성들은 도탄에 빠졌으며 황실에 등을 돌리기 시작했습니다. 당대의 영웅들은 이런 백성들을 구하겠다는 명분으로 정의와 의리를 내세웠습니다. 그러나 결과적으로 남은 것은 정의와 의리의 세상이 아니었습니다. 백성들은 끊임없는 전쟁의 소용돌이 속에서 살아야 했습니다. 전쟁터로 내몰려야 했던 수많은 백성이 진정으로 원했던 것은 무엇이었을까요?

역사는 보는 사람의 관점에 따라 달라질 수 있습니다. 조금만 눈을 돌려 본다면 《삼국지연의》는 소수의 영웅을 위해 다수의 백성을 들러리로 만들고 있음을 알 수 있습니다. 따라서 우리는 끊임없이 의문을 가질 필요가 있습니다. 이들은 '과연 누구를 위한 영웅이고, 이들이 내세운 정의는 과연 누구를 위한 것이었는가?'를 말입니다.

● 《삼국지연의》에 나오는 고사성어

《삼국지연의》를 읽음으로써 얻을 수 있는 유익함 중 하나는 수많은 고사성어를 접할 수 있다는 점입니다. 게다가 실감 나는 이야기를 통해 한자를 익힘으로써 그 의미를 좀 더 구체적으로 이해할 수 있습니다.

- **간뇌도지**(肝腦塗地) 간과 머리의 뇌가 흙에 범벅되었다는 뜻으로 참혹한 죽음도 두렵지 않음을 비유한 말입니다. 위험한 전투에서 유비의 아들인 아두를 구해 온 조자룡에게 유비가 "이 아이 때문에 명장을 잃을 뻔했구나"라고 말하며 아들을 내팽개치자 조자룡이 감동하여 유비에게 "간과 뇌를 쏟아 내도 은공을 갚을 길이 없습니다"라고 대답한 것에서 유래합니다.
- **계륵**(鷄肋) 닭의 갈비를 지칭하는 말로 먹기에는 보잘것없고 또 버리기에는 아까운 것을 비유한 말입니다. 조조와 유비가 한중 땅을 놓고 싸우던 도중 전략을 고민하던 조조가 그날 밤 암호로 던진 말인데 부하인 양수가 한중을 버린다는 암시로 받아들여 철수 명령을 내린 데서 유래하였습니다.
- **괄목상대**(刮目相對) 남의 학식이나 재주가 놀랄 정도로 성장한 것을 경탄하여 눈을 비비고 다시 본다는 뜻입니다. 일개 장수에 불과했던 오나라의 여몽이 손권의 권유에 따라 공부한 지 얼마 지나지 않아 학식을 갖춘 장수로 바뀌자 노숙이 여몽을 칭찬하며 한 말입니다.
- **귀사물엄 궁구막추**(歸師勿俺 窮寇莫追) 물러나는 군사를 덮치지 말고, 궁한 도적을 쫓지 말라는 뜻으로 가정 전투에서 사마가 마속을 물리친 후 했던 말입니다. 싸움을 함에 있어서도 적에게 도망갈 길은 내어 주어야 한다는 의미로 곤란한 사람을 너무 몰아붙이지 말라는 지혜를 담은 말입니다.
- **난공불락**(難攻不落) 공격하기가 어려워 쉽사리 함락할 수 없다는 뜻입니다. 제갈량이 북벌하던 중 학소가 지키는 진창성을 좀처럼 뺏을 수가 없자 감탄하며 했던 말입니다.
- **도원결의**(桃園結義) 복숭아나무가 무성한 정원에서 의를 맺는다는 뜻으로

유비, 관우, 장비가 도원에서 의형제를 맺은 일에서 비롯된 말입니다.

- **비육지탄**(髀肉之嘆) 넓적다리의 살을 한탄한다는 뜻으로 보람 있는 일을 하지 못하고 세월만 헛되이 보낸다는 의미입니다. 유비가 조조와의 여남 전투에서 패한 후 유표에게 몸을 의탁하고 있으면서 쉬는 기간이 길어지자 몸과 마음이 나태해진 것을 깨닫고 눈물을 흘리며 탄식하듯 한 말입니다. 그러나 이때의 비육지탄의 눈물이 유비를 다시 일으켜 촉나라를 세우게 하는 계기가 되었습니다.

- **사면초가**(四面楚歌) 궁지에 빠진 것을 비유하는 말로 한 사람의 동조자도 없이 매우 어려운 상황에 이르렀음을 뜻하는 말입니다. 항우가 유방의 군사에게 포위되었을 때 유방은 항복한 초나라군에게 초나라 노래를 부르게 했습니다. 동서남북 사방에서 초나라 노래가 울려 퍼지자 항우는 초나라 백성이 모두 붙잡혀 포로가 된 줄 알고 절망하고 이후 곧 장렬한 최후를 맞습니다. 그 뒤 이 말은 사방이 적으로 둘러싸인 상황을 뜻하게 되었습니다.

- **삼고초려**(三顧草廬) 세 번이나 초가집을 찾아 방문한다는 뜻으로 훌륭한 인재를 얻기 위해서는 많은 수고를 해야 함을 비유한 말입니다. 유비가 은거하고 있던 제갈량을 세 번이나 찾아간 데서 유래했습니다. 제갈량의 재주를 들은 유비는 두 번이나 그를 찾아가지만 만나지 못합니다. 함께 갔던 관우와 장비는 불만을 내뱉지만 유비는 다시 찾아가서 결국 제갈량을 만납니다. 유비의 이러한 정성에 감동하여 제갈량은 그를 돕기로 합니다. 이렇게 힘들게 얻은 인재는 조조와의 적벽대전을 승리로 이끄는 데 결정적인 역할을 합니다.

- **읍참마속**(泣斬馬謖) 울면서 마속의 목을 베었다는 뜻으로 사사로운 감정을 버리고 엄격히 법을 지켜 기강을 바로 세움을 비유한 말입니다. 촉나라

22. 유비, 관우, 장비의 삼국시대 통일기 《삼국지연의》

의 제갈량이 자신의 명령을 따르지 않고 자기 멋대로 싸우다가 패한 마속을 과거의 공적과 친분에도 불구하고 울면서 목을 베어 본보기로 삼았다는 데서 비롯되었습니다.

- **출사표**(出師表) 전쟁에 나갈 때 자기 생각과 각오를 임금에게 올리는 글을 뜻하는 말로 제갈량이 출병하면서 올린 상소문에서 유래했습니다. 제갈량은 촉한의 황제 유비가 죽자 그의 뜻을 받들어 위나라를 치기 위해 떠나며 출사표를 올렸는데 우국충정이 가득한 명문장으로도 유명합니다.

- **칠종칠금**(七縱七擒) 일곱 번 잡았다가 일곱 번 풀어 준다는 뜻으로 상대를 마음대로 다루거나 인내심을 가지고 기다리는 모습을 비유한 말입니다. 제갈량이 남쪽 오랑캐 남만의 왕 맹획을 길들이기 위해서 사용했던 전략을 가리킵니다. 맹획을 잡은 제갈량은 그를 죽여도 반란은 계속될 것이라 판단하고 풀어 줍니다. 또다시 일으킨 맹획의 반란에 제갈량은 잡았다 풀어 주기를 일곱 번 반복한 후에야 맹획은 진정으로 제갈량에게 복종하고 부하가 됩니다. 제갈량의 뛰어난 지략과 인내심을 잘 보여 주는 고사성어라 할 수 있습니다.

① 《삼국지연의》의 배경이 된 시대의 백성들이 바란 것은 무엇이었을까요?

....

....

....

....

....

....

....

② 진정한 영웅이란 어떤 사람을 말하는 것일까요?

....

....

....

....

....

....

....

한 번 더 생각하기

1. 내가 믿었던 사람이 나쁜 짓을 할 때 아무리 충고를 해 줘도 듣지 않는다면 어떻게 하는 것이 의리라고 생각하나요?

....

....

....

....

2. 진정한 친구란 어떤 사람을 말하는 걸까요?

....

....

....

....

3. 주변에 진정으로 나를 위하는 친구가 있나요? 있다면 어떤 점에서 그렇게 생각하는지 써 보세요.

....

....

....

23

시골 청년 다르타냥과 삼총사가 펼치는 모험
삼총사

🍳**줄거리** 다르타냥은 하급 귀족 출신 청년이다. 1625년 4월 어느 날, 그는 왕을 지키는 총사대에 들어가기 위해 아버지의 소개장을 들고 총사대장 트레빌을 만나고자 파리로 떠난다. 하지만 하룻밤 머문 여관에서 낯선 남자와 결투를 하다 아버지가 써 준 소개장을 빼앗긴다. 트레빌은 소개장 없이 찾아온 다르타냥을 총사대에 받아들일 수 없다고 한다. 그때 마침 소개장을 빼앗아 간 남자를 보고 그를 쫓다가 총사대에서 유명한 삼총사 아토스, 아라미스, 포르토스와 각각 시비가 붙어 결투를 하게 된다. 다르타냥이 막 결투를 하려는 순간 총사대와 사이가 안 좋은 리슐리외 추기경의 근위대가 나타나 나라에서 금한 결투를 하려 했다며 그들을 체포하려 한다. 결국 근위대와 싸움이 벌어지고 싸움에서 이긴 다르타냥은 삼총사에게 인정받고 견습 총사가 된다.

어느 날 다르타냥은 리슐리외의 근위대에 쫓기던 콘스탄스를 구해 주고 첫눈에 반한다. 그 무렵 왕비는 영국의 버킹엄 공작과 사랑에 빠졌는데 이 사실을 안 리슐리외가 왕비를 궁지로 몰려 한다. 왕비가 왕에게 받은 다이아몬드 목걸이를 공작에게 선물했음을 알고 왕비가 꼼짝 못 할 음모를 꾸민 것이다. 리슐리외는 루이 13세를 부추겨 왕비에게 무도회에 다이아몬드 목걸이를 걸고 나오라고 당부하게 한다.

다르타냥은 왕비로부터 버킹엄 공작을 찾아가 다이아몬드 목걸이를 가져오라는 밀명을 받고 삼총사와 함께 런던으로 떠난다. 다르타냥이 버킹엄 공작에게 사정을 이야기하고 다이아몬드 목걸이를 돌려 달라고 하지만 다이아몬드 목걸이는 이미 리슐리외에게 도둑맞은 후였다. 사태의 심각성을 눈치챈 공작은 재주 좋은 보석상에게 부탁해 원래의 것과 똑같은 목걸이를 만들어 삼총사에게 전해 준다. 마침내 무도회가 시작되고 루이 13세는 왕비에게 왜 다이아몬드 목걸이를 하지 않았느냐고 묻는다. 추기경이 기회를 노리고 있다가 왕비의 잘못을 폭로하려 할 때 왕비는 다르타냥이 가져온 다이아몬드 목걸이를 보여준다. 다르타냥 덕분에 위기를 모면한 왕비는 반지를 하사하며 감사를 표한다.

다음 날 다르타냥은 리슐리외의 명령에 따라 다르타냥의 소개장을 훔쳐 갔던 슈로프 백작이 콘스탄스를 납치했다는 사실을 알게 된다. 다르타냥은 그녀를 구하기 위해 삼총사를 불러 모은다. 그때 다르타냥은 영국 귀족 윈터 경을 만나게 된다. 윈터 경은 갑자기 죽은 자기 동생의 재산과 작위만을 물려받고 사라진 여인 밀라디를 찾아 파리로 왔다. 다르타냥은 그를 통해 밀라디가 아토스의 전처였음을 알게 된다. 그 무렵 왕비는 콘스탄스를 무사히 구출해 안전한 곳으로 피신시킨다.

한편 버킹엄 공작의 지원을 받아 위그노의 반란이 일어나고 다르타냥과 삼총사는 반란을 진압하러 간다. 그때 리슐리외가 밀라디에게 버킹엄 공작을 암살할 것을 명하며 '이것을 가지고 있는 자는 어떤 행위를

알렉상드르 뒤마

(Alexandre Dumas, 1802~1870)

대(大)뒤마, 뒤마 페르(père는 아버지라는 뜻의 프랑스어입니다)라고도 합니다. 뒤마는 북프랑스 엔 현의 빌레르 코트레 출생으로 어려서 나폴레옹 1세 휘하의 장군이었던 아버지를 잃고 파리에 가서 오를레앙 공의 글을 써 주는 일을 합니다. 이때 몇 편의 작품을 발표했는데, 그중 사극 《앙리 3세와 그 궁정》이 대성공을 거두게 됩니다. 1830년 7월 혁명 때는 루이 필리프를 지지하여 크게 활약하고 그 후로는 로맨틱한 요소가 풍부하고 정열적인 주제를 솜씨 있게 구사한 〈앙토니〉, 〈네슬레 탑〉, 〈킹〉 등을 상연하여 파리 극단에서 인기를 휩쓸었습니다.

그 후 소설 《삼총사》를 써서 대호평을 받았으며 후편으로 《20년 후》를 그리고 《철가면》 등을 발표했습니다. 그는 총 250편이 넘는 작품을 남겼는데, 빠르게 변하는 장면 전환 기법과 등장인물들의 활기찬 성격 묘사 등이 뛰어났습니다. 그중 사랑과 모험과 복수를 그린 걸작 《몽테크리스토 백작》은 세계적으로도 유명한 작품입니다.

'해도 좋다'는 권한을 부여한 편지를 건네준다. 하지만 아토스가 밀라디에게서 편지를 빼앗아 다르타냥에게 준다. 위그노의 반란 진압에 큰 공을 세운 다르타냥은 리슐리외의 추천으로 정식 총사가 되고, 윈터 경에게 버킹엄 공작의 암살 위험을 알린다. 윈터 경은 밀라디를 붙잡아 런던 탑에 가두지만 밀라디는 버킹엄 공작 암살에 성공하고 수도원에 몸을 숨긴다. 그곳에는 콘스탄스가 숨어 있었는데 밀라디의 정체를 몰랐던 그녀는 밀라디에게 독살당한다.

나중에 이 사실을 안 다르타냥은 밀라디를 죽이고 리슐리외에게 체포되지만 리슐리외가 밀라디에게 써 주었던 '이것을 가지고 있는 자는 어떤 행위를 해도 좋다'는 편지를 내보인다. 리슐리외는 다르타냥의 능력을 인정하고 그와 화해한 후 다르타냥을 총사대 부대장으로 임명한다.

💡 작품 이해

실제 인물과 사건을 소재로 한 역사소설

다르타냥과 삼총사가 모험을 벌이게 되는 일차적인 이유는 국왕 루이 13세와 리슐리외 추기경의 대립 관계 때문입니다. 이러한 상황에서 다르타냥과 삼총사가 권력을 탐하는 리슐리외의 음모를 저지하기 위해 루이 13세의 편에 서면서 일련의 사건들이 발생합니다. 실제로 《삼총사》는 리슐리외가 계획을 세우고 추진한 라 로셸(신교도의 본거지)에 대한 공격, 프랑스와 영국의 대결, 그리고 프랑스에 대항하는 영국, 신성 로마제국, 에스파냐 사이의 동맹 결성과 같은 17세기 유럽의 역사적 사건을 배경으로 하고 있습니다. 또한

17세기 플랑드르 화가 샹파뉴 가 그린 루이 13세

안느 왕비와 버킹엄 공작을 연인 관계로 설정한 것도 루이 13세와 왕비 사이의 비정상적인 부부 관계가 반영된 내용이기도 합니다.

역사와 역사소설 구분하기

역사와 역사소설은 유사해 보이지만 본질적으로는 전혀 다릅니다. 둘 다 과거에 일어난 실제 사실을 다룬다는 점에서는 같지만 역사는 실제 사건을 있는 그대로 서술한 사실의 기록이며, 역사소설은 작가의 상상력으로 허구적 요소를 더해 재구성한 이야기라는 점에서 차이가 있습니다. 따라서 역사소설을 읽을 때는 소설의 사건 전개를 실제 사실로 받아들이기보다 역사적 사건을 다루는 작가의 관점에 더 유의해서 읽어야 합니다.

다르타냥과 삼총사는 행동하는 정의의 사도

다르타냥과 삼총사가 좌충우돌하며 모험에 뛰어들게 하는 원동력은 정의와 용기입니다. 일반적으로 정의란 사람 사이의 올바른 도리나 사회를 구성하고 유지하려는 공정한 도리를 말합니다. 정의의 핵심은 공평한 행위에 있습니다. 정의가 실현되기 위해서는 나의 권리를 보장받아야 하고 동시에 타인의 권리도 보장해 주어야 합니다.

다르타냥과 삼총사는 정의롭지 못한 일에 용감하게 맞섭니다. 이들은 안 느 왕비의 사랑을 얻지 못한 데 대한 복수로 왕비를 파멸시키려는 리슐리외의 행동이 비열한 음모라고 판단했기 때문에 그에 맞선 것입니다. 동시에 루이 13세와 리슐리외의 대립에서 루이 13세의 편에 선 것은 리슐리외가 권력에 대한 과도한 탐욕을 가지고 있다고 생각했기 때문입니다. 작품 마지막 부분에서 밀라디를 죽이는 것도 음모에 가담한 그녀의 악행과 탐욕에 대한 응징입니다. 이처럼 리슐리외와 밀라디는 타인의 권리와 자유를 침범하는 행동을 했고, 이에 맞선 다르타냥과 삼총사는 정의감에서 이에 맞서는 행동을 한 것이라 할 수 있습니다.

✎ 작품을 이해하기 위한 배경 지식

루이 13세(Louis XIII, 1601~1643)

프랑스 부르봉 왕조의 왕(재위 1610~1643)으로 앙리 4세와 마리 드 메디시스 사이에서 태어났습니다. 아홉 살 때 왕위에 올랐기 때문에 모후 마리 드 메디시스가 대신 섭정하였습니다. 1615년 에스파냐 왕 펠리페 3세의 딸 안 도트리슈와 결혼한 후에도 섭정은 계속되었고, 모후의 신임을 받은 재상 콘치노 콘치니의 전횡이 점점 심해지자 1617년에 루이 13세는 측근들과 함께 모의해 콘치니를 암살하고 직접 나라를 통치하는 친정체제(親政體制)를 수립하였습니다. 하지만 권력의 자리에서 밀려난 모후의 반란, 신교도의 반란 등으로 그 뒤로도 계속 어려움을 겪었습니다.

루이 13세는 수년 동안 대립하였던 모후와 화해한 후 리슐리외를 고문으로 등용하였으며, 그의 협력으로 1628년 라 로셸을 근거지로 한 신교도의 마지막 반란을 평정하였습니다. 그 뒤 사부아 원정 때 또다시 모후를 중심으로 한 귀족들의 음모가 있자 루이 13세는 귀국 후 관계자들을 추방 또는 엄벌하고 리슐리외를 재상에 임명하며 프랑스 절대주의 왕정의 기초를 닦습니다.

1635년 루이 13세는 독일의 30년 전쟁에 간섭하면서 독일 황제를 원조하는 에스파냐와 대전하였으며, 1642년에는 자신이 직접 에스파냐의 루시용까지 나가 싸우기도 합니다. 그런데 자신이 그토록 바라던 왕권과 왕정의 모습이 완성된 순간 그의 통치는 갑자기 중단되고 맙니다. 폐결핵으로 리슐리외가 죽은 5개월 후 루이 13세도 장염으로 삶을 마감했기 때문입니다.

리슐리외(Richelieu, 1585~1642)

프랑스의 정치가입니다. 루이 13세의 모후인 마리 드 메디시스에게 발탁되어 왕실 고문관이 되었으나 루이 13세와 긴밀한 정치적 동반 관계를 맺고 마리와 대립하였습니다. 그를 제거하려던 마리는 왕에 의해 숙청되고 이후 재상의 지위를 인정받아 책임 관료제를 수립하였습니다.

소설 공장

프랑스 귀족과 아이티 노예 사이에서 태어난 아버지를 두었던 알렉상드르 뒤마는 흑백 혼혈인이라는 편견과 작품의 통속성 등을 이유로 당대에는 제대로 된 평가를 받지 못했습니다. 또한 작품의 대중적인 성공으로 생전에 큰 재산을 모았으나 이를 탕진하고 빚에 쫓겨 벨기에로 망명하는 등 파란만장한 삶을 살았습니다.

뒤마는 1,500쪽에 이르는 대작 《몽테크리스토 백작》을 일 년도 안 돼 완성했습니다. 또 다른 성공작 《삼총사》도 비슷한 시기에 출간했는데 두 작품을 두 신문에 동시에 연재했습니다. 그 비결은 무엇이었을까요? 바로 '소설 공장'에 있었습니다. 많을 때는 70명까지 일했던 그의 작업실에서 매년 20~30편의 소설을 쏟아 냈습니다. 뒤마가 줄거리와 인물 성격 등을 설정하면 고용 작가들이 세밀한 부분을 써 내려 갔던 것입니다.

악조건을 이겨 낸 위대한 작가

뒤마는 노예의 손자였고 혼혈인이었지만 악조건들을 물리치고 위대한 작가로 우뚝 섰습니다. 그는 등장인물들의 활기찬 성격 묘사와 교묘한 줄거리로 천재 작가의 면모를 보여 주었습니다. 이러한 점들은 후대에도 많은 영향을 끼쳐 지금까지도 훌륭한 작가로 평가받고 있습니다. 그 일례로 뒤마는 프랑스 국가 영웅들만 묻히는 '판테온'에 묻혔습니다. 그곳은 프랑스의 위인들만 묻히는 곳으로 문학가가 판테온에 묻힌 것은 여섯 번째였습니다. 이것만 봐도 뒤마가 얼마나 성공한 작가인지 알 수 있습니다.

대(大)뒤마의 뒤를 잇는 또 한 명의 뒤마는 그의 아들로, 이름까지 똑같아 아버지와 구별하기 위해 소(小)뒤마라 부릅니다. 아들 역시 아버지 못지않은 위대한 작가입니다. 소(小)뒤마는 뒤마 피스(Dumas fils)라고도 부르는데, 피스(fils)는 프랑스어로 '아들'을 뜻합니다. 그는 《춘희》《사생아》등의 작품을 썼으며 사람들로부터 많은 사랑을 받았습니다.

23. 시골 청년 다르타냥과 삼총사가 펼치는 모험 《삼총사》

● 소설가가 쓴 역사는 얼마나 믿어야 할까요?

많은 사람들이 뒤마의 《삼총사》를 통해 프랑스의 역사(17세기 유럽 역사)를 알게 되었다고 합니다. 그것은 프랑스인도 마찬가지입니다. 《삼총사》의 주요 배경은 모두 역사적 사실이며 등장인물 또한 대부분 실제 인물들이기 때문입니다.

그런데 뒤마가 그린 역사적 사실은 실제와는 다소 차이가 있습니다. 루이 13세와 리슐리외에 대한 평가도 마찬가지입니다. 리슐리외는 작품에서 악역으로 등장하는 것과 달리 통일을 방해하는 귀족들을 물리치고, 농민 봉기를 진압하였으며, 각지에 지방 장관을 두어 중앙집권을 강화하였습니다. 동시에 대외적으로는 네덜란드 상인 세력을 축출하기 위하여 중상주의 정책을 펴 절대 왕정 확립에 결정적인 역할을 했다는 긍정적인 평가를 받고 있기 때문입니다. 오히려 다르타냥을 비롯한 총사들이 절대 왕정 확립에 반대되는 일을 한 부정적인 인물들입니다.

하지만 일반 독자들은 전문적인 역사가가 아니므로 오히려 역사에 대한 해석이 가미된 작가의 견해에 더 많은 영향을 받습니다. 따라서 역사와 역사 소설은 전혀 다르다는 점을 잊어서는 안 될 것입니다. 뒤마는 역사의 정확성을 구현하기보다는 그 이면에 가려진 이야기들을 풍부한 상상력과 독특한 구조로 꾸며 독자들에게 재미를 주기 위해 노력했을 뿐입니다.

❶ 여러분이 아는 역사를 바탕으로 한 이야기를 소개해 보세요.

❷ 역사와 역사소설은 어떤 점에서 같나요? 또 다른 점은 무엇일까요?

한 번 더 생각하기

1. 정의란 무엇이라고 생각하나요?

2. 내가 믿고 있는 것이 모두 정의가 될 수 있을까요?

3. 정의롭게 생각하는 것과 정의롭게 행동하는 것은 같은 것일까요, 다른 것일까요?
같다면 어떤 의미에서 같은지, 다르다면 어떤 의미에서 다른지 설명해 보세요.

24

신과 요괴의 이야기로 인간에게 깨달음을 전하다
서유기

🐵**줄거리** 중국의 화과산 꼭대기에 커다란 바위가 생겨나고 오랫동안 햇빛과 달빛을 받은 바위 속에서 원숭이 한 마리가 태어난다. 그는 돌원숭이라고 무리에게 따돌림을 받지만 이내 뛰어난 능력을 발휘해 수렴동이라는 보금자리를 발견하고 미후 왕의 자리에까지 오른다. 미후 왕은 모든 생물은 죽는다는 자연의 섭리를 알고 이왕이면 죽지 않고 오래 사는 도술을 익히기 위해 신선의 제자로 들어간다. 그리고 스승에게 갖가지 도술을 배워 9년 만에 손오공이란 이름을 얻고 근두운이라는 구름을 타고 마음대로 하늘을 날아다닐 수 있는 능력자가 된다.

신선의 경지에 오른 손오공은 원래 보금자리였던 수렴동으로 돌아와 마왕을 물리치고 용궁에까지 쳐들어가 여의봉을 빼앗아 오는 등 자신의 능력을 아낌없이 발휘한다. 이를 괘씸하게 여긴 염라대왕이 그를 끌고 가지만 손오공은 그곳에 있는 생사부의 원숭이 이름을 모두 지워 버리는 등 소란을 일으켜 천상의 노여움을 받는다. 그는 염라대왕의 명령으로 태상노군이 던진 금강탁에 맞아 넘어져 잡히는 바람에 사형 선고를 받지만, 이미 죽지 않는 경지에 올랐기에 전혀 두려워하지 않는다.

이에 옥황상제는 손오공을 석가여래에게 맡긴다. 석가여래는 손오공에게 자신의 손바닥을 벗어나면 모든 것을 용서해 주겠노라고 한다. 손오공은 근두운을 타고 모든 능력을 발휘해 세상 끝까지 갔다 오지만 결국 부처님 손바닥을 벗어나지 못하고 오행산에 갇혀 삼장법사가 오기까지 기다려야 하는 벌을 받는다.

500년 후 삼장법사가 서역으로 불경을 가지러 가는 길에 오행산에서 손오공을 만나 제자로 삼고 함께 길을 떠난다. 손오공이 자신의 재주만 믿고 날뛰는 것을 방지하기 위해 삼장법사는 손오공 머리에 관음보살에게서 받은 금강고를 씌운다. 그리고 손오공이 말을 듣지 않을 때면 신비한 주문으로 그 테를 조임으로써 고통을 줘 고분고분 말을 듣게 한다. 삼장법사는 손오공을 데리고 길을 가다 손오공이 날뛰던 시절 천계에서 천봉 원수의 자리에 있으면서 여자에게 빠진 벌로 돼지 요괴로 환생한 저팔계를 만난다. 부녀자를 홀리며 악행을 일삼던 저팔계는 손오공을 만나 싸우다 크게 패하자 삼장법사의 두 번째 제자가 된다. 삼장법사와 일행은 계속해서 길을 가다 이번에는 물의 요괴인 사오정을 만나 세 번째 제자로 삼는다.

삼장법사와 일행은 서역으로 가는 도중 수많은 도적과 요괴를 만나는 등 모두 80번의 어려움을 겪지만 모두 이겨내고, 108,000리 길을 걸어 서천에 도착한다. 그리고 그곳에 계신 부처님의 설법을 듣고 그 말씀이 담긴 경전을 얻는 기쁨을 누린다.

당나라로 돌아오는 길에 일행은 통천하에서 자라를 만나 곤경에 처한다. 자라는 왜 서역까지 갔으면서 석가여래에게 자신의 수명을 알아

오승은

(吳承恩, 1500(?)~1582(?))

오승은은 중국 명나라 때의 소설가이자 시인으로 자는 여충(汝忠), 호는 사양산인(射陽山人)입니다. 중국의 장쑤성에서 태어나 어릴 때부터 글과 그림에 뛰어난 재주가 있었습니다. 어려서부터 전통적인 유학 교육을 받았고 고전 양식의 시와 산문에 뛰어났습니다. 오승은은 그 당시 문인들이 그랬듯 과거 시험을 통해 벼슬길에 오르려 했지만 과거 제도의 불합리성과 관료들의 부패로 번번이 뜻을 이루지 못하다 늙어서야 겨우 장흥 현승이라는 지방 관리가 될 수 있었습니다. 따라서 그의 생활은 상당히 곤궁했을 것으로 추정됩니다.

오승은은 어린 시절 회안 근교의 옛 절을 돌아다니면서 가는 곳마다 아버지로부터 아름답고 신기한 이야기를 많이 들었습니다. 기이한 이야기를 좋아 하던 그는 책을 엮을 계획을 세우며 어린 시절 들었던 이야기들을 수집했습니다. 당시 명나라는 부정부패로 얼룩져 있어서 그는 7년 동안 하급 관리로 일을 하다가 그만두고 고향으로 내려와 나머지 생애는 글을 쓰면서 보냈습니다. 《서유기》는 그의 나이 일흔 살에 쓴 글입니다.

오승은은 많은 글을 썼지만 오늘날까지 전해지고 있는 것은 《서유기》 외에 《사양산인존고》 《우현지서》만이 있습니다. 그의 작품들은 대개 어지러운 사회를 풍자한 것으로 해학과 재치로 가득합니다.

오지 않았느냐며 삼장법사와 일행을 물에 처넣는다. 이리하여 삼장법사와 일행은 81번의 어려움에 부딪히지만 그때마다 모두 이겨내고 마침내 당나라로 돌아와 태종에게 불경을 바치며 대장정을 마친다. 그리고 마침내 삼장법사는 전단공덕불(旃檀功德佛), 손오공은 투전승불(鬪戰勝佛)이라는 부처의 경지에 오른다. 그리고 저팔계는 정단사자(淨檀使者), 사오정은 금신나한(金身羅漢), 삼장법사의 백마는 팔부천룡(八部天龍)이 되어 부처를 모시는 신의 경지에 오른다.

24. 신과 요괴의 이야기로 인간에게 깨달음을 전하다 《서유기》

작품 이해

중국의 4대 기서 중 하나

중국에는 4대 기서(奇書)가 있는데 《서유기》
《삼국지연의》《수호지》《홍루몽》이 바로 그것
입니다. 이 4편의 고전소설은 중국뿐 아니라
우리나라에도 큰 영향을 끼쳤습니다. 그중 《서
유기》는 신화소설로 중국 민간에 널리 전해지
는 이야기입니다.

《서유기》는 작가 오승은이 죽은 지 10년 뒤
인 1592년에 처음 발표되었습니다. 처음에는
익명으로 발표되어 그의 이름은 고향 외의 지역
에는 잘 알려지지 않았습니다.

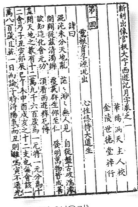

16세기판 《서유기》

현장법사와 실크로드를 모델로 한 신화소설

《서유기》는 7세기에 당나라의 현장법사가 타클라마칸 사막을 지나 북인도에
서 대승 불경을 구하여 돌아오는 17년간에 걸친 고행길을 바탕으로 쓰인 소
설입니다. 현장법사의 이야기는 그의 제자들이 스승의 말을 토대로 쓴 《대당
서역기(大唐西域記)》라는 책에 자세하게 기록되어 있습니다. 그 후 현장법사
가 서쪽으로 여행한 이야기가 널리 퍼졌습니다.

이런 이야기들을 바탕으로 명나라 중엽 오승은이 전해 들은 이야기들을
가공하고 정리하여 《서유기》라는 새로운 신화소설을 탄생시킨 것입니다. 따
라서 《서유기》에서 삼장법사는 현장법사를 모델로 삼은 인물이라는 것을 알
수 있습니다. 여기에 작가가 상상력을 더해 손오공과 저팔계, 사오정 등 기묘

한 인물들을 창조함으로써 환상적인 분위기를 풍기는 신화소설로 탄생한 것입니다.

작품을 이해하기 위한 배경 지식

서역으로 떠나는 현장법사

현장법사(玄奘, 602~664)

현장법사는 사실상 중국 및 우리나라를 포함한 동아시아에 불교를 뿌리내리게 한 인물입니다. 그는 17년간 무려 2만5천 킬로미터에 이르는 거리를 걸어 인도를 다녀왔으며, 20년간 75부 1,335권이라는 어마어마한 양의 경전을 번역해 동아시아 전역으로 불교를 전파했습니다.

그의 제자들이 쓴《대당서역기》에는 130여 개국의 지리, 역사, 문화, 종교, 풍속, 정치, 경제 등이 기록되어 있습니다. 이 책의 방대한 정보는 불교의 역사를 연구하는 데 중요한 사료가 되고 있을 뿐만 아니라 오늘날 전설처럼 전해지고 있는 실크로드를 연구하는 데도 중요한 자료로 쓰이고 있습니다.

실크로드(Silk Road)

고대에 교역이 이루어졌던 길로 중국과 서역 각국을 정치와 경제, 문화 등의 면에서 교류하게 해 준 육지와 해상 교통로를 일컫는 말입니다. 이 명칭은 독일의 지리학자 리히트호펜(Ferdinand von Richthofen)이 처음 사용했습니다. 실크로드는 중국 중원에서부터 타클라마칸 사막, 파미르 고원, 중앙

아시아 초원, 이란 고원을 지나 지중해 동안과 북안에 이르기까지 총 길이가 6,400킬로미터에 달할 뿐만 아니라 동서문화의 교류라는 면에서 역사적으로 큰 의의가 있습니다.

여러 사람의 이야기가 결합한 작품

《서유기》는 신화소설로 많은 사람의 이야기가 결합한 연작소설입니다. 모두 100회로 구성되어 있는데 각각의 이야기는 독립적이지만 연속적으로 이어진 이야기로도 흠잡을 데가 없습니다.

이 소설은 크게 세 부분으로 나눌 수 있습니다. 처음은 원숭이 손오공의 탄생과 천궁에서의 난동, 그리고 그가 마술적 힘을 얻는 과정입니다. 그리고 두 번째는 삼장법사가 서역으로 가는 임무를 받은 이유가 나오는 부분입니다. 그리고 나머지는 바로 삼장법사가 세 제자 손오공과 저팔계, 사오정을 데리고 험난한 모험을 한 끝에 결국 불경을 가지고 오는 부분입니다.

● 손오공을 어떻게 볼 것인가?

현장과 손오공, 저팔계를 그린 《서유기》의 삽화

《서유기》는 도술을 부리고 근두운이라는 구름을 타고 다니며 여의봉을 자유자재로 다루는 손오공의 이야기입니다. 손오공은 자신의 종족인 원숭이들을 평안하게 살게 해 주겠다는 원대한 꿈을 꿉니다. 그것을 이루기 위해 많은 재주를 익히지만 막상 그 재주를 좋은 곳에 쓰지 않고 말썽을 부리는 데 써 석가여래의 노여움을 삽니다. 삼장법사가 머리에 금강고를 씌우지 않았다면 그는 자신의 재주를 그야말로 자신을 위해서만 쓰는 못된 인물이 되었을 것입니다.

그런 점에서 손오공의 행동은 우리에게 많은 교훈을 주는데, 그중 가장 중요한 교훈이 '아무리 뛰어난 재주를 가졌다 하더라도 그것을 나쁜 곳에 쓰면 그 재주는 나쁜 것이 될 수밖에 없다'입니다. 이것은 한번 잘못 쓰인 재주가 사회 전체에 해를 끼칠 수 있기 때문입니다. 따라서 우리는 손오공의 재주가 항상 좋은 쪽으로 쓰일 수 있도록 삼장법사가 손오공의 머리에 금강고를 씌운 이유에 대해 좀 더 진지하게 생각해 볼 필요가 있습니다.

● 금강고는 무엇인가?

금강고는 삼장법사가 손오공에게 깨달음을 주기 위해 활용하는 통제 수단입니다. 이것을 사회적 차원에서 보면 법이라고 볼 수도 있을 것입니다. 법은 규정을 위반할 때 벌을 가하는 통제 방식입니다. 다시 말하자면 법규를 위반하지 않는 범위 내에서는 벌을 가하지 않습니다. 금강고 역시 손오공이 나쁜 짓을 하지 않으면 고통을 주지 않고 나쁜 짓을 할 때만 머리를 조여 고통을 줍니다. 법은 나 스스로 만든 것이 아닌 외부에서 강제적으로 부과되는 것인데, 이 점도 금강고의 성격과 같습니다. 금강고도 삼장법사가 강제적으로 부과한 장치니까요. 그러나 금강고는 질서에 순응시키기 위한 통제 수단으로서만 사용되진 않습니다. 이것을 통해 삶에 대한 이치, 즉 욕망을 억제해야 진리를 얻을 수 있다는 불교적 깨달음에 도달한다는 점에서 사회적으로 통용되는 법과는 차이가 있다 할 수 있겠습니다. 다시 말해 금강고는 인격 수양의 의미도 지니고 있습니다.

❶ 손오공이 자신의 뛰어난 재주를 나쁜 곳에 쓰지 못한 이유는 무엇인가요?

❷ 삼장법사가 손오공 머리에 금강고를 씌워 놓은 것은 좋은 행동일까요?

한 번 더 생각하기

1. 우리 주변에는 좋은 재주를 나쁜 곳에 쓰는 사람들이 많아요. 구체적으로 어떤 사람들이 있는지 두 가지 이상 예를 들어 보세요.

....

....

....

2. 좋은 재주를 나쁜 곳에 쓰지 못하게 하기 위해서는 어떻게 해야 할까요? 해결책을 제시해 보세요.

....

....

....

3. 우리는 사람들이 나쁜 짓을 못 하게 하기 위해 법을 만듭니다. 법과 금강고의 공통점은 무엇인가요?

....

....

....

실제 이야기 위에 소설로 그린 민중의 이상향
수호지

🧑‍🦱 **줄거리** 송나라 말기 황제인 휘종은 측근인 고구에게 벼슬을 내린다. 고구는 황제의 신임을 이용해 세력을 키워 탐관오리가 돼 자신의 마음에 들지 않는 사람은 수단과 방법을 가리지 않고 모함해 벼슬을 빼앗는다.

임충은 무술 교관으로 활동하다가 고구의 계략으로 귀양을 가던 도중 암살의 위험을 느끼고 양산박으로 도망친다. 탐관오리의 생일 예물을 갈취한 조개, 오용, 공손승, 원소이, 원소칠 등도 일이 들통날 위기에 처하자 양산박으로 도망친다. 이들은 양산박의 원래 주인인 왕륜이 자신들을 받아들이지 않자 그를 죽여 버리고 조개가 두령 자리에 오른다. 생일 예물 호위를 맡았다가 탈취를 당해 언제 죽을지 모르는 양지는 노지심 등과 함께 이룡산으로 도망친다.

양산박과 이룡산에는 재주는 뛰어나나 조정으로부터 버림받거나 누명을 쓴 영웅호걸들이 모여들기 시작한다. 시간이 흐르면서 그런 이들이 모두 양산박에 모여 큰 조직을 이루고 탐관오리에 의해 썩을 대로 썩은 조정과 관군을 상대로 싸움을 시작한다. 그런 중에 증씨 형제의 군대와 싸움이 붙고, 처음 두령에 오른 조개는 그 싸움에서 당한 부상으로 결국 눈을 감는다.

조개의 뒤를 이어 송강이 양산박의 우두머리 자리에 오른다. 양산박의 군대가 갈수록 커지고 성이나 관군을 공격하고 물자를 약탈하는 일이 빈번해지자 조정에서는 토벌군을 투입한다. 하지만 양산박의 군대는 토벌군과의 싸움에서 번번이 이긴다. 이때 조정에서는 양산박의 호걸들이 대의명분을 중요하게 여긴다는 것을 알고 그들이 조정으로 진출할 수 있도록 길을 열어 놓는다.

양산박에 관해 소문이 나면서 전국에서 무려 108명의 영웅호걸이 모여든다. 이들은 단순히 약탈을 일삼는 도적의 무리가 아니라 하늘을 대신해 백성을 위해, 의(義)를 위해 목숨을 바치고자 맹세한 강력한 조직으로 발전한다.

그들은 반란을 일으킬 생각이 없었기 때문에 양산박의 일원인 연청이 황제를 단독으로 알현해 양산박 호걸들은 도적이 아니라 의를 행하는 군대라는 사실을 알린다. 황제는 기뻐하며 이들에게 조정에 들어오면 받아 주겠노라 약속한다. 하지만 황제 곁을 지키는 고구를 비롯한 네 명의 간신은 황제가 이들에게 벼슬을 내리는 것을 방해한다.

그 무렵 중국은 요나라의 힘이 세져서 송나라를 침범하기 시작한다. 양산박의 우두머리인 송강을 좋게 보아 온 조정의 예법 대신 숙태위는 황제에게 양산박 군사들을 요나라의 침략을 막는 군대로 이용하자고 건의하고, 황제는 이를 흔쾌히 수락한다. 이제 침략군에 맞선 관군이 된 양산박 108명의 호걸은 전쟁에서 큰 승리를 거두고 끝내 요나라의 항

시내암
(施耐庵, 1296(?)~1370(?))

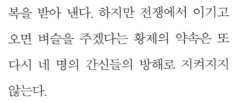

시내암은 원나라 말에서 명나라 초기의 작가로 이름은 자안(子安)이고, 내암은 그의 자입니다. 중국 장쑤성 화이안에서 태어났습니다. 시내암은 아버지가 뱃사공이라 어릴 때부터 물놀이를 하며 살았고 그러한 생활에 익숙했습니다. 시내암은 서른다섯 살에 진사가 되어 2년간 관직에 있었지만 워낙 성격이 강직하여 상급 관리와 자주 마찰을 빚게 되었습니다. 결국 그는 미련 없이 관직을 버리고 은둔 생활을 하면서 창작에 전념했다고 전해지고 있습니다. 원나라 말기 1353년에 '장사성의 난'에 가담했던 것으로 알려져 있을 뿐 자세한 경력은 거의 알려져 있지 않습니다.
시내암의 또 다른 작품으로는 《삼수평요전》과 《지여》 등이 전해지고 있습니다.

복을 받아 낸다. 하지만 전쟁에서 이기고 오면 벼슬을 주겠다는 황제의 약속은 또다시 네 명의 간신들의 방해로 지켜지지 않는다.

양산박 호걸들은 이에 아랑곳하지 않고 황제의 허락을 얻어 수많은 반란군을 토벌하기 시작한다. 그런 과정에서 몇몇 장수들이 전사하거나 떠난다. 그런 중에도 간신들은 계속 벼슬을 내리는 것을 방해하고 양산박 호걸들은 반란군을 토벌하기 위해 강남으로 떠난다. 이 전투에서 많은 호걸이 전사하면서 양산박의 군사 수는 크게 줄어든다. 반란군을 토벌하며 큰 공을 세우지만 매번 벼슬에 오르는 것이 늦춰지자 많은 이들이 떠나면서 이제 양산박의 호걸 수는 27명으로 줄어든다. 그때야 황제는 전사했거나 생존한 사람 모두에게 벼슬을 내리고 포상금을 지급한다. 하지만 토벌이 끝나고 벼슬에 오른 사람들은 대부분 관직에 회의를 느껴 모든 걸 버리고 고향으로 돌아간다.

그 무렵 간신들은 송강을 죽이려고 독

25. 실제 이야기 위에 소설로 그린 민중의 이상향 《수호지》

주를 마시게 한다. 독주를 마시고 죽음을 눈앞에 둔 송강은 혹시 성미 급하고 난폭한 이규가 불만을 품고 나라에 반란을 일으켜 그동안 쌓아 올린 공적이 무너질까 두려워 이규를 불러 같이 독주를 마시게 해 함께 죽음을 맞이한다. 꽃동산에 묻힌 그들을 찾아온 오용과 화영은 살아도 같이 살고 죽어도 같이 죽자는 의리와 명예의 맹세를 지키기 위해 스스로 목숨을 끊어 그들 곁에 묻힌다. 이후 사람들은 그들의 인덕과 충성심을 기리기 위해 사당을 짓고 매년 제사를 지낸다.

🔍 작품 이해

민중들의 삶을 그린 작품

사실《수호지》는 원작자가 시내암인지 나관중인지 확실하지 않습니다. 내용역시 조금씩 다른 비슷한 작품들이 여러 편 전해지고 있습니다.《수호지》의 가장 주된 내용은 수령인 송강을 중심으로 108명의 영웅이 양산박이라는 호숫가에 산채를 만들어 조정과 관료의 부패에 저항하며 민중의 갈채를 받는다는 이야기입니다.

《수호지》에는 노지심, 이규, 무송 등과 같이 신분이 낮은 인물과 임충, 양지, 송강 등과 같이 정권에 불만을 품은 인물들이 등장합니다. 그들은 그야말로 한결같이 부패한 정권에 의해 더는 몰릴 곳이 없는 막다른 골목에 몰린인물들입니다.

《수호지》는 서양의《로빈 후드》와 우리나라의《홍길동전》《임꺽정》《장길산》 같은 의적소설로 분류되기도 합니다.

《수호지》의 영향력

《수호지》의 탁월한 인물 묘사와 표현 기법은 중국 소설 중 으뜸이라 할 수 있습니다. 송나라 말에서 원나라 초에 이르는 영웅들의 이야기는 민중들에게 많은 인기를 얻었습니다. 송나라 때의 역사소설《선화유사》에는《수호지》에 등장하는 36명의 영웅 이야기가 나오고, 원나라 때의 연극에도《수호지》의 주요 인물들이 나옵니다. 명나라 때의 한 책에는 시내암이 쓰고 나관중이 편찬했다는《충의 수호지》100권에 대한 기록이 있습니다. 이러한 점으로 미루어 볼 때《수호지》는 한두 권으로 끝나는 이야기가 아니라 매우 방대한 분량에 이른다는 걸 알 수 있습니다.

《수호지》가 후대 문학, 특히 명나라와 청나라 문학에 끼친 영향은 매우 큽니다. 후대의 소설들이 《수호지》의 인물일부를 재등장시키거나 구성을 모방하였습니다. 명나라의 《금병매》(작자 미상)에서는 《수호지》의 서문경과 반금련이 주인공으로 등장합니다. 청나라의 유만춘이 지은 《탕구지》에는 《수호지》에서 도적이었던 양산박 108인이 조정에 귀순한 것에 반발하여 이들을 잔혹한 살인자와 파괴자로 묘사하였습니다. 이 밖에도 청나라 때 쓰인 《수호후전》(진침 작), 《설악전전》(전채 작)에서도 《수호지》의 인물들이 재등장하고 있습니다.

17세기판 《수호지》

　《수호지》는 중국은 물론 우리나라에도 큰 영향을 미쳐 허균의 《홍길동전》에 의적 이야기라는 소재를 제공했습니다. 현대소설 《임꺽정》(홍명희 작)은 《수호지》의 구성, 즉 독립된 이야기들이 모여 한 편을 이루는 방식을 빌렸습니다.

 작품을 이해하기 위한 배경 지식

민간에 전해 내려오는 영웅 이야기

《수호지》는 민간에 전해 내려오는 반란이란 소재를 취하고 있습니다. 당시 송나라는 당쟁이 격화되고 왕과 관리들은 가혹한 세금으로 백성들을 착취하였는데, 이에 송강(宋江)이라는 사람이 반란을 일으킨 바 있었습니다. 이 소설은 실제로 발생한 이러한 역사적 사실에 문학적 상상력을 보태 송강과 108명의 영웅의 활약상을 그린 작품입니다. 주인공을 송강으로 배경을 양산박으로 설

청나라 초기 화가 진홍수가
그린 송강

정한 것은 실존했던 송강이 양산박에 산채를 지었다고 널리 알려졌기 때문이며, 다른 작품들에서도 송강과 양산박은 배경과 중심인물로 많이 활용되었습니다.

《수호지》의 사실상의 주인공인 송강은 실제로 북송 말인 1120년에 산둥성 일대에서 36명의 부하를 이끌고 반란을 일으켰던 인물을 모델로 했습니다. 그는 이듬해인 1121년 관군의 공격을 받아 투항했다가 다시 반란을 일으키지만 1122년에 관군에게 사로잡힙니다. 그 후의 행적에 대해서는 알려진 바가 없지만 후대에 《수호지》가 세상에 나오면서 송강이라는 이름도 다시 널리 알려지게 되었습니다.

《수호지》의 작가는 누구인가?

학자들 사이에서는 《수호지》의 작가에 대한 의견이 분분합니다. 첫째 시내암이 장사성의 난을 경험하고 직접 썼다는 주장이 있고, 둘째 시내암이 자료를 수집했고 그 내용을 기초로 하여 《삼국지》의 작가인 나관중이 썼다는 주장이 있습니다. 그리고 셋째는 71회까지는 시내암이 쓰고 그 이후는 나관중이 썼다는 주장입니다. 《수호지》의 작가에 대해 이렇게 의견이 분분한 것은 《수호지》가 민간에 전해 내려오는 이야기를 기초로 쓰였기 때문입니다. 이러한 측면으로 볼 때 이 소설은 순수한 개인 창작품으로 보기에는 어려움이 많습니다.

● 왜 도적들이 영웅으로 칭송받고 있는가?

《수호지》는 양산박에 모여든 108명의 도적 이야기입니다. 도적이라면 당연히 사회를 혼란하게 만든 죄를 물어 벌을 주어야 할 것입니다. 시내암이 반역죄를 범한 도적들을 의롭고 훌륭한 영웅호걸로 꾸며 써서 그 자손들이 5대에 걸쳐 눈과 귀가 머는 천벌을 받았다는 이야기가 전해질 정도로《수호지》의 도적에 대한 평가는 상식과 많은 전설이 차이가 있습니다.

그러니까《수호지》에 나오는 도적들은 그 당시 나라를 다스리는 사람들 입장에서는 결코 좋은 사람들이 아니었던 것입니다. 그런데 왜 많은 사람이 수호지의 도적들을 영웅으로 칭송하고 그들의 활약상에 열광했던 것일까요? 우리는 이런 현상을 어떻게 받아들여야 할까요?

인간은 사회적 동물입니다. 그래서 누구나 안정된 사회에서 편안한 삶을 누리기를 원합니다. 그러나 사회를 이끄는 지도층이 자신들의 욕심만 차리고 백성들의 삶을 돌보지 않는다면 사회는 극심한 혼란에 빠질 수밖에 없습니다. 그러다 보면 다수의 국민이 소수의 지도층에 불만을 품고 새로운 사회를 꿈꾸게 되는 것입니다. 그런 과정에서 부패한 사회 지도층에 반기를 드는 인물들이 영웅으로 칭송받는 것은 자연스러운 현상입니다. 국민은 그렇게 해서라도 잘못된 사회 제도가 고쳐졌으면 하고 바랄 만큼 간절하기 때문입니다.

① 도적들이 영웅으로 칭송받는 사회는 어떤 사회인가요?

....

....

....

....

....

....

② 도적들이 영웅으로 칭송받는 사회가 되지 않기 위해서는 어떻게 해야 할까요?

....

....

....

....

....

....

25. 실제 이야기 위에 소설로 그린 민중의 이상향 《수호지》

한 번 더 생각하기

1. 다음 중 《수호지》와 같은 성격을 가진 소설이 아닌 것은 무엇인가요?

① 홍길동전

② 로빈 후드

③ 임꺽정

④ 장길산

⑤ 서유기

2. 옛날에는 지도층이 잘못해 억울하게 피해를 보는 사람들이 많았습니다. 왜 그랬을까요?

....

....

....

....

3. 오늘날에는 국가를 이끄는 대통령과 국회의원들이 잘못하면 그에 저항할 수 있는 방법이 있습니다. 그것은 무엇일까요?

....

....

....

예시 답안

1. 《빨간 머리 앤》

※ 통합 사고력 문제

1. 우리나라 출산률이 낮은 것에 비해 해외 입양률은 세계적으로 높은 편인데 이유가 무엇일까요?
예시 답_ 오랜 유교 문화로 가족주의와 혈통주의를 중요하게 여겨 입양에 대해 부정적으로 생각하기 때문입니다.

2. 입양아에게 입양 사실을 숨기는 것과 알려 주는 것 중에 어느 것이 더 낫다고 생각하나요? 그리고 그 이유는 무엇인가요?
예시 답_ ① 숨기는 것이 더 낫다고 봅니다. 어린 나이에 알면 충격이 클 것이기 때문입니다.
② 어렸을 때부터 알려 주는 것이 오히려 아이를 위해 더 낫다고 봅니다. 나중에 알게 되면 더 큰 충격을 받을지도 모르기 때문입니다.
③ 어릴 때부터 확실히 자신이 처한 상황을 알게 하는 것이 더 나을 수도 있습니다. 입양 사실은 숨겨야 할 어떤 이유도 없습니다. 그리고 무엇보다 입양이라도 차별받지 않는 사회를 만드는 일이 우선이라고 생각합니다. 그런 인식이 먼저 마련되어야 입양을 좀 더 긍정적으로 바라보고 실천하는 가정이 더 많아질 것이라 생각합니다.

※ 한 번 더 생각하기

1. 캐나다 총리가 "영국이 셰익스피어와 인도를 바꾸지 않겠다면, 우리 캐나다는 앤을 그 무엇과도 바꾸지 않겠다"라고 말한 이유는 무엇일까요?
예시 답_ 캐나다인들이 앤을 그 무엇과도 바꾸지 않겠다고 할 정도로 《빨간 머리 앤》이 그들에게 자부심을 심어 주었기 때문입니다.

2. 사람들이 《빨간 머리 앤》을 실제 이야기처럼 믿는 이유는 무엇일까요?
예시 답_ 인물들의 모습과 캐나다의 자연을 생생하게 묘사했기 때문입니다. 특히 앤이 말하고 행동하는 모습은 마치 작가가 이웃집 소녀를 보고 글을 쓴 것같이 입체적이거든요.

3. 앤을 친구처럼 생각하고 앤에게 꼭 하고 싶은 말이 있다면 글로 표현해 보세요.

예시 답_ 앤 셜리 넌 너무 사랑스러워. 널 지켜본 사람이라면 누구라도 너한테 푹 빠져 버리지. 네가 항상 밝게 생활하는 모습을 보면 나도 힘이 나고, 다른 사람들을 진심으로 대하는 모습을 보면 나도 누군가에게 너와 같은 친구가 되어 주고 싶어.

2. 《톰 소여의 모험》

※ 통합 사고력 문제

1. '마마보이'란 어떤 사람을 가리키는 말인가요?
예시 답_ 자기 일을 스스로 하지 못하고 매사에 어머니한테 의존하는 사람을 가리키는 말입니다.

2. 어린이가 주인공인 모험소설의 유익한 점은 무엇인가요?
예시 답_ 어린이가 주인공인 모험소설에서는 호기심 많은 어린 주인공의 용감하고 적극적인 활약이 펼쳐져요. 이러한 이야기를 읽음으로써 보다 능동적이고 주체적인 삶의 태도를 배울 수 있어요.

※ 한 번 더 생각하기

1. 적극적이고 주체적으로 산다는 것은 무엇일까요?
예시 답_ 남에게 의존하지 않고 내가 해야 할 일을 스스로 해결해 가면서 산다는 거예요.

2. 자기 일을 스스로 해결하지 못하면 무슨 문제가 생길까요?
예시 답_ 나중에 어른이 되었을 때 아무 일도 할 수가 없어요. 또한 남들한테 무시당해서 세상 살아가기가 어려워요.

3. 여러분이 장래에 하고 싶은 일은 무엇인가요? 그것을 이루기 위해 어떻게 해야 할까요?
예시 답_ 저는 선생님이 되고 싶어요. 훌륭한 선생님이 되기 위해서는 아는 것이 많아야 해요. 나중에 아이들을 가르치기 위해서라도 많은 지식을 습득하기 위해 열심히 공부해야 해요.

3. 《나의 라임오렌지나무》

※ 통합 사고력 문제

1. 비밀을 털어놓을 수 있는 가장 친한 사람을

소개해 보세요.

예시 답_ ① 친구 OO이가 있어요. OO이는 한 번도 약속을 어긴 적이 없는 믿음직스러운 친구예요.

② 형제가 있어요. 때로는 싸우기도 하지만 금방 화해하고 어려울 때는 서로 돕기도 해요.

2. 비밀을 털어놓으면 무엇이 좋을까요? 아니면 비밀을 털어놓지 않는 것이 좋은 이유는 어떤 것이 있는지 말해 보세요.

예시 답_ ① 비밀을 털어놓으면 해결책을 찾을 수도 있고, 무거운 마음도 조금 내려놓게 돼 그것만으로도 심리적 부담이 덜어지지요.

② 비밀을 털어놓지 않는 것이 좋은 까닭은 대부분의 사람들이 비밀을 지키지 않고 소문을 내기 때문이에요. 설사 비밀을 털어놓더라도 해결되는 게 별로 없기 때문에 털어놓지 않는 게 좋겠어요.

※ 한 번 더 생각하기

1. 제제처럼 사람이 아닌 사물과 대화를 나눈다면 어떤 점이 좋을까요?

예시 답_ 말을 하지 못하는 사물과 대화를 나누는 것은 결국 자기 자신과 대화하는 걸 의미해요. 그러한 대화를 통해 자신을 더 많이 알 수 있고, 자신의 감정을 밖으로 드러낼 수 있어 정신 건강에도 좋을 거예요.

2. 제제는 슬퍼 보이는 아빠를 위로하기 위해 노래를 불렀다가 오히려 매만 맞았어요. 작가가 이러한 아빠를 통해 말하고자 하는 것은 무엇일까요?

예시 답_ 제제의 착한 마음도 모르고 노래 가사가 야하다는 이유로 아빠는 제제에게 매를 들었어요. 이것은 상상력과 순수한 감정을 잃어버린 어른들의 황폐한 내면을 보여 주는 것이라고 볼 수 있어요.

3. 이 작품에서 자전 소설적인 장면을 찾아 자전적 부분(실제 경험)과 소설적 부분(꾸며낸 경험)으로 구분해 보세요.

예시 답_ 자전 소설적 장면이 잘 드러나는 곳은 나무 밍기뉴와 나누는 대화 중 제제가 이야기하는 부분이에요. 제제가 이야기하는 내용은 작가가 어린 시절 겪었던 실제 경험에 해당하는 자전적 부분이라 할 수 있죠. 반면 밍기뉴와 대화를 나누는 모습은 꾸며낸 부분이므로 소설적 부분이라 할 수 있어요.

4. 《홍당무》

※ 통합 사고력 문제

1. 내가 아는 사춘기의 특징에 대해 말해 보세요.

예시 답_ 독립하고 싶어 하는 마음이 강해요. 구속을 싫어하고 남보다 나를 먼저 생각하고 외모에 관심이 많으며 감정적으로 행동하는 경우가 많아요. 어른들은 자신의 행동에 대해 책임을 져야 한다고 생각하기 때문에 행동하기 전에 주변 사람들을 먼저 고려하지만, 사춘기 청소년들은 행동에 대한 책임을 생각하기보다 충동적으로 먼저 행동부터 하는 경향이 있다고 여겨집니다.

2. 누군가에게 사랑받고 있지 못하다는 느낌이 들 때가 있나요? 그렇다면 언제 그런가요?

예시 답_ 생략

※ 한 번 더 생각하기

1. 나의 별명은 무엇인가요?

예시 답_ 생략

2. 여러분은 별명으로 불렸을 때 어떤 기분이 드나요?

예시 답_ ① 기분이 나빠요. 왜냐하면 나의 약점을 들춰내는 별명이기 때문이에요.

② 기분이 좋아요. 친구들이 내 장점을 따서 붙여 준 별명이기 때문이에요.

3. 이름 대신 별명으로 부르면 좋은 점이 많을까요, 나쁜 점이 많을까요? 좋은 점이 많으면 왜 그런지, 나쁜 점이 많으면 왜 그런지 얘기해 보세요.

예시 답_ 상대가 불러 달라는 대로 예쁜 별명을 부르면 좋겠지만, 대개 별명을 부를 때는 상대의 약점을 짚어서 부르는 경우가 더 많아요. 듣는 사람은 자신의 약점이 드러나니까 기분 나쁘기 마련이죠. 따라서 별명으로 부르는 것은 나쁜 점이 더 많다고 봐요.

5. 《어린 왕자》

※ 통합 사고력 문제

1. 서럽게 울고 있는 어린 왕자에게 여우가 다가와 자기를 길들여 달라고 말합니다. '길들인다'는 것은 무슨 뜻일까요?
예시 답_ 두 사람 사이에 서로 관계를 맺는 거예요. 관계를 맺기 위해서는 서로 통하는 부분이 있어야 해요.

2. 어린 왕자는 여러 별을 여행하면서 만난 사람들을 이해하지 못합니다. 그 인물 중에 떠오르는 사람 한 명과 이해할 수 없었던 이유를 쓰세요.
예시 답_ 술주정뱅이. 애초에 술을 마시지 않으면 될 텐데 왜 그런 핑계를 대는지 모르겠어요.

※ 한 번 더 생각하기

1. 친구와 사귈 때는 어떤 마음과 태도를 가져야 할까요?
예시 답_ 상대와 내가 서로 통하기 위해서는 진실한 마음을 가져야 해요.

2. '마음으로 세상을 본다'는 의미는 무엇인가요? 어린 왕자는 다른 사람들이 보지 못한 무엇을 보았나요?
예시 답_ 내가 기쁘면 세상도 기뻐 보이고 내가 슬프면 세상도 슬퍼 보이는 것처럼 세상은 마음을 통해 볼 수 있어요.

3. 어린 왕자가 자기 별로 돌아가서 지금은 어떻게 지내고 있을지 자유롭게 상상해 보고, 그다음 이야기를 재미있게 만들어 보세요.
예시 답_ 순수한 마음으로 끊임없이 호기심을 풀기 위해 더 많은 별을 여행할 거예요.

6. 《톨스토이 단편선》

※ 통합 사고력 문제

1. 모든 사람이 자기 욕심만 부린다면 어떤 일이 벌어질까요?
예시 답_ 서로 자기 욕심만 채우려 들면 언제 자기 것을 빼앗길지 몰라 불안에 떨며 살아야 해요. 누구나 자기 욕심을 채우기 위해 남의 것을 빼앗는 행동을 당연하게 여길 테니까요.

2. 내가 아는 사랑에 대해 간략하게 정리해 보

세요.
예시 답_ 어떤 사람을 좋아하고, 그 사람을 위해서 많은 것을 해 주고 싶어 하는 마음이라고 생각해요.

3. 여러분은 어떤 사람을 좋아하고 어떤 사람을 미워하나요? 그리고 다른 사람은 어떤 사람을 좋아하고 어떤 사람을 미워하나요?
예시 답_ 나는 나한테 잘해 주는 사람을 사랑하고 나한테 못 해 주는 사람을 미워해요. 또는 자기 욕심만 부리는 사람을 미워하고 잘 양보하는 사람을 좋아해요. 마찬가지로 다른 사람도 자기한테 잘해 주는 사람을 좋아하고 자기한테 못 해 주는 사람을 미워할 것입니다. 남을 배려하지 않고 자기 욕심만 부리는 사람을 싫어하고 바르고 공정한 사람을 좋아할 것입니다.

※ 한 번 더 생각하기

1. 사랑할 때 마음하고 미워할 때 마음은 어떻게 다른가요? 사랑하는 사람을 떠올릴 때와 미워하는 사람을 떠올릴 때 마음이 어떻게 다른지 표현해 보세요.
예시 답_ 사랑하는 사람을 떠올리면 마음이 즐겁지만 미워하는 사람을 떠올리면 마음이 괜히 불편해져요.

2. 인간은 왜 사랑하는 것이 좋다는 것을 알면서도 누군가를 미워하게 될까요?
예시 답_ 인간은 누구나 욕심이 있기 때문이에요. 아무리 상대가 나쁘다 하더라도 욕심을 버리면 용서할 수 있는데 그렇게 하기가 쉽지 않은 일이라서 상대를 미워하게 되는 거예요.

3. 인간을 왜 사회적 동물이라고 할까요? 인간이 행복해지기 위해서는 어떻게 해야 할까요?
예시 답_ 내가 먼저 다른 사람을 생각하는 마음을 갖고 좋은 사회를 만들기 위해 노력해야 해요. 사회가 안정되고 행복해야 그 사회에서 사는 나도 행복해질 수 있기 때문이에요.

7. 《탈무드》

※ 통합 사고력 문제

1. 지식과 지혜의 차이는 무엇인가요?
예시 답_ 지식은 새로운 것을 이론적으로 아는

예시 답안

것이고, 지혜는 생활 속에서 지식을 실제로 활용할 줄 아는 거예요.

2. 왜 지식보다 지혜가 중요하다고 하는 걸까요?

예시 답_ 우리가 아는 것을 실제 생활에 써먹을 줄 아는 지혜가 없다면 지식은 오히려 말만 앞세우는 사람만 만들어 사회에 부정적 영향을 미칠 수 있기 때문이에요.

※ 한 번 더 생각하기

1. 우리는 왜 아는 것과 행동하는 것이 일치하지 않을까요?

예시 답_ 무언가를 머릿속으로는 알고 있어도 그것을 실제 행동으로 옮기기는 쉽지 않기 때문이에요.

2. 잘 알면서도 실행하지 못하는 것에는 무엇이 있을까요?

예시 답_ 부모님께 효도해야 한다는 것을 알면서도 잘 실천하지 못해요. 또 공부를 열심히 해야 한다는 것을 알면서도 잘 안 해요.

3. 지식을 지혜로 만들기 위해서는 어떤 과정을 거쳐야 할까요?

예시 답_ 먼저 지식으로만 아는 것이 전부가 아니며 지혜로 실천할 줄 알아야 한다는 사실을 명심하고, 자꾸만 아는 것을 행동으로 옮기는 연습을 해야 해요.

8. 《해저 2만 리》

※ 통합 사고력 문제

1. 공상과 이상의 공통점과 차이점은 무엇인가요?

예시 답_ 공상과 이상은 모두 현실에는 없는 것에 대한 생각이라는 데 공통점이 있어요. 그러나 공상은 실현 가능성이 없는 생각에 불과한데 비해, 이상은 구체적인 목표를 가지고 그것을 실현시키기 위해 노력하게 만드는 생각이라는 점에서 차이가 있습니다.

2. '젊은이여, 이상을 가져라!'라는 말에서 이상이란 무엇을 뜻하는 것일까요?

예시 답_ 젊은이는 미래의 시간이 더 많은 사람

이에요. 따라서 지금은 가진 게 없더라도 자신이 원하는 미래를 얻기 위해 꿈을 가지라는 말입니다. 꿈을 이루는 데는 공상과 같은 상상력도 중요한 요소가 될 수 있으니까요.

※ 한 번 더 생각하기

1. 나의 장래 희망은 무엇인지 써 보세요.

예시 답_ 생략

2. 나의 장래 희망이 단순한 공상이 아니라 이상이라는 것을 증명하기 위해서는 어떻게 해야 할까요?

예시 답_ 공상은 현실에서는 실현 가능성이 없는 그저 생각일 뿐이에요. 그러나 이상은 어떤 완전한 상태를 얻고자 하는 목표 의식입니다. 따라서 공상을 이상으로 만들기 위해서는 현실에 바탕을 두고 목표를 이루기 위해 끊임없이 노력해야 해요.

3. 현재와 같은 잠수함이 만들어지기까지 쥘 베른의 영향이 컸다는 의견이 있습니다. 그 이유는 무엇인가요?

예시 답_ 쥘 베른이 소설에서 만들어 낸 잠수함은 당시에는 공상에 불과했지만 사람들이 호기심과 상상력을 불러일으켜서 결국 현실에서 실현시켰어요. 따라서 쥘 베른의 공상이 잠수함 발전을 가능하게 하는 계기가 되었던 거죠.

9. 《타임머신》

※ 통합 사고력 문제

1. 지금은 불가능한 타임머신이 언젠가는 만들어질 수도 있다고 믿는 근거는 무엇인가요?

예시 답_ 예전에는 불가능하다고 여겼던 우주여행이 현실에서 실현된 것처럼 언젠가는 타임머신을 타고 시간 여행을 하는 일도 가능하다는 것을 예측할 수 있기 때문이에요.

2. 과학의 가치중립성이란 무엇인가요?

예시 답_ 과학 문명은 그 자체가 좋고 나쁜 것이 아니라 그것을 사용하는 사람에 따라 좋은 것이 될 수도 있고 나쁜 것이 될 수도 있음을 인정하는 자세입니다.

※ 한 번 더 생각하기

1. 타임머신이 만들어진다면 좋은 점은 무엇일

까요?

예시 답_ 타임머신이 만들어진다면 좋은 점이 아주 많아요. 무엇보다 과거나 미래를 볼 수 있으므로 많은 궁금증을 해결할 수 있을 뿐만 아니라 잘못된 것을 찾아 고칠 수도 있으니까요.

2. 타임머신이 만들어졌을 때 생길 수 있는 문제로는 무엇이 있을까요?

예시 답_ ① 타임머신은 과거나 미래를 볼 수 있으므로 자신의 잘못을 고칠 수 있겠지만, 그렇게 되면 미래를 위한 현재의 노력은 아무 가치가 없어질 수도 있어요. 결과를 모르는 상태에서도 목표를 향해 노력하는 현재의 모습이 가장 중요하기 때문이에요.
② 아무리 좋은 의도로 만들었다 해도 나쁘게 이용하려는 사람들이 있게 마련입니다. 시간을 거슬러 올라 미래를 함부로 조종하려 한다면 여러 문제가 생길 수도 있으니 조심해야 합니다.

3. 만약에 타임머신 때문에 인류에게 재앙이 닥친다면 타임머신을 만든 과학자의 책임일까요, 그것을 잘못 사용한 사람의 책임일까요?

예시 답_ 과학의 가치중립성에 따르면 만약 타임머신 때문에 인류에게 재앙이 닥친다 해도 그것을 잘못 사용한 사람의 책임이 더 크다고 할 수 있어요. 최초의 발명자가 나쁜 결과를 의도하고 만든 것은 아니니까요.

10. 《바스커빌 가문의 개》

※ 통합 사고력 문제

1. 인과법칙이란 무엇인가요?

예시 답_ 무슨 일이든지 원인이 있으면 반드시 결과가 있다는 뜻이에요. 또한 반대로 결과가 있는 곳에는 반드시 원인이 있다는 말도 됩니다.

2. 코넌 도일의 추리소설이 유럽에서 큰 인기를 끌 수 있었던 이유는 무엇인가요?

예시 답_ 추리소설은 과학적인 논리에 의해 전개되는 소설이에요. 이러한 소설이 유럽에서 큰 인기를 끌 수 있었던 것은 과학적이고 합리적인 생활 방식을 중시하는 유럽인들의 성향에 맞았기 때문입니다.

※ 한 번 더 생각하기

1. 다음 중 자기가 한 일은 반드시 자기가 대가를 치른다는 말을 나타내는 한자성어가 아닌 것은 무엇인가요?

답_ ⑤ 타산지석

2. 공부를 잘하기 위해서는 어떻게 해야 하는지 인과법칙으로 설명해 보세요.

예시 답_ 공부를 잘하기 위해서는 공부를 열심히 해야 해요. 그런데 공부를 열심히 하기 위한 가장 좋은 방법은 재미있게 하는 것이에요. 따라서 공부를 재미있게 하면 공부를 잘하게 될 확률이 높아져요.

11. 《이상한 나라의 앨리스》

※ 통합 사고력 문제

1. 일반적인 소설과 판타지 소설의 차이는 무엇인가요?

예시 답_ 일반적인 소설은 현실에서 있음 직한 이야기를 소설로 쓴 것이고, 판타지 소설은 현실적으로 불가능한 이야기를 소설로 쓴 거예요.

2. 《이상한 나라의 앨리스》를 판타지 소설로 보는 이유는 무엇인가요?

예시 답_ 앨리스가 겪었던 일이나 사건은 현실에서는 일어날 수 없는 일들이고, 기상천외하고 황당무계한 전개가 현실 세계의 질서와 기존의 사고방식을 깨뜨리고 있기 때문이에요.

※ 한 번 더 생각하기

1. 판타지 소설의 좋은 점은 무엇인가요?

예시 답_ 한 번도 생각해 본 적 없는 이야기로, 우리의 고정관념이나 틀에 박힌 상식으로 인해 잠들어 있던 무의식을 일깨워 열린 시각으로 세상을 바라보게 합니다.

2. 판타지 소설의 문제점은 무엇인가요?

예시 답_ 독자가 자칫 비판 없이 받아들이면 작품 속 이야기를 사실로 생각하고 현실과 동떨어진 세계로 빠져 사회에 적응하지 못할 수가 있어요.

3. 현실과 동떨어진 생각에는 어떤 것이 있을까요? 현실적으로 불가능한 것에는 무엇이 있는지 생각해 보고 각자 자유롭게 표현해 보세요.

예시 답_ 어느 날 갑자기 어깨에 날개가 생겼

다고 생각해 봤어요. 하지만 날개는 곤충과 조류에게만 있고 사람의 몸에서는 자라날 수 없어요.

12. 《오즈의 마법사》

※ 통합 사고력 문제

1. 여러분이 진정으로 원하는 것은 무엇인가요? 허수아비, 양철 나무꾼, 겁쟁이 사자처럼 자신에게 꼭 필요한 것이 무엇인지 생각해 보세요.

예시 답_ 생략

2. 여러분은 원하는 것을 얻기 위해서 어떻게 해야 할까요?

예시 답_ 먼저 목표를 정하고 그것을 얻기 위해 어떤 어려움도 이겨 내겠다는 마음으로 최선을 다해야 해요.

※ 한 번 더 생각하기

1. 허수아비가 원했던 것은 무엇이고 왜 그걸 원했을까요?

답_ 뇌. 뇌가 없어서 생각하지 못하니까 불편한 점이 무척 많았을 거예요. 그래서 똑똑한 머리를 갖기를 원했을 것입니다.

2. 양철 나무꾼이 심장을 갖고 싶어 했던 이유는 무엇인가요?

답_ 심장이 없어서 사랑할 수 없었기 때문이에요. 양철 나무꾼은 사랑하는 마음을 갖고 싶었던 거예요.

3. 사자가 갖고 싶어 한 용기는 무엇일까요? 여러분이 생각하는 용기에 대해서 설명해 보세요.

예시 답_ 내가 원하는 것을 이루기 위해 아무리 두렵더라도 무서워하지 않고 최선을 다할 수 있는 마음이에요.

13. 《아라비안나이트》

※ 통합 사고력 문제

1. 옛날이야기를 왜 구비 문학이라고 할까요?

예시 답_ 구비 문학이란 옛날부터 말로 전해져 내려오는 이야기를 말해요. 문자가 생겨나기 전 이야기들은 입에서 입으로 전해져 내려올 수밖에 없었기 때문이에요.

2. 구비 문학이 중요한 이유는 무엇 때문인가요?

예시 답_ 구비 문학에는 옛날 사람들의 삶의 지혜와 슬기가 담겨 있어요. 그래서 구비 문학을 읽으면 현대의 지식을 통해서는 배울 수 없는 지혜와 슬기를 배울 수 있어요.

※ 한 번 더 생각하기

1. 《아라비안나이트》를 구비 문학이라고 하는 이유는 무엇인가요?

예시 답_ 작가가 알려져 있지 않고 오랜 세월에 걸쳐 많은 이야기가 보태졌기 때문이에요.

2. 여러분이 아는 구비 문학에는 어떤 것들이 있나요? 그 작품들을 소개해 보세요.

예시 답_ 〈콩쥐팥쥐〉〈심청전〉〈흥부전〉〈토끼전〉 등이 있어요.

3. 여러분이 가장 좋아하는 구비 문학에는 어떤 것이 있나요? 그 이유는 무엇인가요?

예시 답_ 청개구리 이야기. 늘 엄마 말과는 반대로 행동하던 청개구리가 엄마의 유언만은 그대로 따라 비가 올 때마다 산소가 떠내려갈까 봐 운다는 이야기가 너무 가슴 아팠어요.

14. 《그리스 로마 신화》

※ 통합 사고력 문제

1. 에로스적 사랑이라는 말의 뿌리는 어디에서 온 건가요?

예시 답_ 그리스 로마 신화에 나오는 〈에로스와 프시케〉 이야기에서 온 거예요.

2. 그리스 로마 신화에 나오는 인물로서 인간이 이룰 수 없다고 포기한 비상의 꿈을 이룬 사람은 누구인가요?

예시 답_ 이카로스

※ 한 번 더 생각하기

1. 참된 사랑이란 무엇이라고 생각하나요?

예시 답_ 상대를 위해서 모든 것을 줄 수 있는 사랑을 말해요.

2. 사랑했던 사람들이 서로 미워하고 싸우고 헤어지는 이유는 무엇이라고 생각하나요?

예시 답_ 지나치게 자기 욕심만 생각하기 때문이에요. 상대를 배려하는 참된 사랑을 하지 않기 때문이에요.

3. 이카로스의 날개가 뜻하는 것은 무엇인가요?

예시 답_ 작은 재주나 능력만 믿고 오만하게 굴 거나 자만심 때문에 올바르게 판단하지 못하는 것을 상징합니다.

15.《로빈슨 크루소》

※ 통합 사고력 문제

1. 문화 상대주의와 문화 절대주의 개념이 무엇인지 찾아보고 그 뜻을 아는 대로 써 보세요.

예시 답_ 문화 상대주의는 서로 다른 문화의 가치를 인정하는 개념이며, 문화 절대주의는 특정한 문화의 가치만 인정하는 개념이에요.

2. 유럽인들은 왜 원주민들을 식인종으로 표현했을까요? 시대 상황과 결부시켜 그 이유가 무엇인지 생각해 보고 글로 써 보세요.

예시 답_ 유럽인들이 다른 나라를 식민지로 삼을 때 그 정당성을 확보하기 위해 침략한 나라의 원주민을 식인종으로 묘사하여 혐오감을 조장했던 거예요.

※ 한 번 더 생각하기

1. 로빈슨 크루소는 무슨 일을 하다가 무인도에 표류하게 됐나요?

예시 답_ 로빈슨 크루소는 브라질에서 사탕수수 농장을 경영하다가 농장에서 일을 시킬 노예를 데려오기 위해 배를 타고 가던 중 표류하게 되었어요.

2. 로빈슨 크루소처럼 무인도에 표류하게 된다면 제일 먼저 무엇부터 해야 할까요? 무인도에서 살아남을 방법을 생각해 보고 글로 써 보세요.

무인도에서 살아남기 위해서는 무엇보다 가장 먼저 물을 구해야 해요. 물은 인간의 생존에 가장 필수적인 요소라 할 수 있어요. 음식 없이는 몇 주 동안 버틸 수 있어도 물 없이는 며칠도 버틸 수 없기 때문입니다.

3. 백인인 로빈슨은 주인이고, 원주민인 프라이데이는 당연히 노예인 식으로 이야기가 설정된 이유는 무엇 때문일까요?

예시 답_ 프라이데이가 자신을 구해 준 은혜의 보답으로 스스로 노예가 되려 하자 로빈슨은 자연스럽게 그 뜻을 받아들입니다. 이러한 태도는 당시 백인 우월주의의 영향으로, 아무리 뛰어난 작가라 할지라도 자신이 살고 있는 시대의 잘못된 이념을 비판적으로 보기가 어렵다는 교훈을 줍니다.

16.《베니스의 상인》

※ 통합 사고력 문제

1.《베니스의 상인》을 문화적 갈등이라는 관점에서 볼 때, 이 작품에 나타난 우월한 문화와 열등한 문화를 지적해 보세요.

예시 답_ 유럽의 기독교 문화는 합리적이며 자비심 많은 우월한 문화, 유대인의 유대교는 그렇지 못한 열등한 문화로 설정되어 있습니다.

2. 안토니오가 빌린 돈을 갚지 못하게 되자 친구인 바사니오가 두세 배로 빚을 갚겠다고 해도 샤일록이 이 제안을 거절합니다. 그 이유는 무엇인가요?

예시 답_ 샤일록은 돈 계산에 밝은 대부업자지만 그동안 기독교도인들에게 받은 모욕감에 복수하기 위해 그런 결정을 내렸습니다.

※ 한 번 더 생각하기

1. 바사니오에 대한 포셔의 사랑이 낭만적인 이유는 무엇인가요?

예시 답_ 낭만이란 현실적 이익을 초월하여 자신의 개성과 이상을 추구하는 경향을 말합니다. 명문 귀족의 딸 포셔는 권력과 재산이 많은 남편감들이 청혼하러 오지만 사랑의 감정을 느끼고 있는 평범한 바사니오를 선택합니다. 이것은 이익보다는 이상을 좇는 행동이어서 낭만적이라고 할 수 있습니다.

2. 유대인에 대한 박해는 19세기 이후에 와서 어떤 이론을 악용하여 더욱 심해졌습니다. 인종차별주의의 근거로 악용된 이 이론은 무엇인가요?

예시 답_ 사회적 다윈이즘

3. 한국의 대중문화가 세계적으로 영향력을 미치고 있는 분야를 제시하고 그 문화적 힘에 대

해 말해 보세요.

예시 답_ 전 세계적으로 큰 영향력을 발휘하고 있는 한국의 대중문화로는 K-pop, 드라마, 영화 등이 있어요. 이러한 문화 콘텐츠들은 한국어, 한국의 예술, 한국의 전통문화뿐만 아니라 한국의 모든 분야에 대한 세계인의 관심을 불러일으켜 한국의 위상을 높이는 데 큰 힘을 발휘하고 있습니다.

17. 《레미제라블》

※ 통합 사고력 문제

1. 장발장형 범죄란 무엇을 뜻하는 것인가요?

예시 답_ 먹고살 길이 막막해서 어쩔 수 없이 생계를 위해 저지르는 범죄를 말해요.

2. 장발장형 범죄는 왜 생기는 것일까요?

예시 답_ 장발장형 범죄가 발생하는 것은 사회가 가난한 서민들을 돌보지 않기 때문이에요.

※ 한 번 더 생각하기

1. 가난한 엄마가 아기 분유를 훔쳤다면 우리는 이 사람에게 어떻게 해야 할까요?

예시 답_ 모든 국민은 법을 지켜야 하므로 처벌을 받아야 합니다. 아무리 목적이 좋다고 하더라도 그 방법이 옳지 않다면 분명 잘못된 것이기 때문입니다. 그러나 과도한 형벌을 주기보다는 훈방 조치를 하는 것이 바람직하다고 생각합니다.

2. 가난한 사람이 먹고살기 위해서 어쩔 수 없이 물건을 훔친 것에 대해 엄격하게 법을 적용해 벌을 준다면 사회는 더 혼란스러워질 수도 있어요. 왜 그럴까요?

예시 답_ 여기에 대해서는 찬반이 있을 수 있습니다. 그러나 그 원인이 무엇인지부터 먼저 생각해 본다면 문제의 해결책이 보일 것입니다. 먹고살기 힘든 것이 개인의 문제가 아니라 사회 구조의 문제일 경우 개인적 처벌은 일시적 방편일 뿐 진정한 해결책이 아닙니다. 가난하고 성실한 사람이 먹고살 수 있는 환경을 만들어 주면 사회는 안정될 것이라 생각합니다.

3. 부유한 사람들이 가난한 사람들을 돕는 것은 가난한 사람만을 위한 일이 아니라 자기 자신을 위해서도 반드시 필요한 일이라고 합니다. 그 이유는 무엇일까요?

예시 답_ 가난한 사람이나 부자 모두가 더불어 사는 사회를 만들어야 사회가 안정될 수 있기 때문입니다.

18. 《올리버 트위스트》

※ 통합 사고력 문제

1. 소외당하는 이웃이란 무슨 뜻인지 찾아보고 소외당하는 이웃에는 누가 있는지 써 보세요.

예시 답_ 이 작품에서 소외당하는 이웃이란 당시 영국의 산업혁명으로 인해 생겨난 빈민 노동자 계층을 말합니다. 그들은 공장주 등 부유한 생활을 하는 사람들과 달리 가혹한 노동을 하며 비참한 생활을 하였습니다. 우리 사회에도 경제적으로 어려운 사람들과 노인들이 많습니다. 그리고 가난한 나라에서 온 외국인 노동자들도 소외당하는 이웃입니다.

2. 소외당하는 이웃에 관심을 갖지 않으면 왜 우리가 불행해진다고 하는 걸까요? 우리는 왜 소외당하는 이웃에게 관심을 가져야 할까요?

예시 답_ 우리가 소외당하는 이웃에 관심을 가지지 않는다면 세상이 너무 각박해지기 때문입니다. 또 살기가 힘들어진 그들이 범죄를 저지를 수도 있고, 그러면 그 피해가 고스란히 우리에게로 돌아오기 때문입니다. 그래서 소외계층에 대한 배려는 우리 모두가 함께 해결해야 할 사회 문제로 접근해야 합니다.

※ 한 번 더 생각하기

1. 산업 혁명 당시에는 어린아이들이 공장에서 일하는 경우가 많았어요. 이 아이들은 왜 이렇게 힘든 일을 해야 했을까요?

예시 답_ 산업혁명이 진행되던 시기에는 농경 사회가 붕괴하면서 많은 농촌 사람들이 도시로 모여들었어요. 그러나 그들은 특별한 기술과 지식이 없었기 때문에 공장의 노동자가 되어 값싼 임금을 받아야 했죠. 따라서 그런 가정의 어린아이들 역시 생활비를 벌기 위해 학교 대신 공장에서 가혹한 노동을 해야 했습니다.

2. 공장의 기계 앞에서 일하고 있는 아이들의 모습을 상상해 보세요. 그리고 떠오르는 생각

을 글로 표현해 보세요.

예시 답_ 기계 앞에 서 있는 아이들 모습이 행복해 보이지 않을 거예요. 부모들이 정당한 임금을 받고 일을 했다면 굳이 아이들까지 공장에서 일하지 않아도 되지 않았을까요? 그리고 나라에서 가난한 아이들을 잘 돌봐 줬다면 아이들은 아무 걱정 없이 행복하게 살았을 겁니다.

19. 《죄와 벌》

※ 통합 사고력 문제

1. 큰 뜻을 세웠다고 그것을 이루기 위해 다른 사람을 해쳐도 될까요? 이런 행동이 바른지 그른지 토론해 보세요.

예시 답_ 아무리 인류를 위한 큰 뜻을 세웠다 하더라도 그것을 실현하는 과정에서 다른 사람을 해치는 것은 잘못된 행위임을 《죄와 벌》은 잘 보여 줍니다. 라스콜니코프는 그러한 행위로 영혼의 파멸을 경험하였습니다. 정의로운 행위는 목적도 정의로워야 하지만 그 과정도 정의롭게 이루어져야 합니다.

2. 내가 믿는 종교, 또는 내가 가진 사상이 어떻게 나와 사회 발전에 이바지할 수 있는지 써 보세요.

예시 답_ 세계적으로 인정받고 있는 대부분의 종교는 인류 전체를 위한 교리들로 이루어져 있습니다. 가령 기독교는 사랑의 정신으로, 불교는 자비의 정신으로 사회 발전에 이바지하고자 합니다. 특정 종교가 없더라도 타인을 존중한다거나 사회적 정의를 실천하는 정신으로 생활한다면 사회의 안정과 발전에 큰 밑거름이 될 수 있습니다.

※ 한 번 더 생각하기

1. 인간은 잘못하면 제도적으로 벌을 받거나 스스로 양심의 가책이라는 벌을 받습니다. 여러분은 어떤 벌이 더 무섭다고 생각하나요?

예시 답_ 제도적인 벌은 육체적 고통을, 양심의 가책이라는 벌은 정신적 고통을 줄 것입니다. 제도적 형벌은 육체적 구속을 가할 수도 있지만 끝이 정해져 있습니다. 반면 양심의 가책은 끝없이 자신을 괴롭힐 것이기 때문에 이 벌이 더 무섭다고 생각합니다.

2. 양심의 가책이라는 주제로 짧은 글을 써 보세요. 양심의 가책에서 벗어나기 위해 취했던 행동 등 구체적인 사례를 들어 써 보세요.

힌트_ 자신의 행동을 지켜보는 사람이 아무도 없을 때 우리는 잘못된 행동을 하기도 하지만 그때도 양심의 가책을 받습니다. 아무리 사소한 일이라도 자신이 한 행동이 잘못된 것임을 알았을 때, 그로 인해 떳떳하지 못하다고 느꼈을 때 어떤 행동을 취했는지 떠올려 보세요.

20. 《돈키호테》

※ 통합 사고력 문제

1. 내가 아는 돈키호테 같은 사람을 소개해 보세요.

힌트_ 어떤 행동을 하기 전에 자신이 하는 행동에 다른 사람들도 공감할 수 있는지 생각지도 않고 단지 자신의 판단과 열정만으로 행동하는 주변 사람을 생각해 보세요.

2. 돈키호테의 장단점은 무엇일까요?

예시 답_ 돈키호테는 자신이 판단하여 정의에 어긋난다고 생각하는 일에는 몸을 사리지 않고 나서 싸웁니다. 이것은 비겁하지 않다는 점에서는 장점이라 할 수 있습니다. 그러나 자신의 행동이 남들도 인정할 수 있는 것인지 생각지도 않고 바로 행동으로 옮깁니다. 이것은 무모하다는 점에서 단점이라 할 수 있습니다.

※ 한 번 더 생각하기

1. 참된 용기란 무엇이라고 생각하나요?

예시 답_ 정의를 위해 행동하되 일의 원인과 결과를 생각하며 신중하게 행동하는 것입니다.

2. 진정한 명예를 위한 행동에는 어떤 것이 있을까요?

예시 답_ 중세의 기사도 정신에는 명예 중시 항목이 포함되어 있었습니다. 기사들은 자신에게 땅을 지급하는 영주와 그의 부인의 명예를 위해 희생하기도 했습니다. 하지만 이런 일은 땅과 같은 대가가 조건으로 따라야만 이루어지는 것이었습니다. 사실 대가에 얽매이지 않고 정의 그 자체를 위해 봉사하는 정신이 진정으로 명예로운 행동이라 할 수 있습니다.

3. 돈키호테 같은 행동을 한 적이 있는지 한번 생각해 보세요.

힌트_ 앞뒤 생각하지 않고 나만의 판단과 열정으로 덤벼드는 사람을 돈키호테형 인간이라 할 수 있습니다. 여러분이 무모하게 행동했던 경험을 적어 보세요.

21. 《플루타르코스 영웅전》

※ 통합 사고력 문제

1. 브루투스와 카이사르의 가장 큰 차이점은 무엇인가요?

예시 답_ 카이사르는 황제로서 절대적 힘을 갖기 위해 제정 정치를 지향했지만, 브루투스는 귀족으로서 자신의 권력을 지키기 위해 공화정을 지향했습니다.

2. 알렉산드로스 대왕과 카이사르의 공통점은 무엇인가요?

예시 답_ 두 사람 모두 강력한 군사력을 바탕으로 절대 권력자로서 제국을 통치했습니다.

※ 한 번 더 생각하기

1. 여러분이 가장 존경하는 영웅은 누구인가요? 왜 그렇게 생각하나요?

예시 답_ 생략

2. 여러분이 가장 존경하는 영웅에 대해 반대로 평가하는 견해가 있는지 조사해 보세요.

예시 답_ ① 이승만 대통령을 존경해요. 하지만 이승만 대통령이 독재정치를 한 점을 비판하는 목소리도 있어요.
② 나폴레옹을 존경해요. 하지만 그는 유럽 전체를 전쟁의 소용돌이로 몰아넣은 사람일 뿐이라는 평가를 받기도 해요.

3. 똑같은 영웅인데도 평가가 서로 엇갈리게 나타나는 이유는 무엇일까요?

예시 답_ 일반적으로 사람들은 자신의 욕망을 실현시킨 영웅을 선호합니다. 따라서 사람들 사이의 욕망이 다르듯 자신이 선호하는 영웅도 다르며, 그들에 대한 평가도 다르게 나타나는 것입니다.

22. 《삼국지연의》

※ 통합 사고력 문제

1. 《삼국지연의》의 배경이 된 시대의 백성들이 바란 것은 무엇이었을까요?

예시 답_ 《삼국지연의》의 배경이 되었던 한나라 말기에는 황제가 무능하고 관리들의 부정부패가 극심했습니다. 이에 굶주림을 참다못한 백성들이 반란을 일으켜 민란이 끊이지 않았어요. 당시 백성들이 바랐던 것은 안정된 사회와 굶주림이 없는 안락한 삶이었습니다. 《삼국지연의》의 영웅들은 백성들의 이러한 소망이 반영된 인물들이라 할 수 있습니다.

2. 진정한 영웅이란 어떤 사람을 말하는 것일까요?

예시 답_ 일반인들이 영웅에 열광하는 이유는 영웅이 열악한 환경을 극복하는 의지를 갖고 있기 때문입니다. 그러나 역사상 많은 영웅들은 그러한 의지와 능력을 대부분 자신의 권력과 욕망을 실현하는 데만 발휘하였습니다. 진정한 영웅이란 비상한 능력을 자신의 욕망을 초월하여 사회 공동체의 정의로운 목적을 실현하는 데 발휘하는 인물일 것입니다.

※ 한 번 더 생각하기

1. 내가 믿었던 사람이 나쁜 짓을 할 때 아무리 충고를 해 줘도 듣지 않는다면 어떻게 하는 것이 의리라고 생각하나요?

예시 답_ 내가 믿었던 사람이 나쁜 짓을 할 때 그 사람의 잘못을 묵인하고 관계를 지속하면서 의리를 지킬 수도 있을 것입니다. 반대로 그 사람이 잘못을 지적해도 듣지 않는다면 관계를 끊을 수도 있습니다. 그렇게 하는 것이 그 사람을 위한 바람직한 행동이라고 생각하기 때문입니다.

2. 진정한 친구란 어떤 사람을 말하는 걸까요?

예시 답_ 《삼국지연의》에는 수많은 영웅의 의리와 배신에 관한 이야기가 나옵니다. 진정한 친구를 얻어 성공한 영웅이 있는가 하면, 간사한 사람과 인간관계를 맺어 성공의 기회를 놓쳐 버린 영웅도 있습니다. 유비는 관우, 장비와 의형제를 맺고 이익을 초월해 뜻을 함께하고 의리를 지킵니다. 이에 비해 조조는 뛰어난 지략

가지만 전략적으로만 인간관계를 맺었습니다. 하지만 유비와 같이 이해관계를 떠나서 진심으로 사람을 대하는 사람이 진정한 친구라고 생각합니다.

3. 주변에 진정으로 나를 위하는 친구가 있나요? 있다면 어떤 점에서 그렇게 생각하는지 써 보세요.

힌트_ 내가 힘들어할 때 항상 내 옆에서 내 말을 들어주고 격려해 주는 친구나 내 일을 자기 일처럼 생각해 주는 친구들을 떠올려 보아요.

23. 《삼총사》

※ **통합 사고력 문제**

1. 여러분이 아는 역사를 바탕으로 한 이야기를 소개해 보세요.

예시 답_ 역사를 소재로 한 이야기는 동서양을 막론하고 아주 다양합니다. 아주 오래된 것으로는 이집트를 떠나 가나안 땅을 찾아가는 유대인의 역사를 담고 있는 구약성서의 '출애굽기', '레위기' 등이 있습니다. 우리나라 근대에 나온 역사소설로는 단종의 비극적인 죽음을 다룬 이광수의 《단종애사》, 임오군란을 배경으로 하여 흥선대원군의 집권 과정을 그린 김동인의 《젊은 그들》 등이 있습니다. 현대 역사소설로는 구한말에서 일제 강점기, 해방까지 다룬 박경리의 《토지》가 있고, 서양 소설로는 19세기 초 나폴레옹이 이끄는 프랑스와 러시아의 전쟁을 배경으로 러시아의 격동기를 생생하게 묘사한 톨스토이의 《전쟁과 평화》가 있습니다.

2. 역사와 역사소설은 어떤 점에서 같나요? 또 다른 점은 무엇일까요?

예시 답_ 역사와 역사소설은 모두 실제 역사적 사건을 다루었다는 점에서는 같습니다. 그러나 역사는 과거의 사건을 객관적인 검증을 통해 서술한 사실의 기록으로 학문에 속하지만, 역사소설은 과거의 사건에 상상력을 더하여 서술한 허구라는 점에서는 차이가 있습니다.

※ **한 번 더 생각하기**

1. 정의란 무엇이라고 생각하나요?

예시 답_ 정의를 한마디로 규정하기는 힘들어

요. 하지만 정의가 될 수 있는 최소한의 조건은 근거 없는 이유로 차별하지 말아야 한다는 것입니다. 각자의 역할과 권리에 맞는 몫을 주고, 타인이 권리를 침범하지 않는다면 최소한의 정의는 이루어질 수 있을 거예요.

2. 내가 믿고 있는 것이 모두 정의가 될 수 있을까요?

예시 답_ 정의는 자신만을 위한 것이 아니라 공동체 구성원 모두를 위한 것이어야 합니다. 내가 믿는 것은 나만의 욕망과 이익을 위한 것이 되기 쉽습니다. 내가 믿는 것이되 남의 권리도 존중할 때 진정한 정의라 할 수 있을 것입니다.

3. 정의롭게 생각하는 것과 정의롭게 행동하는 것은 같은 것일까요? 다른 것일까요? 같다면 어떤 의미에서 같은지, 다르다면 어떤 의미에서 다른지 설명해 보세요.

예시 답_ 모두 다 정의를 지향한다는 점에서는 공통점이 있지만 다른 결과에 이를 수 있다는 점에서는 차이가 있습니다. 정의는 행동으로 옮겨 현실에서 실천해야만 비로소 의미가 있습니다. 따라서 정의를 실현하기 위해서는 생각만 해서는 의미가 없고 정의롭게 행동해야 합니다.

24. 《서유기》

※ **통합 사고력 문제**

1. 손오공이 자신의 뛰어난 재주를 나쁜 곳에 쓰지 못한 이유는 무엇인가요?

예시 답_ 삼장법사가 손오공의 머리에 금강고를 씌우고 행동을 통제했기 때문입니다.

2. 삼장법사가 손오공 머리에 금강고를 씌워 놓은 것은 좋은 행동일까요?

예시 답_ 손오공이 아무리 뛰어난 재주를 가지고 있다 하더라도 그것을 나쁜 곳에 사용하면 오히려 악이 될 것입니다. 따라서 나쁜 행동을 방지하고 훌륭한 재주를 좋은 곳에 사용할 수 있게 한다는 점에서 삼장법사의 통제는 좋은 행동이라 할 수 있습니다.

※ **한 번 더 생각하기**

1. 우리 주변에는 좋은 재주를 나쁜 곳에 쓰는 사람들이 많아요. 구체적으로 어떤 사람들이 있는지 두 가지 이상 예를 들어 보세요.

예시 답_ 컴퓨터를 정말 잘하는데 유익한 프로그램을 개발하는 데는 무관심하고 해킹만 일삼는 사람이나, 운동 감각이 매우 뛰어나지만 싸움질만 일삼는 사람이 그에 속해요.

2. 좋은 재주를 나쁜 곳에 쓰지 못하게 하기 위해서는 어떻게 해야 할까요? 해결책을 제시해 보세요.

예시 답_ 사람은 자신을 완벽하게 통제할 수 있을 만큼 강한 존재가 아니며, 자신이 하고 싶은 일이 반드시 좋은 일이라고 볼 수도 없습니다. 그러므로 좋은 재주를 좋은 곳에 쓸 수 있도록 하기 위해서는 어느 정도 통제가 필요합니다. 이를테면 좋은 교육을 받거나 좋은 친구들과 교제하는 일은 자신을 통제하는 좋은 방법이 될 수 있어요.

3. 우리는 사람들이 나쁜 짓을 못 하게 하기 위해 법을 만듭니다. 법과 금강고의 공통점은 무엇인가요?

예시 답_ 법은 규정을 위반할 때 처벌을 가하는 통제 방식입니다. 다시 말하면 법규를 위반하지 않는 범위 내에서는 벌을 가하지 않습니다. 금강고 역시 손오공이 나쁜 짓을 하지 않으면 고통을 주지 않고 나쁜 짓을 했을 때만 머리를 조여 고통을 줍니다. 법 또한 나 스스로 만든 것이 아니고 외부에서 강제적으로 부과한 것으로 이 점 또한 금강고와 성격이 같습니다. 금강고도 삼장법사가 강제적으로 부과한 장치니까요.

25. 《수호지》

※ 통합 사고력 문제

1. 도적들이 영웅으로 칭송받는 사회는 어떤 사회인가요?

예시 답_ 《수호지》에서도 볼 수 있듯이 도적들이 영웅으로 칭송받는 사회는 정치를 하는 관료들이 자신의 욕심만 차리고 백성들은 돌보지 않는 사회입니다.

2. 도적들이 영웅으로 칭송받는 사회가 되지 않기 위해서는 어떻게 해야 할까요?

예시 답_ 나라의 정의를 올바로 세우고 부정부패를 없애야 해요. 그렇게 하면 세상이 공정해지고 억울한 일을 당하는 사람도 없어져서 백성들의 불만이 해소됩니다. 자연히 도둑질에 남의 물건을 훔치는 일 이상의 의미가 부여되지 않을 것입니다.

※ 한 번 더 생각하기

1. 다음 중 《수호지》와 같은 성격을 가진 소설이 아닌 것은 무엇인가요?

답_ ⑤ 서유기

2. 옛날에는 지도층이 잘못해 억울하게 피해를 보는 사람들이 많았습니다. 왜 그랬을까요?

예시 답_ 지도층이 잘못해도 피해를 보는 사람은 힘없는 백성들이기 때문에 자신의 억울함을 호소할 수 없었습니다. 또한 억울함을 호소하더라도 권력자들이 힘으로 억눌렀기 때문입니다.

3. 오늘날에는 국가를 이끄는 대통령과 국회의원들이 잘못하면 그에 저항할 수 있는 방법이 있습니다. 그은 무엇일까요?

예시 답_ ① 왕이 통치하던 시대에서는 권력이 세습되었고 왕이 관료들을 선출했기 때문에 왕과 지도층들이 잘못해도 응징할 방법이 없었습니다. 하지만 오늘날은 지도층이 국민에 의해 선출되기 때문에 지도층이 잘못하면 선거 때 뽑아 주지 않으면 됩니다.
② 시위는 시민이 자신의 의사를 표현하는 한 방법입니다. 혼자서 혹은 마음이 맞는 사람들과 함께 광장으로 나가 집회나 행진을 하여 정치 지도자들에게 잘못을 바로잡으라고 요구할 수 있습니다. 촛불 시위가 가장 좋은 예일 것입니다.

교과서
세계소설
핵심읽기

초판 1쇄 발행 2018년 9월 20일
개정판 1쇄 발행 2025년 4월 23일

지은이 한국독서철학교육연구소 이영호 · 이인환
펴낸이 이범상
펴낸곳 (주)비전비엔피 • 애플북스

기획편집 차재호 김승희 김혜경 한윤지 박성아 신은정
디자인 김혜림 이민선 인주영
마케팅 이성호 이병준 문세희 이유빈
전자책 김희정 안상희 김낙기
관리 이다정
인쇄 위프린팅

주소 우)04034 서울시 마포구 잔다리로7길 12 (서교동)
전화 02)338-2411 | **팩스** 02)338-2413
홈페이지 www.visionbp.co.kr
인스타그램 www.instagram.com/visioncorea
이메일 visioncorea@naver.com
원고투고 editor@visionbp.co.kr

등록번호 제313-2007-000012호

ISBN 979-11-92641-83-6 44800
979-11-92641-82-9 44800 (세트)